KB047438

이상문학상 작품집

2024년 제47회 이상문학상 작품집

대상 수상작 조경란 「일러두기」 외 5편

2024년 제47회 이상문학상 작품집

일러두기 외 5편

문학사상

제47회 이상문학상 대상 수상작 선정 이유

대상 수상자: 조경란 ꞁ 대상 수상작:「일러두기」

2024년도 제47회 이상문학상 대상 수상작으로 조경란 작가의 단편소설「일러두기」를 선정합니다.

조경란 작가는 등단 이후 많은 문제작을 발표하면서 평단의 주목을 받아온 문단의 중진입니다. 단편소설「일러두기」의 이야기는 평범한 서민의 삶에 대한 작가의 깊은 이해를 기반으로 따뜻하게 전개되고 있습니다. 도시 변두리 동네의 이웃들이 서로를 끌어안고 부딪치면서 살아가는 모습을 배경처럼 펼쳐내면서 각박한 현실의 이면에 숨겨진 주인공의 내면 의식의 변화를 꼼꼼하게 챙겨 보는 작가의 시선이 돋보입니다. 검정 복면을 사들고 누군가를 찾아야 한다며 복수를 꿈꾸고 있는 것처럼 말했던 주인공이 결국은 자기 안에 감춰진 초라했던 어린 시절 상처투성이의 자신을 끌어내어 구원하는 대목은 이 작품의 소설적 성취를 잘 보여주고 있습니다. 특히 정교하게 다듬어진 간결한 문장과 세밀한 내면 묘사가 이 소설의 서사적 완결성에 문체의 힘까지 덧붙이고 있습니다.

제47회 이상문학상 심사위원회는 조경란 작가의「일러두기」의 주제 의식이 서사적 기법과 문체의 조화를 통해 깊은 감응력을 발휘하고 있는 점을 높이 평가하여 2024년 제47회 이상문학상 대상의 영예를 드립니다.

2024년 3월

제47회 이상문학상 심사위원회

권영민, 구효서, 김종욱, 윤대녕, 전경린

차례

2024년 제47회 이상문학상 작품집

1부

대상 수상작

그리고 작가 **조경란**

조경란

1969년 서울에서 태어나 서울예술대학을 졸업했다. 1996년 『동아일보』 신춘문예에 단편소설 「불란서 안경원」이 당선되면서 작품 활동을 시작했다. 소설집 『불란서 안경원』 『나의 자줏빛 소파』 『코끼리를 찾아서』 『국자 이야기』 『풍선을 샀어』 『일요일의 철학』 『언젠가 떠내려가는 집에서』 『가정 사정』, 장편소설 『식빵 굽는 시간』 『가족의 기원』 『혀』 『복어』, 중편소설 『움직임』, 짧은 소설집 『후후후의 숲』, 산문집 『조경란의 악어 이야기』 『백화점—그리고 사물·세계·사람』 『소설가의 사물』 등을 펴냈다. 문학동네작가상, 현대문학상, 오늘의젊은예술가상, 동인문학상 등을 받았다.

2024년 제47회 이상문학상

대상 수상작

일러두기

모른다고도 잘 안다고도 말할 수 없는 사람이 재서에게 생겼다.

미용은 평소에 충동적으로 물건을 사는 편은 아니지만 며칠 전에는 검은색 복면을 주문했다고 말했다. 손님이 텔레비전을 틀어달라고 해서 채널을 돌리다가 여자 주인공이 눈과 입만 빼고 얼굴을 다 가리는 복면을 쓰곤 어떤 단체가 인질로 잡고 있던 아이들을 구출해내는 장면을 보게 되었다. 그게 멋있어 보이기도 한 데다 주인공이 쓴 검정 니트 복면이 그 순간 못 견디게 갖고 싶었다고. 재서는 그 말을 하는 미용을 처음 보는 눈으로 봤다. 성인 여성 평균 키에서도 한참 모자라고 목소리도 작고 앳되며 아무것도 아닌 일에도 수줍어하는 마흔아홉 살의 미용. 그런 그녀와 검은색 복면은 아무래도 연결이 되지 않았다.

숨 쉬는 데 편하고 시야도 가리지 않는대요.

미용은 에코백에서 검은색 복면을 꺼내더니 무릎에 올려놓고 반듯하게 폈다. 방한용 안면 마스크인가 본데 구멍 세 개가 뚫린 조금 긴 털모자 같았고, 재서의 눈에도 영화에서 도둑들이 쓰는 것과 엇비슷해 보였다.

이걸 쓰고 다니실 건 아니지요?

재서는 자신이 잘 모르는 지점의 미용에게 물었다.

사람 일은 모르죠.

미용은 소리 없이 웃었다. 소리 없이 움직이고 소리 없이 먹고 마시고 심지어 노래할 때도 미용은 그래 보였다. 그래서 다른 가게 사장들과 함께 있는 자리에서도 의식하고 있지 않다간 미용의 존재를 까맣게 잊기 십상이었다. 그게 미용의 남다른 점이라면 남다른 점인데 얼마 전부터인가 재서에게는 신경이 쓰이는 부분이 되었다.

재서는 인쇄·복사를 전문으로 하는 '대학사'의 오래되고 쿠션이 푹 꺼진 소파에 미용과 조금 떨어진 자리에 앉아 있었다. 아버지 가게였고 지금은 재서가 꾸려가고 있는데, 밖에서 보면 '♜ 대학사 COPY'라는, 한때는 눈에 띄었고 쓸모가 있었으나 최근엔 눈여겨보는 사람이 드문 간판이 무겁게 걸려 있다. 한 차례 장맛비가 지나가 후텁지근한 6월 셋째 주 토요일 오후였다. 미용의 가게는 토요일이 휴무, 대학사의 휴무는 내일이다. 재서가 오른쪽 팔에 반깁스를 하지 않았다면 미용이 쉬는 날 여기 오지 않아도 됐을 것이다. 그러나 미용은 그런 사람이 아니었다. 도와달라는 말을 하지 않아도 제일 먼저 왔다가 정작 고맙다는 말도 못 듣고 돌아가는 사람. 미용이 이 동네에 처음 나타날 때부터 재서의 눈에는 그렇게 보였다. 그런 사람과는 더 거리를 두고 싶어서 재서는 미용을 자세히 보려고 하지 않았다.

도와주러 왔다는 말 대신에 미용은 정 사장님이 우리 집 단골이시니까요,라고 얼버무렸다. 재서의 아버지가 미용의 우엉 전문 반찬가게의 조림을 좋아하는 것은 사실이다. 재서는 평소보다 풀이 죽어 있는 상태였다. 나흘 전 밤중에 장롱 한 짝이 재서의 뒤로 쓰러졌다. 무슨 소리가 들려 순간적으로 피하긴 했는데 장롱 모서리가 오른팔 팔꿈치를 스치듯 쳤다. 아버지 말대로 만약 장롱이 머리로 쓰러졌다면. 집에서도 죽을 수 있다는 상상은 한 번도 해본 적이 없었지만 그게 가능하다는 걸 경험하게 되자 두려워졌다. 재서는 돌아가신 지 십 년도 넘은 어머니의 장롱을 버리지 않고 버틴 아버지에게 화를 냈고, 그래도 화가 풀리지 않아 사흘 동안이나 무단결근을 했다.

그거 맥아대 방법으로 감은 거 같네요.

미용이 슬쩍 재서의 오른팔을 보며 말했다.

그게 뭡니까?

8자형으로 그려가듯 감는 붕대법일걸요.

웅얼거리는 듯한 소리에 재서는 건성으로 고개를 끄덕거렸다. 토요일엔 손님이 별로 없으니까 조금만 있다 가시라는 말을 덧붙이면서.

홍보용 인쇄물과 제본한 책을 찾는 손님이 두 명 왔다 갔다. 참고서 복사를 하러 온 중학생이 다녀간 후 더 할 일을 찾지 못한 미용이 다시 소파에 앉았다. 삭은 장롱이 쓰러져 재서가 하마터면 크게 다칠 뻔했으며, 그때 정 사장은 거실에서 축구 중계를 보다 화를 면했다는 소문 아닌 소문은 이미 동네 점주들 사이에 돌고 돌았을 터였다. 나흘 만에 출근한 오늘 오전에 아래쪽 스터디카페 한 사장은, 자네 살아 있네? 하더니 냉커피 한 캔을 따놓곤 나가버렸다.

출입문 종소리와 함께 손님이 들어오자 미용이 재빨리 일어나 응대했다. 그 바람에 무릎에 올려두었던 복면이 바닥으로 떨어졌다. 재서는 어정쩡하게 소파에서 일어났다가 도로 앉았다. 이십오 매짜리 한글 파일을 오십 부 출력하면 되는 간단한 일이었다. 미용은 손님에게서 원고가 든 USB를 받아 익숙하게 컴퓨터에 꽂은 후 인쇄 버튼을 눌렀다. 복합기에서 원고가 출력돼 나오는 소리는 일정하며 리듬도 있어 마음을 놓이게 한다고, 대학사에 처음 손님으로 왔을 때 미용은 말했다. 복합기에서 좋은 면을 찾아낼 줄 아는 사람을 재서는 처음 보았고, 나이 들어가는 사람이 하는 말치곤 조금은 우습다고 느끼기도 했다. 그게 이 년 전이었다.

재서는 왼팔을 뻗어 복면을 주웠다. 자전거를 보면 타고 싶고 기타를 보면 쳐보고 싶은 것과 비슷한 기분인가. 막상 쫀쫀한 니트 복면을 손에 쥐자 그걸 한번 써보고 싶은 마음이 일었다. 대활약을 벌인 주인공을 보고 이걸 사고 싶어 한 미용의 욕구를 조금은 이해할 것도 같았다. 자신이 타인을 이해하는 방식에는 늘 문제와 오해가 있어왔지만 지금은 아닐 수도 있었다. 복면 안으로 왼손을 집어넣고 짐작보다 넓게 뚫린 눈구멍에 손가락을 넣어 구부려봤다. 잘 웃지 않는 미용도 이걸 보면 웃지 않을까. 재서는 출입문 가까이 놓인 철제 작업 테이블에서 자기 대신 일을 하는 미용의 옆모습을 봤다. 갈라진 뒤꿈치가 보이도록 운동화를 구겨 신고, 통이 넓은 베이지색 바지에 길고 품이 큰 면 티셔츠를 입어서 전체적으로 헐렁해 보이는. 재서는 머리를 긁적이고 싶은 걸 참았다.

미용은 인쇄한 손님의 원고를 네 귀퉁이를 맞춰가며 한 부 한 부 스테이플러로 찍었다. 복사용지들의 각을 딱딱 맞추는 건 보기보다 쉬운 일이 아니었다. 미용의 손은 종이보다 우엉을 만지는 데 익숙해져 있었다. 스테이플러로 찍는 건 한가할 때가 아니면 굳이 해주지 않아도 되는 일이고, 보통은 손님이 직접 찍거나 용지만 봉투에 담아주곤 하는데. 인근 국립대학생으로 보이는 손님은 한 손은 주머니에 찌른 채 다른 손으론 담뱃갑을 만지작거렸다. 어서 밖으로 나가 담배를 피우고 싶다는, 대충 좀 봉투에 담아줬으면 좋겠다는 기색이 역력한 표정으로. 미용은 자기 일에 집중하느라 아무것도 살피지 못하고 있었다. 손님이 여기 대학사가 아니라 길 건너편 꽃집과 양말가게 사이, 거의 쐐기풀 모양의 좁고 길쭉한 '이모 반찬' 가게에서 미용을 보았더라면 그녀의 다른 능숙함을 알아차릴 수 있을 텐데. 재서는 자유롭지 못한 한쪽 팔로 자리에서 일어나 주인 역할을 하려고 했다. 그때 손님이 미용에게 얼굴을 갖다 대듯 들이밀더니 쥐새끼 같은 소리를 냈다.

태어나기 전부터 미용은 자신이 어떤 삶을 살게 될지 알았다고 했다. 그래서 가능하면 태어나고 싶지 않았다고. 청소년 시절에 미용은 이런 생각을 했다. 외로운 사람은 잠든 척하거나 살아 있는 척하지 않는다고. 그리고 중년에 다다른 무렵에는 생각이 달라졌다. 외로운 사람은 자기 자신을 죽이거나 살인을 저지르게 된다고. 미용과 이런 이야기를 주고받은 건 아니었지만 재서는 알게 됐다.

손님이 나간 후 미용은 재서에게 등을 보인 채 그대로 출입문 앞에 서 있었다. 신호에 멈춰 선 마을버스들과 한없이 느린 보폭으로 건널목을 건너는 노인들, 휴대전화 매장 앞에서 한쪽 팔을 불규칙적으로 펄럭거리는 공기 인형들을 지켜보고 있었다. 그런 것 같았다. 미용에게서 본 적도 없고 어울리지도 않지만 뭔가를 항의하는 눈빛을 하고 있을지도 몰랐다. 조금 전의 그런 손님들은 흔했고 별일도 아니었다. 미용도 알고 있었다. 재서는 아무 말도 하지 않았다. 뭔가를 해야 했을까. 미용의 뒷모습을 보다가 일이 분 전의 그 순간에 미용의 안으로 무언가가 떨어져내렸다는 느낌을 받았다. 그리고 그것이 미용의 핵심을 흔들어놓았다고.

*

아내는 솔직했고 자주 울었다. 큰 소리로 울었고 웃을 때 역시 그랬다. 매력적이라고 여겼던 아내의 특징들이 한집에 살면서부터는 감당해야 할 일부가 되었다. 당신은 차가운 사람이야. 아내는 여러 번 말했다. 당신은 아직 애야, 난 평생 늙은 애랑 살게 될 거야. 아내는 참담한 소리로 흐느꼈다. 그리고 삼 년 전에 떠났다. 재서는 다른 길은 생각해본 적이 없었다. 이미 반쯤 지나온 삶이었으니까. 마흔일곱 해 동안 평범하게 살아왔고 큰 변화가 필요한 사건도 없었다. 하지만 아내에게 갑자기 버려진 일은 달랐다. 더는 직장에 나가지 못했고 사람들, 자신의 감정을 그대로 드러내거나 터트리는 사람들과는 함께 있기 어려워졌다. 이쪽의 기분과 상관없이 솔직한 말과 비밀을 털어놓는 사람들도 조금씩 두려워졌다. 미용처럼 자신의 감정을 한사코 숨기는 데 가진 에너지를 다 써버리는 듯한 사람도.

미용의 USB에 든 파일을 읽지 않았다면 재서가 그녀를 기다리는 일은 일어나지 않았을 것이다.

소문도 뒷말도 빨리 퍼지는 동네였다. 건물주들은 대개 이 동네에 젠트리피케이션 같은 말이 생기기 훨씬 전부터 이곳에서 자식들을 키워낸 토박이들이었고, 이 동네 학군을 나온 그 자식들의 자식들이 세입자가 돼 프랜차이즈 짬뽕 전문점이나 음식점, 카페를 운영했다. 삼 년 전부터 재서가 아버지의 복삿집을 잇게 된 이유와는 좀 달랐다. 동네 어른들은 네다섯 시경이면 편의점 파라솔이나 대학사 옆의 옆 문방구에 모여 막걸리 타임을 갖는다. 아마 아버지는 거기서 전해 들은 모양이었다. 며칠 전에 소방서 위, 국립대학으로 이어지는 언덕길 중간의 특성화고등학교로 김밥 배달을 갔던 미용이 기절을 했다고. 아버지 나이대 동네 어른들은 그 나이에 남편도 자식도 없이 혼자 산다는 이유로 미용을 여전히 석연찮은 여자로 여겼고, 그럴 때마다 재서는 못 들은 척했다. 아무것도 묻지 않자 아버지는 더위를 먹어서 그랬나, 말을 흘리곤 며칠째 내버려둔 일력을 서너 장 뜯어 공처럼 구겼다 폈다. 그러곤 자신이 뭘 하려는지 잊어버린 얼굴로 구겨진 어제의 날짜를 물끄러미 내려다보았다.

7월 첫 주에 일시적으로 불볕더위가 지나갔다. 방학 때마다 이렇게 일거리가 줄어드는데 아버지는 그동안 어떻게 가게를 운영해왔는지 신기할 지경이었다. 이따금 명함이나 도장을 새기러 오는 손님밖에 없었다. 재서는 제본을 맡긴 책 중에 흥미로운 페이지들을 읽다가 에어컨을 끄고 출입문을 열어둔 채 거리로 나가 차양 밑에 서 있기도 했다. 깁스를 푼 오른쪽 팔꿈치가 자주 가려웠다. 위쪽 소방서에서 가끔 사이렌 소리를 울리며 출동하는 소방차를 볼 때도 있었고, 사 차선 도로 맞은편 대각선으로 보이는 '이모 반찬'의 열렸다 닫히는 출입문을 보기도 했다. 이젠 그 일기 같은 글을 쓰지 않는 걸까. 프린터가 집에 없는 사람들은 생각보다 많았고 대학사는 그런 사람들, 미용과 같은 손님들에게 언제나 열려 있는 곳이다.

초복 날 오후에 미용이 터벅터벅 길을 건너 대학사로 왔다.

미용은 인쇄물 아홉 장을 출력하곤 천 원짜리 지폐를 주며 잔돈은 됐어요,라고 갈라진 소리를 냈다. 이 주 전보다 기운이 없어 보여서인지 눈과 눈 사이가 평소보다 멀어 보였고 습도 때문에 단발 파마머리가 부스스 뻗쳐 있었다. 미용은 소파에 앉아 재서가 준 박카스 한 모금을 마셨다. 그사이 아홉 장이나 되는 글을 쓴 모양이었다. 한 번쯤은 뭘 쓰는 거냐고 물어볼 수도 있었다. 그게 자연스러운 일일 텐데. 재서는 이제 그 자격을 잃어버렸고 기회도 놓쳤다는 걸 알았다.

오전에 미용은 치과에 갔다 왔다고 말했다.

어금니에 문제가 생겼는지 요즘 우엉을 잘 씹질 못하겠더라고요. 음식을 삼키기도 어렵고 사레도 아무 때나 들리고.

조금 들떠서인지 재서는 우엉 전문 반찬가게 주인이 우엉을 잘 씹지 못한다는 지점에서 약간 웃고 싶어졌다. 당신은 배려할 줄 모르는 사람이야. 아내의 목소리는 어디서나 들렸다. 재서는 입술을 붙이고 소파에서 떨어진 철제 의자에 앉아 그녀 쪽으로 몸을 숙였다.

미용은 구강 기능 저하증이란 진단을 받았다. 혀와 인두가 노쇠해서 씹고 삼키는 데 어려움이 생기고 발음도 점점 둔해질 거라고. 대체로 고령에 생기는 증상이라고 했다. 전 벌써 다 삭아 버렸나 봐요. 미용은 양손 손바닥을 뒤집어 무릎에 허룩하게 얹었다. 삭았다는 표현이 마음에 들지 않아서 재서는 어떻게 해야 괜찮아지느냐고 물었다.

입술과 혀의 가동력 훈련을 해야 하고요, 섭식장애가 오지 않도록도 신경 써야 한대요.

잘 씹고 잘 먹어야 한다는 거죠?

그 기본적인 게 지금 문제라는 거예요.

재서는 실눈으로 미용을 바라봤다.

결국 이렇게 어눌하게 살다, 말도 못 하다가 어느 날 혼자 눈

못 뜨면 인생 끝이겠죠.

미용은 침울한 소리를 냈다. 왜 이런 일들이 자기에게 계속 일어나는지 모르겠다는 혼란스러운 표정으로.

치료받으면 괜찮아지겠죠.

며칠 전에 저기 고등학교에 배달 갔다가 운동장에서……, 교실엔 들어가지도 않았는데요. 뭔가가 저를 가로막는 거 같은 기분이었어요. 이번엔 입속에 문제가 생겼다는 진단을 받았고요, 멍청하게. 그리고 지난번에는…….

미용은 말을 잇지 않았다. 지난번. 그래 여기서. 그 쥐새끼 같은 자식. 씨발, 아줌마 뭘 그렇게까지 친절하세요. 재서는 허리를 숙여 바닥을 보았다. 미용은 더 말하지 않을 것이다. 대화는 오늘도 나아가지 못한다. 그래서 이 주 만에 미용이 대학사에 와서 출력한 종이에 담겨 있을 새로 쓴 글들이 읽고 싶어졌다. 미용의 가방에 든 USB를 떠올렸다. 나이프 모양에 '읽고 쓰고 즐겨라'라는 작은 글씨가 인조가죽에 인쇄된 2GB짜리, 구청 도서관에서 시민들에게 나눠준 기념품이었다. 미용은 출력하러 왔다가 대학사 컴퓨터에 꽂은 USB를 그후로 한 번도 잊고 간 적이 없고, 재서는 그 실수를 기다리느라 조금은 애가 탔다. 문을 반만 열어주고 안을 보게 해주었다가 다 보기도 전에 탁 닫아버린 것처럼.

아무래도 그 사람을 찾아야겠어요.

미용은 누가 들어오지도 않았는데 놀란 사람처럼 출입문 쪽으로 고개를 홱 돌리며 말했다.

누굴 말입니까?

선생님.

어떤 선생님을요?

팔짱을 끼려다 재서는 허리를 펴고 미용을 봤다. 재서는 정말 궁금해졌다. 그건 아직 미용이 쓰지 않은 내용이었으니까.

머릿속에 찌꺼기 같은 게 평생 떠다니는 기분이에요.

찌꺼기. 검은색 복면. 평생. 그리고 다른 기억이 끼어든 듯 움찔거리는 미용의 얼굴 근육들. 오후 네 시에 재서는 배가 고파졌고 괜찮으면 미용에게 다른 사람들처럼 삼계탕 같은 음식을 같이 먹자고 청하고 싶었다. 어쩌면 미용을 말리거나 달래거나 그도 아니면 공모자가 되거나. 그런 일이 생기지 않도록 재서는 자신 안의 냉담한 부분을 움직여 휴대전화를 보는 척했다. 미용이 손깍지를 끼며 말했다.

나한테 왜 그랬는지 물어봐야겠어요, 지금이라도.

*

주황색 옷을 즐겨 입었던 미용의 어머니는 열여덟 살에 첫아이를 출산했다. 딸이었고 아직 미성년자였던 미용의 부모는 신생아란 당연히 말을 알아듣지도 보지도 못하는 존재라고 믿곤 아무 말이나—미용의 언니, 서용 말에 따르면—했다. 그 어린 커플은 이 년 터울로 계획에도 없던 아이를 세 명이나 더 낳았다. 넷째 미용을 임신하고 있을 때 큰언니 서용은 만삭에 가까워진 배를 드러내놓고 엄마가 자고 있을 적이면 몰래 배에 손을 올리곤 태아에게 속삭였다. 우리는 부모가 낳고 싶어 한 아이들이 아니란다 아기야, 가능하면 너는 계속 그 안에 있으렴, 여긴 거의 지옥이야. 실제로 미용은 그 목소리를 들었다. 자신을 두고 나눈 부모의 다른 소리들도 이미 다 들은 후였다. 미용은 겁먹은 채로 겨우 저체중을 면한 2.5킬로그램으로 한겨울에 태어났다. 부모에게는 두 딸과 아들 한 명이 있었고 더 필요한 아이는 없어 보였다. 계획에 없던 출산을 어쩌다가 네 번이나 한—미용이 정말 이해할 수 없는 점이다—젊은 엄마는 자신에게 일어난 모든 불행의 원인을 미용 탓으로 돌렸다. 장신에 뼈대가 굵고 손바닥이 두툼한 아버지가 그 몸을 휘두를 때면 셋방이 종이집처럼 부서졌다. 큰언니는 이른 나이부터 집 밖으로 돌아 가장 어리고 나약한 미용이 그들의 대상이 되었다. 둘째 언니는 애교를 부리는 역할로, 오빠는 하나뿐인 아들이라는 걸로 집에서 자신들의 자리를 만들어나갔다. 신생아 미용은 아무리 오래 혼자 누워 있어야 해도 울거나 소리 내지 않으면서 머리를 짜냈다. 난 이 집에서 안 보이는 역할을 맡아야겠구나. 미용은 자신의 모든 것을 작게 만들기 위해 점점 더 움츠렸다. 활 모양의 늑골도 안으로 둥글게 말려 자라는 듯했다. 부모의 말에 언제나 순종하고 형제자매들에게도 그랬다. 눈에 띄지 않는 사람이 되는 법을 스스로 고안하고 터득하느라 취학 전부터 미용은 녹초가 되었다. 뭔가를 거절하거나 의향을 드러내는 일부터 피해야 했다. 취학 후부터는 사정이 더 안 좋아졌다. 이미 자신을 완벽하게 희미한 존재로 만든 미용은 누구의 말이든 들어줄 준비가 돼 있었으니까. 그건 별로 좋은 선택이 아니었다고 후회했지만 그러기엔 너무 늦었다. 이름의 맨 끝 자를 딴 미용의 별명은 별명치곤 좀 길었다.

나는 태어나면서부터 나 자신을 잃어버리게 된 사람이었다, 라고 미용은 썼다. 언젠가 아침 텔레비전 프로그램에서 한 여성학 박사가 출연해 모든 사람은 빛나고 그럴 만한 가치가 있다고 말하자 방청객들이 감동한 표정으로 박수 치는 장면을 보았다. 순간적으로 미용은 이때껏 한 번도 해보지 않은 욕설을 내뱉었고, 제 소리에 놀라 후딱 주위를 돌아보곤 아무도 없다는 사실에 안심하며 전원을 껐다. 그리고 방금 자신이 뱉은 말에서 격렬한 감정—나중에 미용은 희열이라는 단어를 찾고 수정했다—을 느꼈다고 했다.

이게 재서가 처음 읽은 미용의 그 일기 같은 원고의 내용이었다. 미용이 세세하고 적나라하게 쓴 어떤 경험들은 그대로 옮길 수 없고 그러기도 힘들었다. 미용은 자신의 인생에 관해 한 페이지 분량 정도의 글을 규칙적으로 쓰는 듯했고 글마다 제목을 붙였다. 「안 보이는 사람으로 살아간다는 것」, 「나만의 생각 찾기」 같은. 하지만 미용에게 맞춤법과 호응이 되지 않는 문장과 띄어쓰기에 대해 조언해주는 사람이 아직은 아무도 없어 보인다고 재서는 생각했다.

수요일에 동네 야산에서 땅에 묻힌 여자 운동화가 발견되었다. 소방서에서 국립대학 쪽으로 올라가는 오른쪽 언덕에 청금산으로 이어지는 그늘지고 야트막한 지점이었다. 이른 아침에 등산객이 처음 목격해 신고했다고 아버지는 전했다. 흰색 운동화 두 짝이 땅에, 그것도 살짝 묻혀 있어서 더 섬뜩했다고. 오전부터 경찰서에서 사람들이 나와 근처의 땅을 파보는데, 아버지와 동네 어른 몇 분은 접근 금지 라인 근처까지 올라갔다 내려온 모양이었다. 그 얘길 안주 삼아 막걸리를 마시기에는 아직 이른 시간이었다. 아버지의 운동화에도 흙이 묻어 있었고, 그 실물감 때문인지 순간 머릿속이 복잡해졌다. 재서는 장갑을 끼고 작업대에서 특수지와 명함지를 정리하던 중이었다. 장갑을 벗고 의자에서 일어나 왼손으로 오른쪽 팔꿈치를 세게 긁었다. 머릿속의 뭔가를 밀어내듯 재서는 출입문을 열어젖히곤 아버지, 잠깐만 가게 보고 계세요, 하곤 밖으로 나갔다.

구멍이 숭숭 뚫려 그물 같아 보이는 가방을 무릎에 올려두고 미용은 은행에서 차례를 기다리고 있었다. 가게 문에 잠시 외출한다는 안내문이 붙어서 옆집 꽃집에 들러 미용을 찾았다는 말, 꽃집 사장이 은행 갔다 금방 온다고 했으니 여기서 기다리라는 말을 한 건 전하지 않았다. 그러나 재서는 부자연스러웠고 미용을 찾았다는 안도감 때문인지 막상 그녀를 보자 할 말이 없어져버렸다. 재서가 도로 일어나려고 하자 내가 뽑아올게요, 하더니 미용이 대기표를 뽑아 와 재서에게 건넸다. 미용이 자리를 내어주듯 옆으로 몸을 움직였다. 몸에서 땀 냄새가 날까 봐 재서는 잠자코 있다가 그 일은 잘되고 있느냐고 물었다. 무슨 말인지 생각하는 눈치더니 미용이 아, 하고 말을 꺼냈다.

현금 갖고 내일 사무실로 오래요.

누가요?

사람 찾아준다는 사람이요.

대기표를 반으로 접고 접은 면을 우엉 때가 낀 거무스름한 손톱으로 훑으면서 미용이 태연하게 말했다. 아직 열두 명을 더 기다려야 했고 쓸모없는 재서의 대기표는 그 세 배쯤이나 떨어진 숫자가 새겨져 있다. 사람을 찾아준다는 행적 전문가. 사무실. 현금. 재서는 미용을 데리고 은행에서 나가고 싶었다. 그렇게 하려면 관계의 어떤 절차를 건너뛰어야 했는데 그건 재서에게 익숙한 일도 잘하는 일도 아니었다. 그 사람을 찾는 데만 해도 얼마나 힘들었는지 몰라요, 영화에서 나오는 것처럼 간단하지 않더라고요, 우리 같은 사람에겐 쉬운 일이 없어요. 미용이 재빨리 소리 죽여 말했다. 재서는 말하고 싶었다. 우리 같은 사람들은 그런 사람은 찾지 않는다고. 은행에는 음악이 없고 온도는 터무니없이 낮아서 춥다고 느껴질 정도였으며 아는 어른들의 기침 소리, 음량을 한껏 올려둔 휴대전화 소리로 어수선했다. 게다가 행적 전문가라니.

저기, 믿을 만한 데 맞는 겁니까?

재서는 노란색 라운드 티를 입은 미용에게 그 색이 받지 않는다고, 얼굴이 누렇게 떠 보인다고 생각하며 물었다.

믿을 만한 데가 어딨어요, 그런 데가.

미용이 고개를 수그리더니 픽 웃었다.

송금하면 되지, 왜 거기까지 오라고 합니까?

저를 좀 봐야겠대요. 찾을 수 있다는 감이 오는지 안 오는지 보면 안다고.

……거기가, 어딥니까?

대기 번호가 떴고 미용이 자리에서 일어나 창구로 갔다. 미용은 운동화가 아니라 뒤축이 닳은 까만 고무 슬리퍼를 신고 있었다. 또 누군가 돈을 빌려달라는 사람이 생긴 건 아닐까. 미용에게 서너 살 어린 친구처럼 지낸 사람이 있었다. 어묵 공장에서 일할 때 만난 여자였다. 미용은 그녀가 빌린 돈을 갚지 않아서가 아니라 그녀가 미용에게 보낸 메시지 때문에 마음 아파했다. 언니, 언니 말대로 우린 아직 친구예요. 언니만큼은 환한 얼굴로 다시 만나고 싶어요. 빚 없는 사람이 되는 게 꿈이니까 제발 더는 연락하지 말아주세요. 지난겨울, 그 여자의 생일에 미용은 딸기 케이크를 들고 그녀 집 앞까지 갔다가 그냥 돌아온 적이 있다. 유일한 친구를 잃었다는 사실을 받아들이는 데 시간이 걸렸고, 미용은 아직도 그녀에게 종종 메시지를 보내곤 한다. 재서는 고개를 흔들었다. 아무리 그녀가 미용의 진가는 우엉 요리에 있다고 말해준 첫 번째 사람이었다고 해도.

뒤에서 보니 창구 앞 의자에 앉은 미용은 잘못을 비는 사람처럼 직원의 말에 연신 고개를 수그려가며 태블릿에 손가락으로 사인을 하고 있었다.

재서는 자리에서 일어나 바지 주머니에 손을 찌르며 생각했다. 한 번 더 미용이 원고가 든 USB를 대학사 컴퓨터에 꽂아두고 가는 실수를 하더라도 다시 읽지 않겠다고.

*

아버지가 일요일에 동네 점주들과 동물원에 갈 거라고 말했다. 운영과에 취직했다던 스터디카페 한 사장네 아들이 입장권을 나누어준 모양이었다. 호랑이를 위한 무슨 행사를 연다고. 재서는 흘려들었다. 종종 그런 일들이 있었다. 누구네 자식이나 손자 손녀가 취직한 뷔페식당이나 콘도미니엄으로 우르르 몰려다니는. 재서가 근무했던 대학의 우편취급국으로도 아버지는 어른들을 데리고 와서 하는 수 없이 교정을 구경시켜드린 적도 있었다. 이번에는 동물원인 모양이었다. 간식은 김 사장한테 주문했다는 말도 아버지는 덧붙였다. 동물원에 가는데 무슨 간식이 필요하냐고 재서는 한 소리 하려다, 김 사장이요?라고 물었다. 토요일 밤이었다.

뭐가 들었는지도 모를 아이스박스 두 개를 김미용은 어깨에 메고 서 있었다. 약국과 문방구 사장이 나오지 않아 한 사장, 아버지, 꽃집 최 아주머니, 미용과 재서, 이렇게 다섯 명이 대공원 입구에서 만났다. 우편번호가 같은 지역에 산다는 공통점을 가진 사람들이. 아이스박스 하나를 재서가 빼앗듯 가져가자 미용이 난처한 듯 아버지를 흘긋 돌아보며 오시는 줄 몰랐어요, 작은 소리로 말했다. 어차피 어디든 외부 음식 반입 금지라 먹지도 못할 텐데, 어려운 사람들의 먹을거리를 준비한 탓인지 미용은 고단해 보였고 말짱히 서 있는데도 축 늘어져 보였다. 오후 세 시에도 기온은 이십팔 도를 웃돌았다.

동물원 북문으로 올라가는 코끼리열차 안에서 아버지는 벌써 진땀을 흘리고 있었고 재서는 뒷자리에 따로 앉은 미용을 의식하지 않으려고 애썼다. 패키지 입장권이라 동물원 북문에서부터는 스카이리프트를 타고 맹수사까지 가기로 돼 있는 모양이었다. 리프트를 타면 오늘의 목적지인 호랑이 우리까지 걸어서 한 시간쯤 걸리는 거리를 십오 분이면 갈 수 있다고 한 사장이 말했다. 그런데 스카이리프트 입구 앞에서 아버지가 뜻밖의 말을 했다. 난, 이런 거 못 타. 높은 데 못 올라가거든. 아버지는 혼자 북문 입구로 걸어갔다. 다들 무슨 말을 해야 할지 모르는 눈으로 서로를 돌아봤고, 그러다 재서에게 어떻게 할 거냐? 눈으로 물었다. 아버지가 높은 데 못 올라간다는 사실을 지금 처음으로 안 재서에게. 그럼 스카이리프트 타실 분들은 타고 가시고, 정 사장님과 같이 걸어가실 분은 그렇게 하는 게 어떨까요? 미용이 조심스럽게 의견을 냈다. 같이 왔으면 같이 움직여야지. 이 더위에 스카이리프트를 못 타는 게 못내 아쉽다는 표정을 지우지 않으면서도 한 사장이 그렇게 말하자, 그럼요, 같이 움직여야지, 하곤 꽃집 최 아주머니가 북문으로 향했다.

한 사장이 앞장서고 다들 그 뒤를 따랐다. 대충 보고 어디 시원한 데 가서 한잔해야지. 김 사장이 애써 만든 음식들 상하면 안 되니까. 요즘은 아무 데서나 돗자리 못 펼걸. 앉으면 거기가 자린 거지 뭘. 호랑이들한테 오늘 생닭을 준다더군. 원래 그게 먹이 아닌가? 냉동 닭이겠지. 오늘은 특별한 날이라잖습니까. 한 사장이 아는 소리를 했다. 세계 호랑이의 날인가 뭔가 그렇대. 그래도 살아 있는 닭이라니. 보면 알겠죠. 사육사들이 그걸 연못에 던져준대. 사육사들은 호랑이가 무섭지도 않은가. 그러게 말야. 전 점심도 안 먹고 나와서 벌써 시장하네요. 그러다 우리 최 여사님 쓰러지겠어. 그럼 정 사장이 업고 말처럼 뛰면 되지.

호랑이 길은 입구의 제1 아프리카관을 지나서 제2, 제3 아프리카관을 지나는 1.5킬로미터나 되는 길이었다. 리프트를 타지 못하는 아버지가 평소보다 큰 보폭으로 걷고 있었고, 각각 아이스박스를 하나씩 어깨에 멘 미용과 재서는 일행 뒤를 따랐다. 선캡을 쓴 미용을 보자 검정 니트 복면이 떠올랐다. 확실히 지금은 더울 때다. 재서는 미용에게 묻고 싶은 게 많다는 데 놀라 걸음을 멈추었다.

거긴, 갔다 오셨습니까?

두 번이나요.

왜요?

졸업앨범이 필요하다고 해서요.

거기에 뭐가 있는데요?

사진요. 그리고 맨 뒤에 교직원들 주소가 있더라고요. 졸업생들 주소도.

한 사장이 뒤를 돌아보며 안 오고 뭐 하냐는 손짓을 보냈다. 네, 가요! 미용은 명랑한 소리로 대답하곤 재게 걸었다. 그 시절만 해도 개인정보 보호 같은 게 없었잖아요, 마지막 주소가 서교동으로 돼 있더라고요. 거기서부터 시작한댔어요, 그 사람들이. 무슨 말인지 알아듣긴 했는데 재서는 화가 나려고 했다. 아마도 막걸리 병들이 들었을 미용이 든 더 크고 무거워 보이는 아이스박스도, 기껏 한여름 동물원에 와서 동물은 관심 밖이고 어디든 주저앉아서 먹고 마실 궁리부터 하는 아버지도, 오라고 말한 사람도 없는데 여기 와버린 자신도. 삼십 년도 지난 일인데, 그 선생을 찾아서 대체 뭐 할 겁니까? 재서는 그 말을 하려다 미용을 돌아보곤 목구멍으로 크게 삼켰다. 정말로 목 안쪽이 쓰라렸다. 걸으면서도 미용은 일요일 동물원으로 나들이를 나온 가족들을 곁눈질하고 있었다. 젊은 부모들, 아이들, 그 아이들의 할머니 할아버지들, 연인들. 미용은 가져보지 못했고 지금대로라면 앞으로도 갖기 어려운 관계들이었다.

미용은 자신의 의지와 상관없이 형제자매들과도 멀어졌다. 유일하게 가깝게 지냈던 둘째 언니마저 조카가 일곱 살이 됐을 때 오사카로 이민을 갔다. 일곱 살이 될 때까지 그 조카를 언니 집에서 키웠던 사람이 미용이었다. 미용은 조카를 보러 오사카에 한 번 가본 적이 있었다. 둘째 언니가 일하는 간이식당에서 먹었던 타코야키가 정말로 맛있었다고. 처음에 미용은 가게를 열 때 상호를 '작은 반찬'이라고 정하려고 했다. 이 세상에 자신을 위한 표현이 있다면 작다, 작은, 작아서가 전부인 듯해서. 그러다가 조카가 서운해할지 몰라 '이모 반찬'이라고 마음을 바꾸었다. 조카는 올해 대학생이 되었고 미용을 보러 오겠다는 약속을 했다. 그게 지난 2월이었다. 아무도 미용을 보러 오지 않을 것이다. 이름이 깊은 강이라는 뜻을 가진 그 조카도. 게다가 잘 알진 못하지만 미용이 동물원에 와본 게 오늘이 처음일지 모른다는 짐작이 들었다.

여기 버스가 있네. 아버지가 손등으로 이마의 땀을 훔치며 반색을 했다. 사자 우리 앞에서 동물원 순환버스를 타고 동양관을 지나 곰사에서 내리자 바로 옆이 맹수사였다. 가장 관람객이 많은 데를 찾으면 거기가 호랑이 우리라는 말이 맞았다.

시베리아산 호랑이 네 마리가 생닭을 찾느라 첨벙거리며 연못 속으로 뛰어들었다. 생닭에 공작 깃털이 꽂혀 있었다. 호랑이들이 푸드덕거리는 닭을 찾을 때마다 사람들이 손뼉 쳤고 아이들은 무서운지 얼굴을 가리며 몸을 비틀기도 했다. 간혹 큰 소리로 먹어, 먹어,라고 외치는 꼬맹이들 소리도 들렸다. 호랑이 행동 풍부화의 날이라고 했다. 동물원에 사는 동물들에게 원래의 터전과 유사한 환경을 만들어서 스트레스를 줄이기 위해 만든 프로그램이라고. 아이스박스를 처음으로 바닥에 내려놓은 미용은 두 손으로 울타리 같은 데크 가림막을 꽉 붙잡곤 몸을 유리 앞으로 기울여 호랑이들을 지켜보았다. 그녀는 즐거워 보였고 간헐적으로 웃음소리를 흘리기도 했다. 잠깐이나마 어떤 위해로부터 다 벗어난 사람처럼. 재서도 오후의 햇빛이 반사돼 눈이 부시는 유리를 통해서 호랑이들을 보았다. 성년이 돼 이렇게 가까운 데서 호랑이를 보는 건 처음이었고, 그것이 살아서 네발로 움직이는 당연한 사실에 조금은 충격을 받았다. 호랑이들의 앞발이 저렇게나 넓적하고 크다는 데에도.

연못에 뛰어들었다가 먹이를 찾지 못하고 나온 호랑이 한 마리가 황갈색 줄무늬 몸통을 크게 흔들어대며 물방울을 튕겨냈다. 미용이 고개를 하늘 높이 치켜들며 말했다. 동물에게도 저런 걸 해준다니 사람은 참 좋은 거네요. 미용은 제 손으로 눈물을 닦았다.

음식물 반입 금지라는 걸 그제야 깨달은 어른들은 맹수사 앞 푸드코트의 야외 테이블에서도 맨 끝에 자리를 잡고 앉았다. 에어컨이 없어 더울 텐데도. 음식을 낭비하면 쓰나. 어른들은 식당에서 주문한 국수나 돈가스는 거의 손대지 않고 미용이 솜씨를 부려 만든 네 종류도 넘는 주먹밥들, 과일과 떡을 무릎에 숨기듯 올려두곤 막걸리 다섯 병과 먹고 마셨다. 어른들이 반입한 음식을 먹는 동안 재서는 조금 초조한 마음으로 망을 서듯 테이블 뒤에 서서 왔다 갔다 했다. 어른들은 취해서 조금만 쉬었다 가자고 했다. 그러고는 한 명씩 차례대로 세수하러 화장실에 다녀오거나 식당 바로 옆 편의점에서 냉커피를 사오거나 트림을 하고 큰 소리로 웃고 떠들었다. 그 모습을 테이블 의자 끝에 엉거주춤 앉은 재서는 한 눈으로 보고, 한 눈으로는 미용을 좇았다. 소풍날 혼자 화장실에 들어가 도시락을 먹곤 했던 여학생. 미용은 재서와 가까운 데 있었다. 재서는 혹시 미용이 지금 자신과 같은 기억을 떠올리지 않길 바라서 눈을 돌렸다. 아버지는 의자에 등을 기댄 채 꾸벅꾸벅 졸았다. 높은 데를 올라가지 못하는 아버지. 아버지는 멋을 내느라 주름을 세운 아이보리색 기지 바지에 흰색 피케 셔츠를 골라 입었다. 벨트가 허리를 조여서 배가 쏟아질 것 같았다. 선글라스가 삐뚜름하게 코끝에 걸쳐진 채 아버지는 두 팔과 두 다리를 무람없이 늘어뜨리고 한낮에 야외에서 자고 있었다. 태평

하고 무심하고 부당해 보였다. 덮을 게 있다면 다 가려주고 싶은 몸이었다. 재서는 문득 고개를 끄덕일 뻔했다. 자신도 결국 아버지와 다를 바 없는 삶을 살아갈 거라고. 날이 너무 더웠다. 네 시 반이 넘었는데도 아직 찌는 듯했다. 선캡을 벗어 이마를 훔치던 미용이 주위를 한 번 둘러보더니 재서에게 소곤거렸다.

찾은 거 같아요, 그 선생님.

*

제주에서 실종된 고등학생은 집에서 직선으로 12킬로미터 정도 떨어진 표선해수욕장 앞바다에서 결국 사흘 만에 숨진 채 발견되었다. 영주에서 실종된 여학생은 열흘째 흔적조차 찾지 못했고 배수시설에서 점검 작업 중 불어난 빗물에 실종됐던 작업자 두 명도 끝내 사망 상태로 발견됐다. 전국에 폭염 특보가 확대되었으며 서울 기온은 36도까지 치솟았다. 일요일에는 8호 태풍 프란시스코가 한반도를 향해 북상해 올 거라는 예보가 있었다. 더위와 태풍과 사건 사고들. 여름을 정의하는 다른 말을 찾지 못한 재서는 불안을 달래느라 셔터를 내리고 밖으로 나갔다. 토요일 늦은 오후였다. 가게들은 지난주부터 여름휴가에 들어갔고 행인들도 줄었다. 양쪽 거리의 카페들만은 손님들이 들어차 빈자리가 없어 보였다. 길을 건너 미용의 가게가 있는 아랫길로 내려가려다 말고 청금산 쪽으로 몸을 돌렸다. 휴무이기도 하지만 사나흘 전부터 '이모 반찬'은 문을 닫았고 아무도 그 이유를 알지 못했다.

동물원에 다녀온 지 며칠 지났을 때 인도로 나가 서성거리다가 재서는 도로 맞은편의 미용을 본 적이 있었다. 가게로 가는 길일 텐데 무슨 생각에 빠졌는지 미용은 바닥을 보며 내처 걷다가 가로수에 이마를 부딪쳤다. 한 손으로 이마를 문지르면서 미용은 어리둥절한 눈으로—재서가 보기에—주위를 휘둘러보다가 지나쳐 온 길을 도로 내려가 자신의 가게로 들어갔다.

재서는 구청 청사를 지나 동네에서 가장 오래된 콩나물해장국집을 지나 특성화고등학교 담장에 바싹 붙어 걸었다. 습한 바람이 담쟁이 이파리들과 화살나무 이파리를 흔들었다. 이 거리에 새로운 소문이 들린 건 얼마 전부터였다. 검정 복면을 쓴 사람이 비틀거리며 걸어 다니고 문 닫힌 가게들의 쇼윈도를 들여다보기도 하고 바닥에 떨어진 뭔가를 봉투에 주워 넣기도 하고 팔로 허공에 대고 삿대질하더란 말이 들렸다. 그 모습의 일부가 다른 가게 CCTV에도 찍혔다고 하는데 아버지는 그건 고장 난 지 오래된 거라 믿을 만하진 않다고 말했다. 그래도 누가 보긴 본 모양이었다. 작은 사람이 이 열대야에 니트 복면을 쓰고 한밤중에 거리를 활보하는 모습을. 하릴없이 재서는 쇼핑몰에서 여름용 복면을 검색해보았다. 여름에도 복면을 쓰는 도둑들이 있을 텐데.

원고를 출력하고 미용이 USB를 그대로 대학사 컴퓨터에 꽂아두고 간 건 지난 5월의 일이었다. 처음에 재서는 그 파일 안에 든 글을 다 읽지 않았다. 한동네에서 영업해도 미용은 대학사를 드나드는 손님일 뿐이었고 평소에 눈길을 끄는 사람도 아니었으니까. 궁금한 게 없었다. 그러다가 달라졌다. 뭔가를 읽는다는 일은 그랬다. 재서에 대해 쓴 글도 있었다. 그건 분명히 기억했고 앞으로도 기억하는 게 좋을지 지금으로서는 알 수 없다.

미용이 가게를 연 얼마 후에 꽃집 최 사장님이 주도해 박 사장님 노래방에 몇몇 점주들과 간 적이 있었다. 재서가 간 건 대학사 문을 닫은 후 아버지를 집으로 모셔가기 위해서였다. 아버지와 동네 어른들이 재서를 끌어 앉혔다. 미용은 두 손에 탬버린을 들고 구석에 앉아 흔들었고, 박자나 리듬에 상관없이 무조건 흔들어대서 핀잔을 듣기도 했다. 재서에게 마이크가 건네졌다. 재서는 친구들과도 동료들과도 노래방에 가는 사람이 아니었다. 아내와도 그래본 적이 없었다. 사람들은 그런 말을 하면 믿을 수 없다는 표정을 짓곤 했다. 재서는 아는 노래가 없었지만 외웠던 노래는 있었다. 그게 자신이 졸업한 고등학교 교가였고 노래방에는 당연히 음원이 없어서 그냥 불렀다. 비바람이 닥쳐도 젊은 우리는 삶의 주인이 되어 사랑과 배려의 마음으로 이 세상을 살아가리라, 청년이여, 맑게 흐르고 진리를 탐구하여 빛나는 사람이 되자, 뭐 그런 교가였다. 어른들은 실제로 듣는 것 같지 않았는데 재서가 교가를 마치자 박수를 쳤다. 슬그머니 탬버린을 내려놓은 미용도. 그리고 미용은 집에 돌아가서 「노래방에서 교가를 부르는 사람」이란 글을 썼다. 살면서 고등학교 교가 가사를 기억하고 노래방에서 부르기까지 하는 사람의 학창 시절은 얼마나 좋은 시간이었을까,라고. 재서는 그 원고에 이렇게 한 줄 덧붙이고 싶었다. 그저 너무 평범했을 뿐입니다. 미용은 글에서 재서를 정수리에 숱이 적은 갈색 머리, 중키에 긴 입술, 무채색 옷차림, 두 손을 습관처럼 자신의 겨드랑이에 끼고 있는 사람, 사는 일에 분투를 접은 듯한 눈빛이라고 표현해놓았다. 썩 마음에 드는 표현이 아니었고 재서는 가능하면 팔짱을 끼는 습관을 고치려고 했다. 그래도 분투를 접은 듯한 눈빛이란 표현은 너무했지만. 아무튼 재서가 알기로 미용은 그후로 자신을 좀 다른 눈으로 보기 시작한 듯하다. 재서가 미용의 글을 읽고 그녀를 그 같은 눈으로 보게 된 것과 비슷한 것이었을까.

대학 부속 치과병원을 지나 재서는 오른쪽 비탈길로 올라갔다. 생각이 많아질 땐 일단 자리에서 일어나, 그리고 장소를 옮기는 거야. 아내가 말해주었다. 대학 교정 안에 있는 미술관으로 가는 지름길이면서 인적이 드물고 나무들이 빽빽한 곳이었다. 햇빛이 비치는 틈새로 나무 가장 높은 곳의 가지들이 보이기도 했다. 서로 다른 나무의 가지를 건드리지 않기 위해서 움츠리거나 성장을 멈추는 곳. 아내는 그걸 수관기피 현상이라고 알려주었다. 밀집된 곳에서 서로 햇빛을 골고루 이용하는 식물들의 생존 전략이라고. 아내가 한 말은 아내가 떠난 후에야 생생히 떠올랐고 재서는 이제 목소리에 귀 기울였다. 잠깐이지만 아내가 좋아했던 이 길을 지날 땐 울창한 숲을 통과하는 기분이 들기도 했다. 재서는 미술관 앞 넓은 처마로 그늘이 진 벤치에 가서 앉았다.

무단결근을 한 사흘 동안 재서는 안국역 근처에 있는 4성급 호텔에 투숙했다. 충동적인 선택이었다. 조계사 경내가 내려다보이는 룸이었다. 루프탑에서 수영을 할 수 없는 게 아쉬웠지만 호텔에서는 한 손으로도 불편한 게 없었다. 스테이크를 안주 삼아 와인을 마셨고 충분히 취하지 않으면 룸서비스를 시켜서 더 마셨다. 하마터면 죽을 뻔하다 살았다. 더 좋은 곳에서 지낼 수도 있고 한 번도 안 해본 일을 시도해볼 수도 있었다. 그러나 이틀째 밤에 재서는 다른 무엇이 아니라 누군가와 이야기하고 싶다는 충동을 느꼈다. 조용하고 단순한 이야기들. 중요하지 않지만 하고 나면 충일해지는 이야기들. 그건 평범한 감정이 아니었다. 게다가 그 순간에 미용이 떠오른 데 놀랐다. 미용에게도 그런 순간, 그런 밤이 있었다. 눈에 띄지 않게 늘 없는 사람처럼 조용히 살다 보니 오십이 다 돼가도록 연락할 친구가 한 명도 없었다고. 그 글을 읽을 때 재서는 믿지 않았다. 일기 비슷한 자서自敍의 글에서 미용이 처음 자기 연민에 빠진 데가 바로 그 부분이라고 여길 만큼. 미용이 USB를 대학사에 잊어버리고 간 건 정말 실수였을까. 어쩌면 그녀는 자신의 이야기를 들려주고 싶은 사람을 찾고 있었을지도 모른다는 추측이 뒤늦게 들었다. 보기보다 용의주도하게 미용이 그 대상을 자신으로 선택한 건 아니었을까 하는 짐작과 함께. 사흘째 아침에 잠에서 깨어나 재서는 중얼거렸다. 뭔가를 이해하고 깨닫는 데 난 여전히 오래 걸리는 타입이군.

가게 문까지 닫고 미용은 어딜 간 걸까. 아니 뭘 하려는 걸까. 지난 5월 이후로 재서는 미용이 무슨 글을 쓰는지 알지 못했다. 그래서 이제 재서는 아무도 없는 야외 미술관 데크에서 턱을 괴고 상상하기 시작했다. 미용은 어떤 이유인가로 그 선생을 찾았다, 그것이 미용이 평생을 노력했으나 기대했던 것보다 만족스럽지 못한 자신의 삶을 보상하는 한 가지 방법이라고 여기고 싶어서. 모든 것의 처음이었던 부모는 이미 죽었다. 두 번 다 일반적인 죽음이라고 말하긴 어려웠다. 삶의 가운데가 아니라 늘 가장자리를 걷고 있다는 걸 깨달을 때 사람은 자신을 한번 돌아보게 된다. 왜 이런 사람이 되었는지, 누가 자신을 이런 사람으로 만들었는지. 미용의 몸에서 조급하고 혼란스러운 감정이 흘러나왔다. 의사와 상관없이 늘 복종하고 순종하는 사람은 자신이 되고 싶은 사람이 아니었다. 고치려고 해도 잘되지 않았다. 중년이 되어 미용은 마음먹었다. 자기 자신을 죽이기로. 아니 자기 자신만 죽이기로. 미용의 눈에서 눈물이 흘러내렸다. 눈 사이가 멀어서 다른 두 사람이 각자 흘리는 눈물처럼 보였을 것이다.

*

비탈에 지어진 오래된 다세대주택에 미용의 방이 있었다. 교회로 이어지는 백 개도 넘는 계단을 올라가야 했고 우편번호는 지하철역을 지나면서부터 달라졌다. 아침에 눈뜨면서부터 재서는 오늘은 꼭 미용을 보러 가야겠다고 마음먹었다. 뭘 만들지 결정했다면 종이부터 골라야 하는 것처럼. 다세대주택 일 층에 공용 마당이 있고 미용은 거기 놓인 칠이 벗겨진 플라스틱 의자에 재서를 앉게 했다. 그게 미용이 운동화를 말리는 방법인지 그녀의 색 바랜 운동화가 세워둔 빈 맥주병 주둥이에 걸쳐져 있었다. 물기가 잘 빠지도록 세모꼴로 널어둔 알록달록한 이불도 미용의 것이라는 짐작이 들었다. 높은 지대였다. 고가 쪽으로 휘어지기 전의 순환로와 까치고개 일대가 한눈에 들어왔다.

가게 문까지 닫고 그동안 뭘 하면서 지냈느냐는 말에 미용은 할 일이 좀 있었다고 대꾸했다. 미용은 재서의 짐작과는 달리 수척하지도 퀭해 보이지도 않았다. 재서는 얼핏 자신이 한 상상을 수정해야 할지도 모른다고 여겼고 안도와 동시에 거기서 묻어나오는 부차적인 감정 사이에서 잠시 혼란을 느꼈다. 재서는 입을 다물고 미소 지었다. 미용을 보고 한 번도 순수하게 그래오지 않았다고 깨달은 사람처럼 어색하게. 카키색 헐렁한 치마를 입은 미용이 재서를 돌아보다 그동안 뭘 좀 썼다고 말했다. 뭘 쓰시는데요? 그냥, 제 이야기요. 왜 그런 걸 쓰십니까? 미용은 입을 다물었다. 재서는 가만히 있다가 고개를 끄덕인 후 물었다. 혹시 그 선생님과 연관된 글인지에 대해서. 미용은 뜸을 들였다 대답했다. 그랬는데 다 쓰고 나니 결국 자신에 관한 이야기가 되었다고. 재서는 미용의 이야기가 듣고 싶어져서 그녀의 눈을 봤다. 미용의 눈은 반짝였고 운 흔적은 찾기 어려웠다. ……듣고 싶어요?

두 사람은 의자를 붙여 조금 가깝게 앉았다.

제목은 「교련 시간」이에요.

교실로 선생님이 들어왔다. 한 손에 출석부, 다른 손엔 지휘봉 같은 가늘고 긴 막대를 들고. 교련 선생님이 교실 미닫이문을 탁 닫을 때 '전체 속의 조화'라고 쓰인 급훈 액자가 미세하게 흔들렸다. 오십칠 명의 침묵과 긴장 때문에 교실이 팽팽해졌다. 화요일 사 교시였다. 열일곱 살 여학생들은 책상에 삼각건과 압박붕대를 일렬로 반듯하게 꺼내놓았다. 출석을 다 부른 교련 선생님이 입을 꾹 다물고 학생들을 내려다봤다. 모두 고개를 숙였다. 교련 선생님은 사십대로 보였고 굽이 낮은 정장 구두에 감색과 군청색 바지 정장을 즐겨 입었다. 국군간호사관학교 출신이라는 말도 있었지만 선생님에 대해 알려진 사실은 별로 없었다. 다른 과목 교사들과 말을 섞는 모습을 본 적도 없었다. 늘 고개를 치켜들고 복도를 지나다녔는데 짤막해 보이는 체형 때문인지 전체적으로 부자연스럽게 보였다. 선생님은 매시간 교련 수업의 목적을 상기시키는 걸 잊지 않았고 지금도 그 말을 하려고 입을 떼려는 순간이다. 제군들. 선생은 학생들을 그렇게 불렀다. 천구백팔십칠 년 사월이었다. 상계동 세입자 백여 명이 강제 철거에 맞서 시위를 벌이고 현행 헌법으로 내년 정권 교체를 위한 대통령 선거를 연내 실시한다고 대통령이 특별담화를 발표하던 때였다. 제군들, 이 수업의 목적을 아나? 제군들을 일깨우고 단련시키기 위해서다. 단련이 무슨 뜻인 줄 아나? 몸과 마음을 굳세게 닦음이라는 뜻이다. 창가 쪽 맨 뒷자리에 앉은 여학생은 첫 수업에서 선생님이 교련의 원래 목적이 길들여진 신체를 만드는 거라고 말했을 때 느낀 서늘함을 잊지 못한다. 손재주가 없어서 '응급처치와 붕대법' 과정으로 들어가면서부터 매시간 애를 먹고 있는 터였다. 다음 주 실기시험을 앞두고 오늘은 실습을 한다고 선생님이 말한다. 실시. 학생들은 일사불란하게 거즈 붕대를 손에 잡는다. 목청을 올리지도 않는데 교련 선생님의 목소리에는 채찍이 달린 것 같다. 옆자리 짝꿍과 순서를 바꿔가며 감은 붕대 뭉치는 오른손에, 끝은 왼손에 잡고 붕대 겉면을 피부에 닿게 해서 오른손으로 붕대를 굴려가며 단단하게 감되 부상자에게 불편이 느껴지지 않도록 강도를 조절하면서 감는다. 앞에 감은 붕대의 폭을 이분의 일만큼 덮으면서 나선 모양으로 감는 나선대, 먼저 감은 붕대의 전체를 덮을 만큼 촘촘히 감아나가는 환행대, 앞에 감은 붕대와 교차되도록 8자형으로 그려가듯 감는 맥아대 법까지. 숨소리 하나 들리지 않는다. 교련 선생님이 지나갈 때마다 심장이 멎을 것만 같다. 뒷자리 여학생은 붕대 뭉치를 자꾸만 손에서 놓치고 등에는 땀이 흐른다. 붕대가 손에서 바닥으로 굴러떨어진다. 교련 선생님이 구두 소리를 크게 내며 뒷자리로 걸어온다. 선생님이 쥐의 분홍색 꼬리를 닮은 막대로 정신이 거기에 있다는 듯 뒷자리 여학생의 양쪽 어깨를 두 대 세게 친다. 이번에는 삼각건을 이용한 응급처치법이다. 실시. 학생들은 일사불란하게 삼각건을 펴고 1절 접기, 2절 접기, 3절 접기를 한다. 끝매기법 같은 매듭짓기도 뒷자리 여학생에게는 쉬운 일이 아니다. 긴장한 탓에 손이 더 떨리고 마음대로 움직이지 않는다. 흉부 손상, 실시. 선생님의 목소리가 약간 커진다. 짝꿍의 한쪽 가슴을 싸매서 고정하는 1번 삼각건법의 순서가 기억나지 않아 여학생은 두리번거린다. 다른 학생들은 벌써 가슴의 삼각건법 2번을 실시 중이다. 짝꿍은 무표정하게 앉았고 선생님이 다시 다가온다. 뒷자리 여학생은 구두 소리만으로도 호흡이 가빠진다. 이 주 전에 삼각건을 가져오지 않았다는 이유로 교련 선생님이 한 급우의 뺨을 치던 장면을 잊을 수 없다. 선생님은 뒷자리 여학생 옆까지 다 왔다. 손에 든 막대기로 짝꿍의 가슴을 묶은 삼각건을 건드린다. 탄탄하게 묶지 못한 삼각건이 맥없이 풀어지고 만다. 교련 선생님이 뒷자리 여학생의 이마를 막대기로 쿡 찌르며 말한다. 너 같은 것들. 여학생은 눈을 감는다. 단련되지 못한 것들. 모두가 자신을 보고 있을 것이다. 눈 떠. 선생님이 막대기로 뺨을 찌르며 나직이 지시한다. 눈을 뜨지 않는다. 그러기에 너무 두렵다. 눈을 뜨지 않아도 이미 교실 안의 세상이 기울었다가 흐릿해졌다. 눈 뜨래도, 실시. 여학생은 생각한다. 자신이 한 실수와 잘못에 대해서. 교련 선생님이 이제 자신을 일으켜 세우려는 모양이다. 학생들에게 부드러운 소리로 말한다. 의식 없는 환자 일으키는 3단계, 실시. 학생들이 책상을 치우는 소리가 들리고 뒷자리 여학생은 몇몇 손에 의해 끌려가다시피 교실 앞으로 나간다. 부축법, 업기법, 업치기법. 지난주 교련 시간에 배운 맨손 운반법이고 뒷자리 여학생을 의식 잃은 환자 삼아 학생들이 연습한다. 실시. 동작 그만. 선생님의 구령이 빨라진다. 실습 시간은 끝나지 않는다. 환자가 된 여학생은 후들거리는 자신의 다리가 자꾸만 예각으로 구부러진다고 느낀다. 누군가 갑자기 손을 놓으면 여학생은 진짜 응급처치가 필요한 사람처럼 몸을 가누지 못하며 쓰러진다. 다른 누군가는 업치기법으로 여학생을 등에 업었다가 바닥으로 팽개치듯 내려놓는다. 이런 분위기 다 너 때문이야. 팽개치는 힘이 그렇게 말한다. 이 교실의 무언가 휘발되었다. 실시. 목소리에 힘이 묻어난다. 뒷자리 여학생은 다시 교실 바닥에 쓰러진다. 치마가 위로 올라갔다. 여학생은 늘 교체되는 사람이었는데 지금은 누구와도 교체되지 않는다. 여학생은 자신이 이 교실에도 속하지 않는 사람이라고 느낀다. 자신을 지키기 위한 방법이 떠오르지 않는다. 눈에 띄고 싶지 않다는 갈망뿐. 자신은 별명처럼 '복종하는 용' 말고도 다른 것일 수 있을 거란 생각을 버렸다. 여학생은 거듭 일으켜졌다 내팽개쳐졌다. 실시. 빠르고 조용한 명령이 반복될수록. 가여워라. 아는 목소리가 들렸다. 바닥에 뺨을 대고 쓰러진 채 뒷자리 여학생은 부어오른 눈을 가느스름하게 떴다. 맞춤복만 입고 다닌다는 그 반 임원이었다. 선생님, 그만하세요, 가여워서 못 보겠으니깐. 그 애가 나직하게 말했다. 아버지가 경찰청장이라는 말이 있었다. 학교의 모든 선생님이 그 애 말에 귀 기울였고 미소 지었다. 교련 선생님도 그랬다. 모두 제자리로, 실시. 뒷자리 여학생도 비칠거리며 일어났다. 어디로 가야 하지. 눈앞이 희뿌옜고 오십칠 명의 눈이 자신에게 꽂혔다. 두 손으로 다급히 얼굴을 가렸다. 수업종이 울렸다. 교련 시간이 끝났다. 가여운 김미용. 교련 선생님이 부드러운 음성으로 말하며 여느 때처럼 고개를 치켜든 채 교실을 걸어 나갔다.

그런데 말이에요.

미용이 재서를 돌아보며 말했다.

내가 쓰고 싶은 건 이게 아니었어요.

그럼, 뭐였는데요?

교련 시간이 시작되기 전에 창가를 내다보고 있었거든요. 내 자리에서 바로 복사나무 한 그루가 보였어요.

나무요?

수령이 오래된 복사나무라 학교에서도 유명했어요. 그날 꽃은 많이 졌지만 거칠거칠한 수피에서 팔처럼 뻗어 나온 가지에 새순이 길쭉하게 자라고 있었어요. 막 떨어지려는 꽃잎 사이에서 꽃받침이랑 꽃술도 보였어요. 바람이 부니까 꽃술이 꼼지락거리는 듯했고 연연한 분홍 꽃잎 몇 장이 후르르 떨어지는데 그게 기가 막히게 평화로워 보였어요. 그게 떠올랐어요. 그래서 갑자기 내가 왜 이런 생각을 하나 또 생각을 해야 했는데, 그 장면 말고도 있었더라고요. 기가 막히게 아름다웠던 순간들이, 저한테도 말예요.

미용은 담담하게 말했다. 한 사람은 말하고 한 사람은 가만히 듣고 있었다. 그 이야기에는 한 사람이 삶을 헤쳐 나간 방식이 깃들어 있는 것 같았다. 미용에게 그런 글을 왜 쓰느냐고 묻지 않아도 알 것 같았다. 이야기는 아직 끝나지 않아 보였고 쓸 이야기가 더 남아 있는 듯했다. 재서는 기우는 태양 쪽으로 얼굴을 돌리며 상상했다. 그 선생님을 찾아서 미용은 자신이 죽지 않고 살아 있음을, 계속 자신으로 살아가고 있단 걸 똑똑히 보여주고 싶어 했을 거라고. 이 짐작은 맞을지 모른다. 상기된 표정의 미용은 그 사이 다른 데로 가 있는 사람 같았으니까. 자신의 이야기를 쓴 짧은 글들이 미용을 그 자리로 옮겨놓았다. 그동안 출력한 종이의 무게를 가늠하며 재서는 이 책에 나오는 내용은 모두 사실이지만 특정 인물의 이름과 지명은 모두 지은이가 지어냈다는 말은 본문이 아니라 맨 앞의 '일러두기'에 써두면 된다고 알려주었다.

일러두기라는 게 있었네요.

미용이 고개를 작게 끄덕였다.

맡은 일을 하느라 재서는 대학사에서 수많은 책의 앞 장들을 넘겨보았다. 그저 감으로 진실해 보이는 책도 있었고 그렇지 않은 책도 있었지만 자신 같은 평범한 독자에게는 일러두기가 상세한 책일수록 친절하게 느껴졌다.

사람과 사람 사이에도 그런 게 있으면 좋겠네요.

왜요?

그러면 미리 이해를 구할 수도 있고 안내 같은 것도 할 수 있게 될 테니까요.

미용이 또 버릇처럼 양손을 뒤집어 손바닥이 보이게 무릎에 올려두었다. 그 손은 무방비 상태처럼 보이지 않았다. 눈을 돌리며 재서는 미용이 읽어주었으면 싶은 자신의 일러두기에 대해 떠올리려고 했다. 생각이 필요한 일일지 몰랐다. 잠자코 있는 미용에게 재서는 검지로 제 입을 가리키며 여긴 좀 어때요? 하고 물었다.

잘 씹고 잘 먹으려고 해요.

누구랑 말도 좀 하고 그래야 구강 운동이 되죠.

문을 연, 사람들이 드나들던 '이모 반찬' 가게를 재서는 떠올렸다. 미용도 같은 생각을 하면 좋겠다고.

재서는 미용에게 아직 버리지 않은 한쪽 장롱에 대해 말했다. 받침대를 받쳐두었고 그걸 볼 때마다 언제든 죽을 수 있다는 생각이 들어서 버리지 않기로 했다고. 미용은 말이 없었다. 뭔가를 묻지도 고개를 끄덕이지도 않았다. 그냥 거기에 있었다. 재서는 그런 미용에게 더 말하고 싶어져서 자리에서 일어났다. 여름은 아직 남았다. 먼지가 햇빛 속으로 내려앉았다. 이불도 운동화도 햇빛에 바싹 말라가고 있을 거였다. 재서는 계단에 발을 내렸다. 잠깐만요. 재서는 뒤를 돌아봤다. 미용이 주머니에서 복면을 꺼내 쓰더니 아랫단부터 이마 위로 착착 접어 올리곤 한 손을 흔들었다. 복면을 접어 헬멧처럼 쓴 미용은 오후의 인광 때문인지 귀밑으로 짧은 머리카락을 휘날리는 작지만 다부진, 높은 수위의 단계 하나를 막 통과한 사람 같아 보였다. 미용은 이제 밀치고 앞서가는 사람들 사이에 서 있지 않았다. 내려가는 계단에서 재서는 그 모습을 뚜렷하게 새겼다.

대상 수상 작가 조경란

수상 소감

오늘은 여기까지만

「일러두기」가 대상 수상작으로 선정되었는데 휴대전화가 꺼져 연락이 안 된다는 메일을 열어 보곤 이게 정말 나에게 발송된 이메일일까? 하는 마음부터 들었습니다. 제가 쓴 단편의 제목이 아니었다면 장난 메일인 줄 알았을 겁니다. 소설로 상을 받는 건 남의 일이거니 하며 지냈습니다. 십육 년 만에 이런 큰 상을 수상하게 되었다는 금요일의 연락에 뜻밖에도 담담했습니다. 멍하게 앉아 있다가 운동화를 신고 좀 걷다 들어왔습니다. 새 소설을 구상하는 중인데 실마리가 풀리지 않는 데다 방금 본 메일도 여전히 믿기지 않아서 말입니다.

수상 소식을 들은 지 사흘이 지났습니다. 아직 가족에게도, 아무에게도 말하고 있지 않으려니 조금 쓸쓸하기도 합니다만 쓰기 시작하려는 소설의 인물을 떠올리면 마치기 전까진 떠들썩한 시간을 보낼 때가 아니라는 생각도 듭니다. 소설을 쓰면 쓸수록 인물이 겪고 있는 어려움과 슬픔이 마치 인생과는 서로 화합할 수 없다는 듯 저에게 깊이 스며들 때가 있습니다. 가장 진실처럼 느껴지는 방식으로 그 인물의 이야기를 직조하는 과정은 어렵기도 하고, 매달리고 싶은 일이기도 해서 그날 치의 작은 힘을 거기에 다 쓰려고 합니다.

한 달 전부터 매일매일 책을 버리고 있습니다. 하루에 오십여 권씩. 금요일에도 그랬습니다. 토요일에는 옷들을 버렸습니다. 일요일에는 가방과 구두들을 버렸습니다. 너무 많이 끌어안고 있는 게 더 없나, 더 적게 갖고 있을 수는 없나 둘러보다가 노트북을 열었습니다. 조금은 가벼워져서 수상 소감을 씁니다.

지난해 「일러두기」를 구상할 때의 노트를 찾아보니 준비가 안 된 부모에게서 태어나 평생을 움츠리고 산 아이, 남의 눈에 멸시의 대상이기만 했던 아이는 어떤 어른으로 성장했을까? 하는 질문이 이 단편의 시작으로 보입니다. 그런 아이가 자라서 펼치는 미니멀한 복수 서사를 저는 쓰고 싶었는데 미용이라는 인물은 그걸 거부했습니다. 글을 마치고서야 그녀가 자신과 같은 사람들에게 소박하고 순수한 생명력을 전달하고 싶었다는 걸 깨달았습니다. 자기 자신이 어떤 사람인지를, 되고 싶은 모습이 무엇인지를 찾고 싶어 하는 이들에게. 사람은, 사는 일은 기가 막히게 좋은 거라는 말도. 이 소설을 읽는 독자에게도 그렇게 읽혔으면 하는 마음입니다. 너무나 평범해서 눈에 띄지도 않는 인물이 만들어내고 행동하는 일상의 경이로운 이야기에 대해 더 쓰겠습니다.

언제부터인가 거의 모든 일에 무리하지 않게 되었습니다. 저로서 살아갈 수 있는, 읽고 쓰고 생각하는 이 일을 반복적으로 하고 싶어 만들어낸 습관 같습니다. 소설 쓰기는 불확실성을 다루는 일이며 아무리 노력해도 글쓰기가 원하는 대로 되지 않는다는 걸 받아들이는 데, 매번 실패하는 일이라는 걸, 그리고 이것이 바로 나의 삶이라고 이해하는 데 시간이 걸렸습니다. 무너져버린 나의 구조 속에서 한 삽 한 삽 생활을 다시 다지는 심정으로 지내기도 했습니다. 그사이 중견작가가 되어 매일 밤 물을 팔팔 끓인 후 달걀 세 알을 넣고 팔 분간 삶습니다. 제 것과 부모가 아침으로 드실 것. 오늘은 여기까지만 먹자,라고 저는 혼자 말합니다. 좋은 책을 읽다가도, 더 보고 싶은 영화가 있어도, 더 멀리 걷고 싶은 날에도 오늘은 여기까지만 읽자, 여기까지만 보자, 여기까지만 걷자,라고 말합니다. 어쩌다 글이 잘 써지는 날에도 내일을 떠올리곤 오늘은 여기까지만, 하며 중단합니다. 힘든 날이면 오늘은 여기까지만 힘들어하자고, 즐거운 일이 있으면 오늘은 여기까지만 즐거워하자고도. 꾸준히 게으르고 굼뜨고 느리게 살고 있습니다. 소설도 그렇게 쓰고 있고 앞으로도 오래오래 그럴 것입니다.

어느 위축된 밤에 이런 일기를 쓴 적이 있습니다. 환호도 기대도 독자도 청탁도 없이 혼자만 읽는 것 같은 단편소설을 줄기차게도 쓰고 있다고.

「일러두기」를 읽어주신 심사위원분들께 감사드립니다. 덕분에 오랜만에 제 소설이 독자를 만날 기회가 생겼습니다. 이 소중한 기회는 저에게 가장 큰 선물입니다. 또, 소설을 혼자 쓰고 혼자만 읽었던 게 아니라 누군가의 지지를 받았다는 데 기쁨을 느낍니다.

오늘은 여기까지만 쓰겠습니다.

이제 일어나 어머니에게 수상 소식을 알려야겠습니다.

대상 수상 작가 조경란

문학적 자서전

살아가기

포기하다

집에서 가까운 학교만 다니다가 열일곱 살이 되었을 때 정동에 있는 고등학교로 진학하게 되었다. 나에겐 너무 넓은 세상이어서 아침에 버스를 타고 한강을 건널 때면 주눅이 들었다. 특별활동반으로 문예반에 들어가고 싶었는데 성적순이라는 말에 실망하고 포기했다. 그 처음의 포기가 내 학창 시절의 기저를 이루지 않았나 싶다. 공부도 친구를 사귀는 일도 광화문에 적응하기도, 쉽게 포기하고 마음을 접었다. 삼 년이 너무 길게 느껴졌다. 국어 시간에 선생님이 우연히 내 노트를 보게 되었다. 선생님이 문예반 지도교사였다. 선생님은 그후 문예반도 아닌 나를 지구대회 백일장 같은 데 데리고 나갔다. 시와 산문을 썼다. 상을 받아 오자 1학년 때 담임선생님은 너도 할 줄 아는 게 있었구나, 하는 눈으로 나를 봤다.

고3이 되어서야 공부를 해야겠다고 마음먹었다. 성적이 뛰어 내가 반에서 12등을 한 날 수학 과목인 담임선생님이 나를 교무실로 불러 훈계했다. 커닝하지 말라고. 성은 다르고 나와 이름은 같은, 전교 일이 등을 다투는 학우가 바로 내 앞자리였고 담임선생님은 갑자기 오른 내 성적도, 커닝하지 않았다는 내 말도 믿지 않았다. 그대로 공부를 포기해버렸다. 나는 이미 조용한 체념에 익숙해져 있었다. 매일 무력했고 가슴이 두근거리고 답답했다. 노천극장에서 책을 읽게 내버려두지 않았다면 학교에 나가지 않았을지 모른다. 점심시간, 자율학습 시간에도 해가 기울어 어두워질 때까지 노천극장에 앉아 광화문의 '공씨 책방'에서 사온 책들을 읽고 또 읽었다. 책들을 사느라 집에서 큰돈을 훔치기도 했다. 아무 데도 갈 수 없는 성적으로 졸업식 날 나는 개근상과 백일장에서 받은 상들 때문에 받게 된 '학교를 빛낸 상', 이렇게 종이 두 장을 들고 다시 터덜터덜 관악구로 돌아왔다.

읽다

나는 이런 이야기를 어디엔가 쓴 적도, 말한 적도 있을지 모른다. 그러나 지금의 나이가 되고 보니 또 다른 눈으로 그 시절을 돌아보게 된다. 희미하지만 그래도 변하지 않는 사실은 나의 이십대 초반은 한 문장으로 요약할 수 있다는 것이다. 집에서 책만 읽었다고. 대학에 간 친구가 노발리스의 『푸른 꽃』을 읽고 감상문을 제출해야 한다고 해서 대신 써주었다. 그 글을 쓰는데 마음이 안정되고 차분해졌다. 친구가 A 플러스를 받았다고 저녁을 사주었다. 이제 공씨 책방은 너무나 먼 곳이 돼버려서 동네 '대학 서점'

을 드나들며 책을 읽었다. 대학 서점의 책들을 다 읽는 게 그 당시 나의 가장 가까운 꿈이었고 지금 기억으로는 거의 그렇게 했다. 책 읽기 말고는 하고 싶은 일이 없었다. 대학에 간 친구들도 동생들도 졸업하기 시작했다. 온종일 방 안에서 책만 읽는 나는 실패한 사람 같았다. 조금이라도 나은 사람이 될 수 있을까 싶어 직장을 구했다. 그때도 스물세 살의 내가 버틸 수 있었던 건 직장 근처에 6층짜리 대형 서점 '월드북센터'가 생겨서였다. 점심시간을 거기서 다 보내고 나면 회사로 들어가는 일이 더 어렵고 낯설어졌다. 칠 개월 만에 사직서를 제출하고 다시 집으로 돌아왔다. 그때도 가족들은 아무 말도 하지 않았다. 미지근한 방에서 밥상을 펼쳐놓고 노트에 틈틈이 시를 썼다. 추운 데서 시를 쓰는 게 싫어서 연탄을 제때제때 잘 갈았다. 스물다섯 살이 되었다. 문학文學이라는 말만 들으면 가슴이 뛰는. 내가 그런 사람이 될 줄 몰랐다. 그건 아마도 책이 오갈 데 없는 나를 그렇게 이끌었다고 보아야 할 것이다. 하고 싶은 일도, 어떤 사람이 되어야 할지도 전혀 알지 못했고 나에게 미래는 더더욱 보이지 않았으니까. 그런데 달라졌다. 책을 읽고 책에 관한 이야기를 나누고 그 모든 것에 대해 배우는 장소로 가고 싶었다. 그게 가장 절실해졌다.

배우다

스물여섯 살에 입학한 대학에서 제대로 읽고 생각하고 쓰는 법을 익히기 시작했다. 어렵고 힘들었다. 봄이 되어도 남산 밑의 학교는 추웠다. 책에서만 보던 작가, 평론가, 선생님들이 강의실에 들어오고 복도에서 마주치고, 교지 편집실의 지도 선생님으로 만나는 모든 일이 신기하고 믿기지 않았다. 그때는 지하철역에서 강의실로 올라가던 골목의 '숭의 서점'을 단골로 드나들었다. 글을 잘 쓰는 동기들도 많았다. 어리둥절한 채로 수업을 듣고 선생님들이 소개해주는 모든 책을 따라 읽으려고 했다. 만약 나에게 책을 읽어왔던 오 년의 시간이 없었더라면 대학 생활을 감당하지 못했을 거란 생각도 자주 들었다. 학교에서의 시간이 너무나 소중해서 나는 긴장을 풀지 못했다. 이 년은 너무 짧을 것 같았다. 졸업하면 스물여덟 살이니 더는 가족에게 짐이 되기도 어려웠다. 배우고 또 배우고 읽고 또 읽는 시간만으로 이 년을 보내고 싶었다.

시에서 소설로 전공을 바꾸어 2학년이 된 스물일곱 살 때부터 소설을 썼다. 너무 늦었다는 불안과 그래도 꾸준히 읽어와서 다행이라는 위안 속에서 그해 여름을 보냈다. 천구백구십오 년, 기록적인 더위가 이어졌다. 두 달 동안 네다섯 편의 단편을 몰아 썼고 겨울까지 수정을 거듭했다. 그중 두 편을 신춘문예에 투고했다. 예심이라도 통과하면 어느 정도 힘이 될 거라는 마음으로. 해가 바뀌면 바로 졸업이었다. 일 년만 더 오로지 소설 쓰기에만 집중해보고 싶어졌다. 어머니에게 부탁했다. 취직은 그후에 하면 안 되겠냐고. 그러는 사이에 「불란서 안경원」이 동아일보 신춘문예에 당선되었고 「환절기」는 다른 신문사 최종심에 올랐다. 그 때문인지 거기서 조금만 더 노력하면 진짜 소설가가 될 수 있겠다고, 등단하던 그해에 그런 어리석은 생각을 했다.

시작하다

등단한 해에 경장편 『식빵 굽는 시간』을 내고 이듬해 첫 소설집을 출간했다. 소설이 뭔지 모르는 채로 계속 청탁을 받고 소설을 발표했다. 내 안의 것을 다 길어내느라 나는 텅 빈 우물 같아져버렸다고 자주 느꼈다. 소설이 어때야 하는 걸까. 무엇을 어떻게 써야 할까. 그걸 알지 못해 불안하고 초조했다. 더 준비한 상태로, 더 깊은 사고와 눈을 가진 후 작가가 되었다면 좋았을 거란 아쉬움이 떠나지 않았다. 처음으로 돌아갈 필요가 있었다. 나는 방으로 들어갔다. 다시 책을 깊이 읽고 사전을 읽고 단어를 노트에 옮겨 쓰고 평생 봐온 신문들을 더 꼼꼼히 읽었다. 가끔 누군가를 만나면 잘 듣기 위해 노력했다. 이웃에게 무슨 일이 벌어지고 있는지 관심을 기울였다. 소설이 진실을 말하는 한 가지 방법이라는 것 외에, 좋은 소설을 어떻게 쓰는지, 어떻게 좋은 작가가 되는지는 말해주는 데도 없고 배울 수도 없어서 그냥 되는대로, 할 수 있는 대로 일상에서 애써보는 수밖에 없었다. 서른에서 마흔. 지금 돌아보니 긴 시간이었다.

사실은 그렇지 않겠으나 그 상태로 나는 지금 나이에 이른 것 같다. 등단한 지 이십팔 년. 이런 게 소설이지 하는 방법론, 전개론, 글쓰기의 익숙함은 생기지 않는다. 새 이야기, 새 인물 앞에서 소설은 언제나 다시 시작한다. 관습적으로 쓰고 있는 건 아닌지도 짚어본다. 이야기는 매번 다른 형식과 다른 진술의 방법을 필요로 한다. 소설이라는 집에 이야기를 맞추는 게 아니라, 이야기마다 새 집을 지어야 한다. 시작하고 마치고 수정하고 다시 시작하고 마치고 수정한다. 그걸 반복할 뿐이다. 이렇게 말하지만 내가 잘못 알고 있는지도 모른다.

오랫동안 청탁을 받지 못한 시간도 있었다. 쓰지 않고 지낼 수가 없어서, 소설을 구상하고 몰두할 때만 조금 나은 듯해서, 매년 단편을 써서 책상 서랍에 넣어두었다. 머리를 다쳐 스스로 '회복의 해'라고 여긴 이천십팔 년 한 해만 제외하고.

보다

삶에서도 소설에서도 아슬아슬하게 가장자리를 걷고 있다는 느낌이 들었다. 오십 세가 넘을 때부터였다. 그게 내 길이라면 조심해서 끝까지 잘 걸어가야겠다고 마음먹었다. 생활도 관계도 단순하게, 저절로 그렇게 되었다. 어느 날 동네 가게에 붙은 '가정 사정으로 쉽니다'라는 문장 앞에서 오래 서 있었다. 그러다가 감염병이 시작되면서 그 문장이 다른 의미로 다가왔다. 모든 것이 믿을 수 없게 단절되었다. 집에 마스크가 없는 것도, 거리두기도, 비대면의 생활도 가시화된 깊은 두려움 같아졌다. 밤에 나가 걸어 다니는 버릇이 생겼다. 상가들 앞에 휴업한다는 안내문을 보고 폐지 줍는 사람들을 보고 길에서 잠든 사람들을, 버려진 의자들과 트렁크들을 보았다. 매일 지나다니던 가게와 상점 앞에 더 많은 폐업 안내문들이 붙었다. 저마다의 가정 사정과 개인 사정에 대해 떠올리자 간절히 쓰고 싶어졌다.

나 스스로, 이제 나 자신이 작가 같다고 느낀 순간이 지금까지 두 번 있었다. 어느 한 시절을 마감한 자전 소설 「코끼리를 찾아서」를 쓰고 났을 때, 그리고 코로나 시작 후 혼자 마감 날짜를 정해 한 편 한 편씩 쓴 여덟 편의 단편을 묶어 『가정 사정』이라는 소설집을 냈을 때. 그게 불과 이 년 전의 일이다.

그동안 나는 본다는 것에 무지했을지 모른다. 사람을 보고 이웃을 보고 세상을 보고 시대를 보는 일에. 매일 읽고 실패하면서도 계속 소설을 써오는 동안 비로소 해야 할 일을 찾은 기분이다. 버려지고 묻힌 것을 보고 소리 없이 사라진 것을 보고 드러내야 할 것을 보고 잃어버린 것을 봐야 한다는. 이게 옳은지 그렇지 않은지 여전히 알 수는 없지만, 소설을 쓰려는 내가 선택한 작디작은 소명이구나라고 느낀다. 소설이 하는 일에 대해 조금은 깨닫게 된 것도 다행이라고 여긴다. 고단하던 젊은 시절에 이런 걸 알았다면 더 좋은 작가가 되었을까.

기억하다

가끔은 나 혼자만의 힘으로 작가가 된 게 아니라는 생각이 들 때가 있다. 써야 한다고 느꼈던 많은 불행과 어둠, 서늘하고도 기이한 구멍 같았던 날들, 쓸 수 있다고 말해준 사람들, 이야기를 들려주고 공간을 내주고 마음도 시간도 내어준 사람들이 있었다. 나를 변화시킨 경험과 슬픔과 안타까움들도. 나는 모든 것을 다 잊지는 않았다. 어지러운 꿈속에서 잠을 깨는 날이 많다. 그러나 다정한 소리들도 많았다고, 나는 기억한다.

쓰다

지난겨울 어느 추운 밤이었다. 동네를 걷고 있었는데 내 앞에 폐지 줍는 노인이 힘겹게 손수레를 끌고 가다 멈췄다. 그러곤 아마도 택배 상자였을, 납작하게 접은 두툼한 폐지 두 장을 꺼냈다. 버스 정거장 앞이었다. 노인은 그 납작한 폐지를 정거장 의자에 나란히 두 개를 깔았다. 마치 방석처럼. 온열기가 설치돼 있지 않은 차가운 의자에. 다시 손수레를 끌고 가다가 노인은 뒤돌아봤다. 거기 버스를 기다리는 누군가 앉아 덜 춥다고 느끼기를 바라는 눈빛으로. 나는 노인을 보았고 종이 방석이 깔린 우리 동네 버스 정거장 의자를 보았다. 아직 빈 자리였지만 그때 나는 깨달았다. 소설이 여기에 있다고. 지금 나는 소설이 해야 하는 진짜 일을 발견한 거라고.

여기저기 걷는다. 평범한 사람들이 하는 기적 같은 행동, 사람이 만드는 반짝이는 순간을 눈앞에서 볼 수 있는 것은 내가 살아 있기 때문이다. 쓰고 싶기 때문이다. 눈을 크게 뜨고 걷다가 울면서 혼자 걷는 사람을 보면 잠시 걸음을 멈춘다. 하루에 한 조각씩, 나는 걸으면서 보고 배우고 느끼고 줍는다. 예술가가 아니라 나는 생활인이 되었다. 이 글처럼 정작 나 자신에 대해서는 쓸 게 별로 없는.

그리고

새해에 꿈을 꾸었다. 나는 평균대 위에 서 있었다. 평균대 밑은 넓디넓은 바다였다. 조금만 몸을 잘못 움직여도 바로 바다 밑으로 떨어져버릴 거였다. 아침 바다 같았다. 아무도 없었고 아무 소리도 들리지 않았다. 이상하지만 겁이 나지도 놀라지도 않았다. 나는 차분하게 그 상황을 받아들였다. 조용한 체념과는 달랐다. 내가 원한 길이 나를 여기에 데려다놓은 거라는 생각이 들었다. 그 생각은 나에게 말했다. 이 자리에서 다시 시작해야 하는 거라고. 꿈에서도 그걸 알고 있었다. 그럴 나이가 되었다. 서둘지 않는다. 느리게, 매우 느리게 읽고 보고 듣고 생각하고 쓰고, 그리고 살아간다.

작품론

「일러두기」와 조경란의 작품 세계

소설의 안과 밖에서 퍼져나가는 ‘일러두기’의 울림

손정수 ı 문학평론가

3인칭 시점 속의 두 남녀

『문장 웹진』 2023년 5월호에 처음 발표된 「일러두기」는, 소설 속에 나오는 ‘프란시스코’라는 태풍 이름으로 유추해보면 2019년 여름이 시간적 배경으로 설정되어 있다. 6월 하순의 주말 어느 날 인쇄와 복사를 전문으로 하는 ‘대학사’라는 가게에 사십대 후반의 중년 남녀인 재서와 미용이 함께 있는 상황으로 소설은 시작된다. 재서는 3년 전 아내가 떠나기 전까지 마흔일곱 해 동안 평범하게 살아왔지만, 아내로부터 버려진 그 사건으로 인해 다니던 직장도 그만두고 본가로 돌아와 아버지의 복삿집을 이어받았다. 그런데 나흘 전 돌아가신 지 십 년도 넘은 어머니의 낡은 장롱이 쓰러지는 바람에 오른쪽 팔꿈치를 다쳐 반깁스를 한 상태이다. 길 건너편에서 '이모 반찬' 가게를 운영하는 미용이 가게가 쉬는 날을 이용해 한쪽 팔이 불편한 재서를 도와주러 이곳에 와 있다. 텔레비전 프로그램에서 복면을 쓴 여자 주인공이 인질로 잡혀 있던 아이들을 구출해내는 장면에 매료되어 주문한 검은색 복면을 들고 있는 그녀는 "성인 여성 평균 키에서도 한참 모자라고 목소리도 작고 앳되며 아무것도 아닌 일에도 수줍어하는 마흔아홉 살"[1]에 어울리지 않는 엉뚱한 면모를 갖고 있다.

소설은 3인칭의 시점으로 재서에 초점을 맞춰 서술되고 있다. 작가의 전작인 「언젠가 떠내려가는 집에서」(2016)는 구립 도서관에서 일하며 아버지와 한집에서 살고 있는 서른일곱 살의 남성 인물 인수가 1인칭 서술자를 맡고 있다. 그런가 하면 「김진희를 몰랐다」(2017)에서 반찬가게를 운영하고 있는 정미 역시 1인칭의 서술자이다. 이렇게 보면 「일러두기」에서는 작가의 이전 소설에서 각자 고립된 삶을 살고 있던 인물들이 하나의 프레임 안에서 서로 마주하고 있는 상황이 만들어진 것인데, 3인칭의 시점은 이런 시야의 변화와 맞물린 선택이라고 할 수 있겠다.

이런 맥락에서 작가의 여덟 번째 소설집 『가정 사정』(2022)에 수록된 여덟 편의 소설이 모두 3인칭으로 되어 있다는 사실을 새삼 되돌아보게 된다. 「가정 사정」에는 정미와 아버지 윤씨

1 「일러두기」, 13쪽. 이후 이 소설에서 인용할 경우에는 이 책에 의거하되 쪽수만 괄호에 넣어 인용문 뒤에 밝히기로 한다.

의 이야기가 초점을 교차하며 펼쳐져 있고, 「내부 수리중」에서는 부부 사이인 기태와 연호에 서술의 초점이 번갈아 맞춰져 있다. 「양파 던지기」의 '그'(원진), 「분명한 한 사람」의 오숙, 「이만큼의 거리」의 동미, 「너무 기대는 하지 마세요」의 상희, 「한방향 걷기」의 미석, 「개인 사정」의 인주 등 여섯 편의 중심인물들 또한 3인칭 서술의 초점자로 등장한다. 이 지점에서 주로 1인칭의 서사들이 점유하고 있던 조경란 소설의 대지에 어느새 3인칭의 서사가 상당한 분포를 차지하며 새로운 영역을 이루고 있는 상황을 확인할 수 있다.

물론 조경란의 소설 세계 한편에서는 여전히 1인칭 시점의 이야기가 지속되고 있다. 가령 「일러두기」를 전후로 하여 발표된 작가의 근작들인 「검은 개 흰 말」(『실천문학』, 2022년 겨울호)과 「은천에서」(『문학사상』, 2024년 1월호)를 그 예로 들 수 있다. 두 소설에는 공통적으로 대학에서 학생들을 가르치는 직업을 가진 1인칭의 여성 인물이 등장한다. 「검은 개 흰 말」에서 2019년 8월 강사법 시행으로 일자리를 잃은 '나'(서양지)는 일시적으로 집을 비운 주인을 대신하여 그곳에 거주하는 일을 얻어 생활하고 있다.[2] 한 동네에서 청소년 시기를 같이 보낸 치과의사 류 원장의 소개로 시작한 이 일은 가족이 여행을 떠난 여동생네 집에서 열다섯 살의 조카 실과 함께 지내는 시간으로 이어진다. 실이

2 작품 발표의 순서는 반대로 되어 있지만, 소설 속의 시간으로는 「검은 개 흰 말」이 「일러두기」에 직접적으로 이어져 있다. 소설 속에 각각 등장하는 9호 태풍 링링과 8호 태풍 프란시스코가 그 사실을 증거하고 있다.

초등학교 때 거리에서 만난 커다란 검은 개로 인한 충격으로 불안을 겪고 있다면, '나'는 삼십 년 전 사라진 어머니의 부재 속에 만성적인 죽음 충동에 시달리고 있다. 한편 「은천에서」에서 노년 우울증을 앓는 어머니와 함께 살고 있는 '나'(신 선생)는 어느 날 휴대전화를 두고 집을 나간 어머니를 쫓아 예전에 살았던 은천을 찾는다. 지금 살고 있는 봉천동의 집으로 이사 오기 전, 현재는 복개되어 큰 거리가 된 자리에 흐르던 하천에 이불을 버렸던 유년의 기억이 되살아난다. 이 소설에도 여동생 부부와 조카, 그리고 초등학교 동창(차 사장)이 등장하고 있어 「검은 개 흰 말」과 구조적으로 포개지는 지점들을 내포하고 있다.

그런데 시점은 다르지만 「검은 개 흰 말」과 「은천에서」의 1인칭 여성 인물들과 「일러두기」의 미용이 전혀 무관해 보이지는 않는다. 가령 "나는 에코백을 무릎에 놓고 자리에 앉으며 물었다"[3]와 "미용은 에코백에서 검은색 복면을 꺼내더니 무릎에 올려놓고 반듯하게 폈다"(「일러두기」, 13쪽)는 대목에서 서로 다른 소설 속의 인물들이 겹쳐지는 장면을 그 근거로 살펴볼 수 있다. '에코백'을 소재로 하여 쓰인 작가의 한 산문(「에코백—조경란의 사물 이야기」, 『동아일보』, 2017. 2. 8)[4]은 이 사물이 결코 무작위적으로 선택된 것이 아니라는 사실을 말해주고 있기도 하다. 그리고 이

3 조경란, 「은천에서」, 『문학사상』, 2024년 1월호, 129쪽.

4 이 글은 내용이 다소 보완되어 「여기 있기에 문제없음—에코백」이라는 제목으로 『소설가의 사물』(마음산책, 2018, 278~282쪽)에 실려 있다. 산문에 기술된 '환경'에 대한 작가의 문제의식은 이 소설 중반쯤 나오는 '호랑이 행동 풍부화의 날'에도 연관되어 나타난다.

산문과 소설들을 겹쳐 읽으면 사물을 매개로 소설 속 여성 인물들에 작가 자신이 투영되어 있다는 생각도 자연스럽게 떠오른다.

쓰기와 읽기를 매개로 한 내밀한 소통

다시 「일러두기」로 돌아가면 소설은 "모른다고도 잘 안다고도 말할 수 없는 사람이 재서에게 생겼다"(13쪽)는 문장으로 시작된다. 그 사람이 바로 지금 재서의 가게에 함께 있는 미용인데, 재서는 2년 전 처음 미용을 만난 이래 얼마 전까지도 그녀에게 별다른 관심을 갖고 있지 않았다. 그런데 한 달 전쯤 문서를 출력하기 위해 재서의 가게를 찾아온 미용이 컴퓨터에 USB를 꽂아둔 채 나갔고, 재서는 거기에 담긴 미용의 "일기 같은 원고"(25쪽)를 읽게 된다. 그 원고는 미용 자신의 "세세하고 적나라하게 쓴 어떤 경험"(25쪽)을 담고 있는 것으로, 한 페이지 정도의 글마다 '안 보이는 사람으로 살아간다는 것', '나만의 생각 찾기' 같은 제목이 붙어 있다. 거기에는 계획에 없던 부모의 출산이 네 차례나 거듭되면서 막내로 태어나 불행한 가정 속에서 '안 보이는 역할'을 맡으며 자란 미용의 내력이 적혀 있다. 맞춤법과 띄어쓰기가 제대로 되어 있지 않고 호응이 되지 않는 문장으로 이루어져 있지만 규칙적으로 써온 듯 보이는 미용의 글 가운데에는 재서에 관한 것도 들어 있다. '노래방에서 교가를 부르는 사람'이라는 제목의 그 글에서 미용은 재서에 대해 "사는 일에 분투를 접은 듯한 눈빛"(38쪽)을 가진 사람이라고 표현했다.

그러니까 재서에게 미용의 존재가 의식되기 시작한 계기가 바로 우연히 읽게 된 그녀의 글이었던 것이다. "그러다가 달라졌다. 뭔가를 읽는다는 일은 그랬다."(36쪽)고 재서는 느낀다. 한 사람이 쓴 글을 읽는 경험은 직접적인 대화와는 다른, 어떤 측면에서는 더 깊은 소통의 순간을 마련해주기 때문이다. 그런데 글을 읽는 일을 매개로 한 변화는 재서에게만 일어난 것이 아니다. 자신이 쓴 글을 재서가 읽었다는 사실은 미용에게도 그 상대에 대한 특별한 관심과 감정을 불러일으킨다. "아무튼 재서가 알기로 미용은 그후로 자신을 좀 다른 눈으로 보기 시작한 듯하다. 재서가 미용의 글을 읽고 그녀를 그 같은 눈으로 보게 된 것과 비슷한 것이었을까."(38쪽)라는 대목에서는 쓰기와 읽기를 통해 발생한 두 사람의 관계의 변화가 재서의 관점으로 포착되고 있다. 모리스 블랑쇼는 "작품이 그것을 쓰는 자와 그것을 읽는 자의 내밀함이 될 때라야만 작품이 작품으로 되는 사건이 이루어지는 것이다"[5]라고 하면서 그 상황을 '작품의 고독'이라 부른 바 있다. 글을 매개로 한 소통은 본질적으로 그처럼 쓰는 자와 읽는 자 각자의 고독을 조건으로 하여 성립되는 것이다. 그러니까 미용이 남모르게 혼자 쓴 글을 재서가 읽게 된 일은 두 사람의 내밀함이 맞닿아 이루어진 일종의 '문학적' 사건이었던 셈이다.

미용이 남긴 글로 인해 재서는 그녀에 대해 더 깊이 알게 되었다. 그렇지만 그것은 중단된 탓에 아직 모르는 것들을 더 알고 싶게 만드는 계기이기도 했다. 그런 상황은 "문을 반만 열어

5 모리스 블랑쇼, 『문학의 공간』, 박혜영 옮김, 책세상, 1990, 20쪽.

주고 안을 보게 해주었다가 다 보기도 전에 탁 닫아버린 것처럼"(22쪽) 재서로 하여금 애가 타게 만든다. 재서의 내부에서는 미용에 대해 '신경 쓰이는 부분'과 '냉담한 부분'이 뒤섞여 교차한다. 그런 와중에 미용은 자신에게 여전히 짙은 상처로 남아 있는 사건과 연관된 과거 학창 시절의 어떤 선생님을 찾기 시작한다. 그것은 "머릿속에 찌꺼기 같은 게 평생 떠다니는 기분"(23쪽)으로부터 벗어나기 위한 미용 나름의 절박한 시도로 이해되지만, 어느새 자기 안에 미용을 신경 쓰는 부분이 넓어져가고 있는 재서에게는 그런 미용의 모험이 아슬아슬하게만 느껴진다.

그러던 어느 일요일 동네 점주들의 동물원 방문에 재서와 미용이 함께 동행하게 되는 일이 있고 나서 미용의 반찬 가게가 문을 닫고 소식조차 끊어지는 사건이 발생한다. 그전에 생각에 빠져 길을 걷다가 가로수에 부딪치는 미용을 재서가 목격한 적도 있었고, 서두에 미용이 들고 있었던 검정 니트 복면을 쓰고 동네를 배회하는 수상한 사람 이야기도 들려온다. 안 그래도 더위와 태풍, 그리고 각종 사건, 사고 소식으로 불안한 재서의 마음은 미용의 혼란과 부재 속에 더 애틋해진다. 궁금함과 걱정에 밀려 재서 또한 방황하듯 주변을 돌아다닌다. 그 시간에 재서의 의식에는 미용이 썼던 글이 다시 떠오르고 그녀와 이야기하고 싶은 충동을 느꼈던 기억이 흘러든다. 재서는 미용에 대한 자신의 감정이 평범한 것이 아니라는 사실을 새삼 확인하게 되고 그러면서 재서 내부에서는 그동안 그녀와의 사이에서 일어난 일들의 맥락이 정리되기에 이른다. 어쩌면 미용이 USB를 잊어버리고 간 것은 실수가 아니라 자기 이야기를 들려주고 싶은 상대로 자신을 선택한 것이었을지도 모른다는 짐작이 이어진다. 미용이 쓴 다음 글들을 읽지 못한 재서의 머릿속에서는 미용을 주인공으로 한 상상이 소설처럼 뻗어나간다.

흐릿해진 공간을 배경으로 전경에 드러나는 관계

결국 재서는 미용의 집을 찾아간다. 「나는 봉천동에 산다」(2002)를 비롯한 조경란의 이전 소설들이 '봉천동'이라는 공간을 이야기의 표면에 드러내고 있었던 것에 반해, 「일러두기」에는 그런 구체적인 기표가 명시되어 있지 않다. 오히려 '청룡산'이 '청금산'으로 전치되어 있는 등 그것이 의식적으로 은폐되고 있기도 하다. 그렇지만 미용이 배달 갔던 "소방서 위, 국립대학으로 이어지는 언덕길 중간의 특성화고등학교"(19쪽)가 있는 거리나 미용의 집에서 내려다보이는 "고가 쪽으로 휘어지기 전의 순환로와 까치고개 일대"(40쪽) 등의 풍경은 이 소설 또한 '봉천동'을 중심으로 펼쳐지는 이야기라는 사실을 짐작하게 만든다.

'봉천동'이라는 동일한 공간을 무대로 하고 있다고 해도 조경란 소설 세계에서 그 공간의 의미는 시기에 따라 다른 모습으로 나타나고 있다. 그 결정적인 변곡점이 2008년 주민들의 요청에 의해 작가가 그때까지 살고 있던 '봉천10동'이 '중앙동'으로 이름이 바뀌었던 사건이다.[6] 「봉천동의 유령」(2010)에서 작가는

6 이 문제에 대해서는 앞서 살펴본 바 있었다. 손정수, 「'봉천동', 혹은 시간을 기억하는

그 변화에 대응되는 전환의 의식을 "한 가지 더 명확하게 알아차린 것은 이제 나의 서정시대가 끝났다는 사실이었다. 서정적 시기라는 것이 오직 자신에게만 집중하고 있는 젊은 시기이거나 주변을 돌아볼 수 있는 통찰력을 잃어버리고 있는 상태라면 말이다"[7]라고 선언처럼 밝힌 바 있다.

최근 소설들에서 이 공간은 또 한 차례 의미의 변화를 통과하고 있는 듯 보인다. 가령 "나는 봉로수길이라는 데를 떠올리고 있느라 말을 흐렸다. 봉천동에서 내가 아직 모르는 데가 있다니"[8]라는 대목에서 '봉천동'을 둘러싼 현실의 변화로부터의 지체와 그것을 낯설게 의식하고 있는 작가의 반응을 엿볼 수 있다. 「일러두기」의 '봉천동'이 불투명한 모습을 띠고 다만 배경으로 자리 잡고 있는 현상 또한 이런 감각에 맞닿아 있는 것이 아닐까 생각된다. 소설 속에서 이 공간을 "소문도 뒷말도 빨리 퍼지는 동네였다. 건물주들은 대개 이 동네에 젠트리피케이션 같은 말이 생기기 훨씬 전부터 이곳에서 자식들을 키워낸 토박이들이었고, 이 동네 학군을 나온 그 자식들의 자식들이 세입자가 돼 프랜차이즈 짬뽕 전문점이나 음식점, 카페를 운영했다"(19쪽)고 기술하고 있는 부분에서 대상과 거리를 두고 그 세계를 객관적인 시선으로 바라보고자 하는 작가의 태도를 감지할 수 있다. 그러면

공간」, 『나는 봉천동에 산다』, 아시아, 2013, 84~92쪽 참조.

7 조경란, 「봉천동의 유령」, 『일요일의 철학』, 창비, 2013, 100쪽.

8 조경란, 「저수하(樗樹下)에서」, 『언젠가 떠내려가는 집에서』, 문학과지성사, 2018, 246쪽.

서 이 소설은 '봉천동'에 얽힌 자아의 감정에 흔들리지 않고 그 공간을 배경으로 펼쳐지는 인물들의 관계에 집중하고 있다.[9]

글과 삶을 이어주는 '일러두기'

막상 미용의 집을 찾아가 만난 그녀는 재서가 머릿속에서 썼던 상상과 달리 마음의 평정을 회복한 듯 보인다. 그동안 미용에게는 선생님을 찾는 일이 그와 연관된 글을 쓰는 일로 전환되어 있었는데, 그녀의 진술에 따르면 그 과정에서 글쓰기는 결국 선생님이 아닌 자기 자신에 대한 이야기로 귀착되었다고 한다.

재서는 미용으로부터 '교련 시간'이라는 제목의 그 글을 듣는다. 그 속에는 지금은 폐지되어 사람들로부터 잊혀가고 있는 그 군사훈련 과목의 시간에 미용이 겪었던 일이 '창가 쪽 맨 뒷자리에 앉은 여학생'에 초점을 맞춰 3인칭의 시점으로 서술되어 있다. 1987년 4월의 실습 시간에 '뒷자리 여학생'은 실수를 반복하며 애를 먹다가 교련 교사의 '단련'의 표적이 되고 만다. 의식 잃은 환자 역할이라는 명목으로 급우들로부터 거듭 일으켜지고 내팽개쳐지다가 바닥에 쓰러진 채 그 여학생은 자신이 이 교실에 속하지 않는 사람이라고 느끼는 안쓰러운 지경에까지 이른다.[10]

9 1인칭 시점으로 된 「은천에서」에서는 공간에 대한 태도가 다르게 나타나고 있다. 「나는 봉천동에 산다」의 계보를 잇고 있는 이 소설에서는 이미 제목에 노출되어 있는 '은천'을 비롯하여 '은천초등학교', '상신교회', '청룡산' 등의 구체적인 기표들이 서사의 표면에 드러나 있다.

10 이 점에서 보면 미용은 작가의 전작 「분명한 한 사람」에 등장했던 오숙이 시도했지만 이루지 못했던 글쓰기의 과제를 마침내 실행한 인물이라고 할 수 있을 듯하다. 그

그런데 이 아픈 기억이 담긴 글을 읽어주고 나서 미용은 정작 자신이 쓰고 싶었던 것은 따로 있었다고 재서에게 말한다. 그것은 그 수업 시간에 앞서 그녀가 바라보았던 창밖의 복사나무 한 그루로부터 꽃잎이 떨어지는 평화로운 장면이다. 그러면서 미용은 자신에게 그 장면 말고도 "기가 막히게 아름다웠던 순간들"(46쪽)이 있었다고 담담하게 이야기한다. 재서는 미용의 이야기를 들으며 거기에 한 사람이 삶을 헤쳐 나간 방식이 깃들어 있다고 느낀다. 그러니까 글쓰기의 과정에서 미용은 상처받은 과거의 자신을 떠나 새로운 자아의 자리로 옮겨 온 것이다. 미용이 그동안 출력한 종이의 무게는 그녀가 감당해낸 그와 같은 힘겨운 수행의 시간을 증언하고 있다. 그 무게를 가늠하며 재서는 미용에게 "이 책에 나오는 내용은 모두 사실이지만 특정 인물의 이름과 지명은 모두 지은이가 지어냈다는 말은 본문이 아니라 맨 앞의 '일러두기'에 써두면 된다"(46쪽)고 알려준다. 미용의 글쓰기 자체가 트라우마적 순간으로부터 그녀가 벗어나는 과정이었지만, 그 경험을 허구로 변전시키는 장치는 그것을 외부화하면서 보다 객관적으로 처리할 수 있는 가능성을 마련해줄 것이라는 기대를 해볼 수 있는 장면이다. 소설 속의 미용과 소설 밖 작가 사이의 거리가 생각만큼 멀지 않다고 느껴지는 대목이기도

소설의 끝부분에 나오는 "두 번째 과제는 선생님이 원하는 방향으로 쓸 수 없었다. 오숙에게는 그랬었다. 이제 그 글을 써야 한다면, 사진 속의 교회, 열아홉 살 때 그곳에 딸린, 모두가 반성의 방이라고 불렀던 그 장소에서 일어난 일에 대해 써야 할지 모른다."(조경란, 「분명한 한 사람」, 『가정 사정』, 문학동네, 2022, 154쪽)는 대목에서 두 인물이 유사하게 마주하고 있는 글쓰기의 문제를 확인할 수 있다.

하다.

'일러두기'는 책의 본문은 아니지만 그 앞에 놓여 어떻게 그것을 읽어야 할지 안내해주는 기능을 하는 장치이다. 텍스트의 내부는 아니지만 그렇다고 외부도 아닌, 제라르 주네트의 용어로 말하자면 '파라텍스트paratext'의 한 유형이라고 할 수 있다.[11] '곁텍스트'라고 번역되기도 하는 그것은 텍스트로 진입하기 위해 통과해야 하는 해석의 입구 역할을 한다. 한편 데리다는 회화의 진리에 대해 논의하면서 칸트가 구분한 에르곤ergon과 파레르곤parergon의 관계를 해체하는 한편 비판적으로 재정립한 바 있다. 데리다에 따르면 그림을 장식하는 액자 등을 예로 들 수 있는 파레르곤은 그 내부의 본질(에르곤)을 감싸는 부속물에만 머무는 것이 아니라 에르곤의 결핍을 보완하는 대리보충적 관계를 이루고 있다.[12] 이때 파레르곤은 곧 para-ergon이니 그것을 서사에 적용하면 제라르 주네트의 para-text에 대응된다고 볼 수 있다. 이런 논의를 경유하면서 글의 내부와 외부의 경계에 놓여 두 세계를 이어주는, 그리고 때로는 글 내부의 결핍을 보충하기도 하

11 제라르 주네트의 파라텍스트에 대한 논의에는 '일러두기'에 직접적으로 대응되는 항목은 보이지 않는다. 다만 소설 속 일러두기에 상응하는 내용이 '원 서문의 기능(The functions of the original preface)'에서 '허구의 계약(Contracts of fiction)'의 문제로 언급되어 있다. Gérard Genette, *Paratexts: Thresholds of Interpretation*, translated by Jane E. Lewin, Cambridge University Press, 1997, pp. 215~218 참조.

12 파레르곤에 대한 데리다의 논의에 대해서는 강우성, 「파레르곤의 논리: 데리다와 미술」(『영미문학연구』 14, 2008), 박영욱, 『의미와 무의미의 경계에서』(김영사, 2009)에서의 관련 부분(86~108쪽), 금빛내렴, 「파레르곤으로서 디자인에 관한 고찰: 칸트의 '파레르곤' 개념을 중심으로」(『미학예술학연구』 45, 2015), 임병희, 「액자-탈경계의 메타포」(『독어교육』 87, 2023) 등 참조.

는 '일러두기'의 기능과 의미에 대해 생각해볼 수 있다.

이 본문과 '일러두기'의 관계를 확장시켜 삶과 글의 관계를 다시 바라볼 수도 있다. 「일러두기」에서 미용의 글쓰기가 잘 보여주고 있듯, 글은 단순히 삶을 반영하는 파생물이 아니라 삶의 결핍을 보완하면서 그 내적 변화를 모색할 수 있는 수단일 수 있다. 이런 소설 속 인물의 글쓰기 상태는 넓게 보면 작가가 맞고 있는 새로운 상황과도 맞닿아 있다고 생각된다. 표제작을 제외한 일곱 편의 미발표작이 수록된 『가정 사정』을 펴내면서 작가는 "작업을 하는 동안 내 삶은 더욱 단순해졌다. 소설은 간헐적으로 쓰지만 소설이 어때야 하는지에 대해서는 날마다 생각한다. 그래서인지 예전에는 소설이 어떤 이상理想이었다면 이제 소설은 생활生活이 되었다. 잘 써야지, 좋은 걸 써야지, 하는 마음도 사라졌다. 오롯이 남은 것은 소설을 좋아하는 마음뿐이다."[13]라고 적은 바 있다. 이 발언을 통해 보면, '일러두기'로서의 소설은 작가의 소설이 외부로부터 고립된 의식의 지대로부터 삶과 소설의 융합이 이루어지는 공간으로 변화하는 과정에서 자각된 새로운 관점이라고 할 수 있을 듯하다.

13 조경란, 「작가의 말」, 『가정 사정』, 310~311쪽. 이런 글쓰기 방식이 좀 더 앞선 연원을 가진 것이라는 사실을 "청탁이 밀리고 마감일을 넘겨 원고를 보냈던 시절이 있었나 싶다. 지금은 천천히 쓰고 오래 수정했다 기회가 오면 발표한다."(조경란, 「작가의 말」, 『언젠가 떠내려가는 집에서』, 270쪽)는 작가의 발언에서 확인할 수 있다.

사람과 사람 사이에 놓인 완충장치로서의 이야기

「일러두기」의 끝부분에서 재서와 미용 두 사람의 관계가 기대를 한껏 품은 채 마무리되는, 조경란 소설로서는 다소 이색적인 결말에는 이처럼 소설에 대한 작가의 변화된 관점이 그 맥락으로 놓여 있는 것으로 보인다. 그런 시선으로 더 선명한 감정의 매듭을 향해 가면서 마지막 숨을 고르고 있는 다음 장면을 인상 깊게 읽어볼 수 있다.

> 사람과 사람 사이에도 그런 게 있으면 좋겠네요.
>
> 왜요?
>
> 그러면 미리 이해를 구할 수도 있고 안내 같은 것도 할 수 있게 될 테니까요.
>
> 미용이 또 버릇처럼 양손을 뒤집어 손바닥이 보이게 무릎에 올려두었다. 그 손은 무방비 상태처럼 보이지 않았다. 눈을 돌리며 재서는 미용이 읽어주었으면 싶은 자신의 일러두기에 대해 떠올리려고 했다. 생각이 필요한 일일지 몰랐다. (47쪽)

미용이 USB에 남긴 글이 재서와의 사이에서 일종의 '일러두기' 역할을 했다는 것을 우리는 앞서 확인했다. 이 글이라는 완충장치는 재서가 대학 교정 안의 숲에서 떠올린 나무들의 '수관기피 현상'과도 닮아 있다. 서로 다른 나무의 가지를 건드리지 않기 위해서 움츠리거나 성장을 멈추는 이 현상은 "밀집된 곳에서 서로 햇빛을 골고루 이용하는 식물들의 생존 전략"(38쪽)이다. 그러니까 '일러두기'로서의 허구적 글쓰기는 자연의 생존법에 대응되는 사람들 사이의 '생활'의 기술이라고 할 수 있다.

작가는 앞서 『가정 사정』을 출간하면서 "「개인 사정」이란 단편을 가장 마지막까지 붙잡고 수정하다가 이제 '이웃'에 관한 이야기가 더 듣고 알고 싶어졌다. 그럼 다음 소설집의 주제는 '이웃 사정'이 되려나 봅니다, 하는 사소한 농담으로 작가의 말을 마칠까 한다. 서로의 문제가 어떻게 만나고 작용하는지 지금보다 깊이 들여다보겠다. 이 소설집을 쓰면서 나는 이야기가 서로를 더 소중하게 만들어주며 살아갈 위안을 준다는 걸 경험했다. 무력하고 쓸쓸한 밤에. 이 책을 읽는 분들께도 그 감정이 가닿을 수 있다면 좋겠다"[14]고 적은 바 있었다. 이렇게 보면 「일러두기」는 작가의 '이웃 사정'의 계획이 유감없이 실현된 결과가 아닐까 생각되기도 한다. 우리는 지금까지 재서와 미용의 관계가 진전되는 과정을 살펴보면서 '이야기가 서로를 더 소중하게 만들어주며 살아갈 위안을 준다는 걸' 새삼 확인할 수 있었기 때문이다.

소설은 "여름은 아직 남았다"(48쪽)는 문장을 지나면서 막바지에 접어든다. 조경란 소설에서 여름은 항상 긴장과 불안의 계절로 자주 등장해왔다. 그 기원에는 「나는 봉천동에 산다」에서 자전적으로 회고된 1984년의 수재 사건이 놓여 있다. "어릴 적 수해 피해의 경험들 이후로 여름은 내가 일 년 중 가장 긴장

14 조경란, 「작가의 말」, 『가정 사정』, 311쪽.

하는 시기이기도 했다"[15]는 최근 소설 속 인물의 발언에서 볼 수 있듯 그 기억의 트라우마는 아직까지도 해소되지 않고 남아 있는 듯 보인다. 「일러두기」에서도 전반에는 그와 같은 불안이 인물들을 감싸고 있지만, 그들의 관계가 밝은 기대를 품게 된 이 순간, 여름은 젖은 이불과 운동화가 햇빛에 바싹 말라가는 상쾌한 기분의 계절로 바뀌어 있다. 그 사물들의 상태는 재서와 미용이 서로의 관계를 진전시켜온 시간이 우울과 고뇌로 젖어 있던 마음의 옷을 한 겹 한 겹 차례로 벗어 말리는 과정이었다는 사실을 말없이 보여주고 있는 듯하다. 작가의 한 산문의 표현을 가져와서 이 장면과 연결하면, 바야흐로 이 여름은 "비에 젖은 구두는 그늘에 말려 신어야 하듯, 일상의 작은 행운도 주어지는 것이 아니라 스스로 만들어나가야 한다는 걸 깨닫게 하는"[16] 새로운 계절이다. 이렇게 소설과 산문이 공명하면서 만들어내는 감각과 인식의 변화로부터 소설의 안과 밖에서 글을 쓰고 있는 소설 속 인물과 소설 밖 작가가 텍스트의 경계를 넘어 겹쳐지는 환각이 순간적으로 떠오른다.

소설은 이제 더 말하지 않아도 조바심을 느끼지 않게 된 재서가 그곳을 떠나 계단을 내려가는 장면으로 끝난다. 미용이 부르는 소리에 뒤돌아보니 서두에 나왔던 검은색 복면을 쓴 미용이 손을 흔들고 있다. 재서는 "높은 수위의 단계 하나를 막 통과

15 조경란, 「검은 개 흰 말」, 『실천문학』, 2022년 겨울호, 148쪽.

16 조경란, 「잘 말린 수건 한 장—수건」, 『소설가의 사물』, 144쪽.

한 사람"(48쪽)처럼 달라져 있는 미용의 그 모습을 마음속에 뚜렷하게 새긴다. '일러두기'는 텍스트의 내부를 지시하는 동시에 그 외부를 향해 열린 것이기도 하다. 소설에 대한 작가의 새로운 관점과 의지를 투영하면서 글쓰기를 통해 자기 안에 뿌리 깊게 남아 있던 상처를 밖으로 내보낸 미용의 이야기는 재서를 넘어 독자에게도 흘러 들어와 위안과 격려를 전하는 한편, 소설의 새로운 존재 방식에 대한 사유를 일깨우고 있다.

손정수 • 1998년 『조선일보』 신춘문예 평론 부문에 당선되면서 비평 활동을 시작했다. 평론집으로 『미와 이데올로기』 『뒤돌아보지 않는 오르페우스』 『비평, 혹은 소설적 증상에 대한 분석』 『텍스트와 콘텍스트, 혹은 한국 소설의 현상과 맥락』 『소설 속의 그와 소설 밖의 나』 등이 있다. 현재 계명대학교 문예창작학과 교수로 재직 중이다.

작가론

작가가 본 작가

끝까지 사랑하는 일

정한아 | 소설가

크리스마스를 열흘 정도 앞둔 겨울이었다. 그날 우리는 작은 맥줏집에서 만났다. 대통령 선거가 있던 날이었고, 나는 느지막이 투표를 하고 선생님 댁 근처로 놀러 간 참이었다. 선생님은 다음 날 프랑스에 가신다고 했다. 선생님이 학기 중에는 소설을 쓰며 서울에 계시고, 방학 중에는 해외든 지방이든 늘 어딘가로 떠나신다는 것을 나도 알고 있었다. 그런데도 왠지 다시 못 볼 것처럼 서운했던 기억이 난다.

당시 나는 결혼 3개월 차였고, 어디로 떠나지 않아도 매일 낯설고 새로운 날들의 연속이었다. 선생님은 내가 끓인 된장국 레시피를 들으시더니 아이처럼 웃으셨다. 그리고 아주 맛있는 국을 끓이는 사람이 나오는 중국 소설을 이야기하셨다.

연말이지만 그런 기운이라고는 하나도 없는 그 가게에서 나는 안주를 끝없이 먹었고, 선생님은 오직 맥주만 드셨다. 알려지 증상으로 병원에 갔더니 의사가 당분간 고등어를 먹지 말라고 했다는 이야기를 하면서, 선생님은 적잖이 낙심한 표정을 지으셨다. 선생님은 일주일에 한 번은 꼭 점심으로 고등어를 구워 드신다고 했다. 나는 속으로 다음 주에는 된장국과 같이 고등어를 구워봐야겠군, 생각했다. 가게에 손님은 우리뿐이었고, 작은 텔레비전에서 개표 실황이 나왔다. 당연하다고 예견한 결과에서 점점 오차가 벌어지는 것 같아 당황스러웠다. 알 수 없는 불길한 예감에 우리는 평소보다 좀 일찍 헤어졌다. 집에 오면서, 설마 했던 후보자가 당선 확실로 나오는 것을 보았다.

그날의 일을 제일 먼저 쓰는 것은 이후 한동안 선생님을 뵙지 못했기 때문이다. 나라가 어지러워졌다거나 국가 존폐의 위기가 있어서,가 아니라 지극히 개인적인 나의 사정으로 인한 것이었다. 아이 둘이 태어나 나의 삶을 완전히 뒤바꾸어놓았고, 한밤의 외출은 전생의 일처럼 아득한 것이 되었기 때문에. 돌이켜 보니 시간이 이만큼이나 많이 지났다는 것이 믿어지지 않는다. 갈피를 잡을 수 없는 어둡고 산만한 마음을 메일로 써서 보내면, 선생님은 언제나 길고 다정한 답장을 써주셨다. 무슨 말인지 안다고, 그 마음을 다 안다고. 그 말들이 나를 버티게 해준 시절이 있었다.

내가 숨 가쁜 생활의 변화를 겪는 동안 선생님께서는 언제나 같은 모습으로 그 자리에 계셨다. 나는 선생님이 깨끗한 부엌에 서서 고등어를 굽는 모습을 종종 떠올렸다. 고등어라니, 어지간히 선생님과 어울리지 않는 것 같지만 사실 그게 조경란 작가의 진짜 모습이다. 소박하고 간소한 한 끼의 식사로 족한 삶. 그 외에는 전부 소설로 수렴되는 삶. 그게 바로 이 글에서 내가 조경란 작가를 선배님이 아닌 선생님이라 부르는 이유다. 나는 그녀에게서 소설을 읽고, 소설을 쓰는 사람의 자세를 배웠다.

그날—불길한 선거의 날—선생님이 입고 나오신 검정 코트와 가죽 장갑이 기억난다. 단정하고, 만듦새가 좋고, 빛이 나는 물건이었다. 언젠가 나도 꼭 저것과 같은 코트와 장갑을 갖고 싶다고 생각했다. 어쩌면 실제로 그런 말을 했을지도 모르겠다. 선생님 앞에서 나는 나의 열의를 감춘 적이 없다. 어쨌거나 나는 '성덕'이었으니까. 나는 중학생 때 『식빵 굽는 시간』을 읽고 바로 이게 내가 원하는 것이라는 것을 깨달았다. 팬 사인회에서 만난 사람을 개인적으로 다시 만나게 되는 기분을 아는가? 그건 정말 쩨지는 기분이다. 그 사람을 선배라고 부를 수 있다면 더할 나위 없다. 공짜 밥과 술, 눈치 없이 들이댈 수 있는 천국의 길이 열리리니!

우리는 광화문 씨네큐브에서 만나 영화를 보고, 맥주를 마시고, 때로는 밤을 새워 이야기하다 새벽 첫차를 타고 집에 돌아가곤 했다. 당시 내가 갓 등단한 신인이었던 것을 떠올려보면 선생님께서 나를 상대해주셨다는 사실이 놀랍기만 하다. 신인들, 이제 막 지망생 딱지를 떼고 작가가 된 이들이 얼마나 시끄러운 존재인가 생각해보면 더욱 그렇다. 그들의 자신감, 그들의 열패감, 그들의 망상. 더구나 목소리가 큰 나는 부끄러움도 없이 선생님 앞에서 별의별 소리를 다 했다. 선생님은 흥분과 우울 사이를 수없이 곤두박질치는 나를 보면서 반은 웃으셨고, 반은 슬픈 표정을 지으셨다. 그리고 언젠가 이런 말씀을 하셨다. 사랑을 멈추려고 해도 그 사랑이 멈춰지지 않는 때가 있고, 사랑을 계속하려고 해도 그 사랑이 쉽지 않은 때가 있다고. 자칫 딴생각을 하고 있으면 놓쳐버렸을, 물소리처럼 잔잔한 목소리였다. 꿈꿔왔던 대로 소설가가 되었고, 그러니 세상에 안 되는 일이란 없을 것 같았던 이십대의 나에게 선생님의 말은 모호한 것이었다. 그래서 언젠가 이 마음도 식는다는 것일까? 다 한때니 지금 충분히 사랑하라는 말? 인생무상, 다 덧없다는 뜻?

과거엔 해석되지 않았던 그 말이 오랜 시간이 지난 뒤에 나를 가장 뜨겁게 위로했다는 것을 선생님께서 아실지 모르겠다. 소설 말고는 내 인생에 아무것도 남지 않았다는 사실을 발견했을 때, 그런데 그마저 너무나 남루해서 그것을 걸쳐 입을 수도 그렇다고 벗어버릴 수도 없다는 것을 깨달았을 때, 내게 더 이상 뭔가를 지속할 힘이 남아 있지 않다고 느꼈을 때, 나는 전에 받은 선생님의 메일을 다시 펴 읽어보곤 했다. 그 안에는 이런 말들이 있었다. 사는 일이 더 중요하고, 소설은 그것의 일부라는 말. 소설은 우리가 살아가는 중요한 이유의 일부이지만, 그게 전부가 되어서는 안 된다는 말. 부지런히 읽고 쓰는 일만큼이나 마음과 몸의 건강을 돌보라는 말.

세 번째 장편소설을 냈을 때, 나는 인생 처음으로 꽃 배달이라는 것을 받았다. 둘째를 낳고 조리원에서 나온 지 얼마 안 되었을 때라 남편이 보냈나 심드렁하게 생각했는데, 받아보니 선생님이 보내신 꽃이었다. 함께 온 메시지에는 '책을 내는 일은 모두에게 축하받아야 할 일'이라는 글이 적혀 있었다. 그 당연한 말이 온몸을 울렸던 것은 내게 아무도 그런 말을 해주지 않았다는, 그리고 내가 바로 그 말을 듣고 싶었다는 사실을 깨달았기 때문이었다. 순간 어떤 감정이 해소되는 것을 느꼈다. 해소됨으로써 애초에 그 자리에 있었던 감정을 비로소 마주하게 되었다. 그것은 바로 외로움이었다. 한 권의 책이 나오기까지 작가가 홀로 견뎌야 하는 고요함과 엄중함, 그리고 절박함. 선생님은 물론 누구보다 그것을 잘 알고 계셨다. 그때 나는 선생님처럼 후배에게 꽃을 보내는 선배가 되겠다고 결심했다. 아무 이유 없이, 소설을 썼다는 이유만으로, 한 권의 책을 완성했다는 이유만으로 그를 축하하는 사람이 되겠다고.

이제 나도 중견작가가 되어 후배들을 만날 기회가 있고, 첫 책도 내지 않은 신인들을 마주할 때가 있다. 내가 받은 것만큼 돌려줘야 한다는 생각에 그들에게 다정한 양 말을 붙이기도 하고, 드물게는 꽃을 보내기도 한다. 하지만 선생님처럼은 할 수 없다. 아무런 편견이나 기대 없이 그들의 말을 들어주고, 이해해주고, 어렵게 습득한 지혜를 나눠주는 일. 그것은 지극한 사랑이 아니면 가능하지 않은 일이다. 그 사랑은 아마도 우리가 하는 일로부터, 함께 몸담은 소설로부터 왔을 것이다. 그게 아니라면 대체 그녀가 그 긴 시간 나를 참아줄 이유가 무엇이란 말인가?

그러고 보니 나는 선생님께 한 번 더 꽃을 받은 적이 있다.

십여 년 전 선생님의 동인문학상 시상식에서였다. 문인들, 외국에서 온 손님들, 출판 관계자들로 떠들썩한 축하 자리에 나는 연락도 없이 찾아갔더랬다. 왔다는 인사만 하고 끝자리에 앉아 싱글벙글, 또 열심히 안주를 축내다가 자정이 가까워 슬그머니 자리에서 일어났는데, 언제 보셨는지 선생님이 다가오셨다. 모두가 휘청거리는 술자리에서 홀로 꼿꼿이 걸어오신 선생님은 와줘서 고맙다는 인사와 함께 내게 뭔가를 건네주셨다. 수상자의 코르사주였다. 그날 선생님의 왼쪽 가슴께에 달려 있던, 응원이자 위로였고 마음이었던, 그 작은 꽃다발.

조경란 작가는 모두가 아는 대로 아름답다. 한없이 검은 드레스, 칼로 벤 듯한 단발머리, 날렵한 하이힐을 신은 그녀는 절대로 흔들리지 않을 성처럼 우아하다. 같은 비유를 그녀의 문장에도 똑같이 가져다 댈 수 있을 것이다. 무엇으로도 깨지지 않는, 단단하고 투명한 문장들을 읽고 있노라면 영원히 그 이야기가 끝나지 않기를 바라게 된다.

한때 나는 그녀의 소설을 읽고, 그녀처럼 되기를 꿈꿨던 적이 있다. 하지만 이제는 그것이 영 요원한 일인 것을 알고 있다. 한 사람의 스타일, 더구나 소설의 문장에 관한 것이라면, 그것은 영혼의 문제이기 때문이다. 바꾸기를 원한다고 해서 바꿀 수도, 새로워지길 원한다고 해서 새로워질 수도 없다. 소설은 어쩔 수 없는 작가 내면의 풍경인 것이다. 그러니 여기 사사로운 이야기를 더 보태지 않아도, 조경란 작가의 소설을 읽은 사람들은 그녀에 대해 이미 알고 있을 것이다. 그녀가 다정하고 따뜻하며 위트 있는 사람이라는 것. 사랑을 믿고, 희망을 믿는다는 것. 세상의 작은 것들에 언제나 마음을 쓰는 사람이라는 것. 소설을 읽고 그 소설을 쓴 사람을 만나 실망하게 되었다는 말을 나는 믿지 않는다. 만약 실망했다면 그건 오독의 문제일 뿐이다. 당신이 어떤 작가에 대해 알고 싶다면 그 사람의 작품을 읽으면 된다. 그것이 전부다.

이 글을 다 쓰고 나서, 나는 오랜만에 선생님을 밖에서 만나기로 했다. 마음껏 축하할 일이 생겼으니 예전처럼 밤을 새워 맥주를 마셔도 좋으리라. 해가 뜰 무렵이 되면, 다시금 선생님에게 묻고 싶은 것이 있다. 사랑을 계속하고 싶은데, 그 사랑이 쉽지 않을 때면 어떻게 해야 하느냐고. 선생님은 바보 같은 질문을 하는 나를 보고 웃거나 아니면 슬픈 표정을 지으실 것이다. 그리고 내가 꼭 듣고 싶은 대답을 해주실 것이다.

정한아 • 2005년 대산대학문학상을 수상하며 작품 활동을 시작했다. 문학동네작가상, 김용익소설문학상, 한무숙문학상, 젊은예술가상, 심훈문학대상 등을 수상했다. 장편소설 『달의 바다』 『리틀 시카고』 『친밀한 이방인』, 소설집 『나를 위해 웃다』 『애니』 『술과 바닐라』 등이 있다.

대상 수상 작가 조경란

자선 대표작

검은 개 흰 말

나는 그날 한눈을 팔면서도 선배들이 하는 말에 귀 기울이고 있었다. 지녁 시간에 여러 명이 술집에 모여 앉은 게 너무나 오랜만이어서 다른 사람을 구경하면서도 한 귀로는 다음 생엔 뭘 하는 사람으로 태어나고 싶은지에 대해 주고받는 대화를 들었다. 머리가 다들 희끗희끗해지고 십 년 후면 정년을 앞둔 선배도 있는데 아직도 그런 이야기를 나눈다는 게 치기스럽기도 했지만 어떤 사람이 아니라 뭘 하는 사람으로 태어나고 싶은가, 하는 질문에는 흥미를 느꼈다. 그런 상상은 한 번도 해본 적이 없었다. 선배들은 여행하는 사람, 농사짓는 사람이라고 말했고 가장 나이 많은 선배가 노는 사람이 좋겠다고 하자 다들 떠들썩하게 잔을 부딪쳤다. 내가 옆 테이블의 마주 보고 앉아 두 손을 맞잡은 채 울고 있는 커플을 곁눈질하는 사이에 송 선배가 내 어깨를 툭 치곤 서 선생은 다음 생엔 공부 같은 거 하지 말고 집사나 하지 그래,라고 무심히 말했다. 무슨 집사? 요즘은 집사도 종류가 많잖

아. 선배들은 궁금해했지만 나는 대답하지 않았고 다행히 송 선배도 더는 덧붙이지 않았다. 그때는 내가 강사 자리에서도 밀려난 걸 모두 알고 있어서였는지도 모른다.

송 선배는 지난겨울에 내가 삼 주간 지내던 동숭동의 빌라에 와본 적이 있었다.

입을 다문 채 나는 김이 빠진 맥주잔 손잡이를 잡고 이리저리 돌리는 송 선배를 봤다. 공부 같은 거 하지 말고 집사나 하지 그러냐는 말은 나에게 몇 가지 상처를 남겼다. 내가 그들이 견고하게 속한 학계에서 살아남긴 불가능하다는 확언처럼 들린 데다 송 선배에게 그동안 내 개인적인 이야기를 지나치게 많이 했다고 느끼게 했으니까. 가끔 동네 근처에서 만나는 송 선배도 여러 사람과 함께 모인 건 그날이 코로나 이후 처음이었다. 그 자리는 한 선배가 부모랑 오래 사는 사람이라고 대답한 후 더는 분위기가 회복되지 않아 흐지부지 파했다. 그러느라 송 선배에게 정작 묻고 싶었던 질문을 꺼내지 못했다. 그리고 지난봄의 그 만남이 송 선배와도 마지막이었다.

우선은 집 이야기를 먼저 해야 할 것 같다. 그렇다. 집은 내가 잘 아는 세계였다.

처음부터 그랬던 것은 아니고 정확하게는 2019년 여름 강사법 개정 이후부터였다. 나는 자연스러운 수순처럼 일자리를 잃게 되었고 박사논문은 포기한 지 오래였으며 이미 마흔여섯 살이었다. 다시 학교로 돌아갈 수 있다고 믿어보려 해도 아무도 그 일에 대해 말해주려는 사람이 없어서 그것은 더 결정된, 불가능한 미래같이 느껴졌다. 어쩌면 나는 가르치는 일을 좋아하지 도 않고 편하게 느낀 적도 없을지 모른다. 매번 강의실 앞문을 열고 들어갈 때마다 숨이 막힐 것만 같았다. 어째서인가 학생들은 가끔 대형 강의실의 전원 스위치를 네 개 중 두 개만 켜둘 때가 있었다. 강단이 있는 쪽만 켜두었을 때는 머리 위로 당신은 부족하다,라는 조명이 내리비치는 듯했고 학생들은 팔짱을 낀 채 전등을 켜지 않아 어둑한 자리에 앉아 빤히 내 머리 위를 쳐다보았다. 이런 생각은 강의를 나가던 때는 하지 못했고 막상 자리를 잃게 되자 돌연히 찾아왔다. 류 원장의 말대로 나 스스로 심리적 충격을 방어하려는 기제가 내면에서 작동하고 있는지도 몰랐다. 하고 싶고 되고 싶은 일에서 밀려난 게 아니라 내키지 않은 일에서 멀어진 거라고, 그것뿐이라고. 한동네에서 자란 청소년 시절부터 대체로 나는 그의 말을 경청하는 편이었다. 어떤 면으로 그는 사려 깊고 따뜻한 사람이니까. 자신의 죽음에 관한 궁구한 집념만 제외하면.

나에게 가평의 한 저택을 소개해준 사람은 류 원장이었고 그게 내가 집이라는 세계를 잘 알게 된 계기였다. 정확하게는 남의 집이라고 해야 할 것이다.

류 원장 치과 단골손님인 데다 아내 쪽의 먼 친척인 퇴임 교수와 조각가 부부가 두 달 동안 집을 봐줄 교양 있고 점잖은 사람을 찾는 중이라고 했다. 한번 여름에 집을 오래 비웠다가 정원과 그곳에 설치해둔 조각들이 크게 훼손당한 적이 있다고 했다. 부부는 루마니아 주재원으로 가 있는 딸 집에서 여름을 보내고 올 예정이었다. 류 원장은 '교양 있고 점잖은 사람'을 강조했다. 빈집을 관리하는 일과 그 수식어와의 연관성에 대해 생각하는 동안 류 원장은 나를 설득하는 어투로 말했다. 조용히 혼자 지내는 거 좋아하잖아, 거기 가서 마음도 좀 정리하고. 얼핏 나는 류 원장의 표정에서 그가 식탁과 책상을 겸용으로 사용해야 하고 전공서들과 먼지가 얇게 쌓인 논문 뭉치들로 더 비좁은 나의 열 평짜리 원룸을 떠올리고 있다는 걸 눈치챘다. 누구의 눈에도 성공했다고 말하긴 어려운. 처음 원룸에 와본 날 류 원장은 그 비슷한 말은 하지 않았고 나는 그 점을 오래 기억했다. 책도 많아. 산책길도 좋고. 보수도 나쁘지 않을 거야. 류 원장도 한 번 가본 집 같았다.

그해 8월과 9월 두 달 동안 나는 가평의 그 집에서 보냈다. 두 달은 긴 시간이었고 어릴 적 수해 피해의 경험들 이후로 여름은 내가 일 년 중 가장 긴장하는 시기이기도 했다. 9월 첫째 주 태풍 링링이 왔을 때를 제외하곤—강수량이 적은 편이어서 태풍 피해가 크지 않았다—자연적인 재해를 크게 걱정하지 않아도 되었다. 나는 누가 지켜보고 있기라도 하듯 칠십 평쯤 되는 실내와 정원의 조각들을 거의 매일 쓸고 닦고, 교수 부부의 SUV를 타고 농협에 가서 정기적으로 장을 봐와 음식을 해먹었다. 그들의 요구는 까다롭기보다 현실적이었다. 보일러, 에어컨, 온습도 조절 장치, 스프링클러, 가스레인지를 매번 점검하고 사용할 것, 사람이 매일 지내는 것처럼 살아줄 것. 지금 생각해보면 현실적이라기보다는 추상적인 요구에 가깝게 느껴지기도 한다. 매일 그 집에 사람이 사는 것처럼 살아달라는 요구는.

장을 보거나 산책하러 나가고 들어올 때 나는 가끔 집의 외관을 사진 찍어서 교수 부부에게 전송해주곤 했다. 은은한 오렌지색 불이 들어온 저녁의 실내가 비치는 창문들, 소나기가 그친 후 둥글게 무지개가 뜬 집의 사진, 혹은 동이 틀 때의 외곽선이 분명하게 드러난 집의 사진을. 안에 있을 때는 몰라도 밖에서 찍은 사진을 보면 그 집은 여기가 아니라 어디 먼 데 속한 장소로 보이기도 했다. 그런 느낌은 집주인에게도 엇비슷한 듯했다. 어디 관광지 같아요, 우리 집이 아닌 것 같아요. 그들은 웃음 표시와 함께 그런 답장을 보내왔다. 가끔은 문을 열고 나가서 등을 돌리고 선 채 내가 사는 곳을 확인할 필요가 있어 보였다.

때로는 누가 지켜보고 있으니 몸을 움직여야 한다는 강박이 도움이 되기도 한다는 걸 나는 그 기간의 경험으로 깨달았다. 나 자신을 해치는 종류의 일은 그 집에서는 할 수가 없었고 집을 돌보는 책임을 완수해야 하듯 규칙적으로 몸을 움직이면서 나를 돌보기도 했다. 머리를 쓰거나 두려움을 느끼거나 낙담을 하지 않아도 되는 일이 있고 그걸 해낼 수 있다는 사실에 어쩌면 작은 보람 비슷한 감정을 느꼈을 수도 있다. 그렇다고 느낀 날은 지금까지 내가 걸어온 모든 길이 사막 같았다는 걸 인정해야만 할 것 같기도 했지만 말이다. 소극적인 저항을 하듯 나는 차츰 익숙해지는 집에서 잠을 잘 자려고 애썼고 체중도 불었다. 날마다 그랬던 건 아니었지만 아직 그 이야기를 하기엔 이르다. 어쨌든 집주인들이 돌아오기 일주일 전에 오이지 반 접을 담아 냉장실에 넣어두고, 나의 모든 지문을 지우듯 집 안팎을 깨끗이 닦은 후 그곳을 떠났다. 약속한 대로 열쇠가 든 봉투를 우편함에 넣어두고.

그해 10월 초에 류 원장 치과 앞 이탈리안 레스토랑에서 교수 부부와 류 원장과 점심을 같이했다. 그리고 교수 부부는 나에게 다른 집—그들 지인의—을 좀 봐줄 수 있겠느냐는 제안을 해왔다. 이번에는 내가 사는 곳에서 멀지 않은, 한 사립대학 독일어 교수의 작업실이었다. 가장 멀리는 서귀포의 집까지, 그렇게 나는 얼마 전까지만 해도 코로나 상황이 극에 달했던 지난해 하반기를 제외하곤 열 군데 정도의 타인의 집들을 돌보고 관리하는 일을 했다. 보수는 내가 학기 중에 받는 강사료를 웃돌았다. 좋은 집도 있었고 그렇지 않은 집도 있었지만, 이것은 내가 닷새 전 이수교 앞의 동생 집에 오기 전까지의 이야기에 불과하다.

지난 수요일에 나는 이 집에 왔다. 7월 한 달 동안 서귀포에 있는 한 영화배우의 별장을 돌보는 일을 하다 내 집으로 돌아온 지 얼마 안 지난 때였다. 동생은 올봄부터 나에게 어떻게 될지 모르지만, 8월 한 달만은 시간을 좀 비워두기를 원했다. 8월이 시작되자 대기가 크게 불안정해지고 태풍들이 한반도 상공으로 접근하다 소멸하기를 반복했다. 8일 월요일에는 중부지방에 기록적인 폭우가 쏟아져 곳곳에 산사태가 났고 도림천이 범람해 한밤에 이웃들이 주민센터로 대피하는 일도 생겼다. 9일에 비는 잦아들었으나 중랑천 수위는 계속 상승하고 산림청에서는 산사태 위기

경보 '경계' 단계를 발령. 코로나 신규 확진자 수까지 증가하던 때라 출발을 계속 망설여왔던 동생 부부는 그다음 날 수요일 아침에서야 큰조카만 데리고 LA로 여행을 떠났다. 제부 직장에서 십 년에 한 번씩 부부 동반 무료 항공권이 제공되는데, 올해 안에 사용하지 않으면 무효가 되는 데다가 내년에 큰애가 고등학교 2학년이 되면 가족 여행이 더는 어렵다는 판단을 한 모양이었다.

그러니까 이 넓은 주상 복합형 아파트 이십 층에는 중학생인 둘째 조카와 나만 남게 된 셈이다. 아니 이 표현은 정확하지 않다. 동생 부부는 열다섯 살짜리 딸을 돌봐달라고 나를 이 집으로 부른 것이다. 오빠가 입시 준비를 마칠 때까지는 같이 해외여행을 떠나기 어렵다는 걸 이해한 실이 용기를 내서 따라나서려고는 한 모양이었다. 서건도 동생 없이 부모만 따라나서기도 처음이었고 내키지 않아 했을 텐데. 참, 내가 둘째 조카 이름을 말했던가. 김영수라는 평범한 이름을 가진 제부는 딸 이름만큼은 특별하게 짓고 싶어 했다. 실實. 이게 오늘까지 닷새째 나와 지내고 있는 조카의 이름이다.

조카들과는 칠 년이나 함께 산 적이 있어서 둘이 지내는 건 문제가 되지 않았다. 다만 날씨가 계속 좋지 않았고 텔레비전에서는 채널을 돌릴 때마다 수해 피해와 참사 장면이 보도되었고, 그럴 때마다 그 애는 거기서 뭔가를 캐내려는 듯 화면을 뚫어져라 보았으며, 여행을 결심할 때의 긴장에서 채 벗어나지 못했는지 줄곧 처져 있는 상태였다.

닷새는 무료하게, 그렇지 않게 지나갔다. 나는 소개받은 다른 집에 갈 때처럼 내가 나오는 날 쓸 세면 타월 한 개나 슬리퍼, 얇은 시트, 위스키 한 병, 있는 재료로 김밥을 말아 끼니를 해결할 때 필요한 위생장갑 등은 챙겨 가지 않았지만 동생이 닫아두고 간 서랍들은 한 번도 열어보지 않았으며, 창틀의 먼지와 욕실 샤워 부스의 배수구와 거름망을 열어 돌돌 뭉친 머리카락부터 제거하고 자주 환기를 시켰다. 어떤 날은 실과 새벽까지 영화를 보고 어떤 날은 책상에 앉아 고개를 숙인 채 컬러링 북을 색칠하는 실 곁에서 창밖을 내다보며 맥주를 마시기도 했다. 커다란 창으로 현충원을 둘러싼 어두운 숲 일부와 이수고가차도와 반포교차로 일대가 내려다보였는데, 풍경을 위에서 볼 때는 납작하게 접어버릴 수도 있을 듯 평면적이기도 해서 저 복잡한 세계는 나와 무관하다는 비현실적인 느낌까지 들었다. 엘리베이터를 타고 내려가 건물을 돌아 신호등 하나만 건너면 되는 거리에 불과할 뿐인데. 문득 고개를 돌리면 실이 그런 내 모습을 말끄러미 바라보고 있었고, 나는 그 애 눈에 담긴 희미한 불안을 느끼곤 얼른 자리에서 일어나 불을 켜곤 했다.

류 원장은 요 며칠 내가 치과 근처인 동생 집에 와 있다는 사실을 알았다. 두 달 동안이나 어금니 신경치료를 하러 다녔던 제부가 여행을 떠나기 직전에 갔다 말한 모양이었다. 류 원장을 만나는 일을, 나는 언제부터인가 계속 미루고 있었다.

그리고 오늘 8월 14일 일요일이 되었다. 동생네 가족은 광복절이자 말복인 내일 오후에 집으로 돌아오고 그다음 날 화요일에 동생 부부는 출근을 하고, 서건과 실은 등교해 개학식을 맞는다. 동생네가 돌아오면 나는 내일 이 집을 떠나는 게 우리가 한 약속이었다. 간단한 일이었다. 그러나 오늘 동생네는 출발 시간을 앞두고 PCR 검사 결과가 나오지 않아서 호텔 근처에서 마음을 졸이며 기다리는 상황이었다. 만약 세 사람 중 한 사람이라도 확진 판정이 나면 다 함께 돌아올 수 없다. 서건이 혼자 확진 판정을 받는다면 부부 중 한 명도 거기 남아야 할 테니까.

실은 내 옆에서 쿠션을 가슴팍에 받치고 소파에 엎드려서 과학 문제집을 펼쳐두고 있었다. 혼합물의 분리, 좋은 볍씨 고르기, 볍씨를 소금물에 담그면 쭉정이는 뜨고 잘 여문 볍씨는 가라앉는다. 실은 문제집을 소리 내 읽으며 쭉정이〈소금물〈좋은 볍씨라고 연습장에 서너 번 썼다. 좋은 볍씨를 고르는 일이 언젠가 실에게 도움이 될 수 있을까. 나는 진동 소리에 고개를 돌리곤 새로 들어온 안전 안내 문자를 확인했다. 이번 폭우로 우면산과 청계산 일부 등산로가 폐쇄되었으니 산행 및 산림 연접지 접근을 삼가라고 서초구청에서 보낸 메시지였다. 오후 다섯 시가 다 돼가는 시간이었다. 어제와 달리 실종자를 찾는 안내 문자는 아직 없었다. 집을 떠나면서 동생은 집에 관해 몇 가지 주의와 당부를 했고 그건 타인에게 집을 맡기는 모든 주인의 공통점이기도 해서 나는 새겨들었다. 실을 절대로 집에 혼자 두지 말라는 당부는, 동생이 하지 않았어도 마땅히 내가 그럴 거였다. 그러나 나는 어제 아침에 실을 두고 밖에 몰래 나갔었다. 서울경찰청에서 이런 '안전 안내 문자'를 받았기 때문이었다.

서초구에서 실종된 임소례씨(여, 77세)를 찾습니다 –153cm, 44kg, 분홍재킷 검정바지, 등굽음 ☎182

안전 안내 문자에는 마침표가 없다. 그리고 전화기 표시는 붉은색. 마치 안전 안내는 영원히 끝나지 않을 것처럼. 언제부터 휴대전화로 안전 안내 문자가 들어오기 시작했는지 나는 정확히 모른다. 다만 내 휴대전화의 기록을 보면 코로나19가 무섭게 확산하던 때, 내가 사는 지역에서 두 번째 확진자가 발생했다고 2020년 2월 26일 수요일 오후에 구청에서 보낸 후부터였는데 다른 사람에겐 언제가 처음이었을까. 그후 거의 매일, 하루에도 서너 번씩 문자가 오기 시작했다.

모임을 자제하고 사회적 거리두기에 적극 동참해달라는, 마스크 구매 시에는 5부제 시행이고 1인 주 2매 구매 가능하며 신분증이 필요하다는, 관내 13번째 확진자의 동선 공개는 홈페이지와 SNS를 참고하라는, 아프면 퇴근하고 마주 보지 말고 식사하고 퇴근 후 바로 귀가하라는 오늘의 직장인 행동 지침이 담긴, 모든 해외 입국 서울 거주자는 입국 당일 진단검사 후 14일간 자가격리 바란다는, "나 하나쯤이야" 하는 안일한 행동이 또 다른 감염 확산으로 이어질 수 있다는, 진료 현장에서 헌신하는 의료진을 떠올려 방심은 금물이라는, 이태원 킹클럽 방문자는 증상 유무와 관계없이 검사 바란다는, 헌혈자가 감소하여 혈액 보유액이 주의 단계에 진입하였다는, 노인층 대상 일명 떴다방 등 집합 판매 장소에 출입을 자제해달라는, 한강 수위 상승으로 잠수교 보행자 통제한다는, 커피 매장 내 취식 금지라는, "올 추석은 고향 방문 대신 영상통화로 가족 간 정을 나누어보아요"라는, 마스크 착용이 의무화되니 "실내에선 항상 쓰GO, 집회 등 사람이 모이는 경우도 쓰GO" 실천하라는, 결빙 구간과 대설주의보 발효를 알리는, 5인 이상 사적 모임 금지라는, 백신 접종 사전 예약을 알리는, 동작구에서 1327번째 확진자가 발생했다는, 온열질환 예방을 위해 물 그늘 휴식을 취하라는 메시지와 주의들과 더 많은 안내들.*

그리고 처음 내 전화기로 이런 종류의 메시지가 온 것은 지난해 7월 23일 금요일부터였다.

경찰은 영등포구에서 배회 중인 박은남군(남, 18세)을 찾고 있습니다 –160cm, 39kg, 검정반팔티, 반바지

그후로 사람을 찾는다는 서울경찰청의 안전 안내 문자들이 들어왔고, 나는 그것을 기다리기도 그러지 않기도 했다. 그러니 지금까지 무엇 하나 삭제해버릴 수는 없었다. 사람을 찾는다는 표현들은 크게 세 가지로 나뉘었다. 실종된, 목격된, 배회 중인.

나는 종이에 이렇게 써본 적도 있다.

동작구에서 실종된 이순명씨를 찾습니다.

서초구에서 목격된 이순명씨를 찾습니다.

영등포구에서 배회 중인 이순명씨를 찾습니다.

참, 안전 안내 문자에는 마침표가 없으니 모두 지워야 할 것이다. 그리고 내 이름은 이순명도 아니다. 사람을 찾는다는 메시지는 어떤 날은 하루에도 두세 번씩, 어느 때는 일주일이 넘도록 오지 않을 때도 있다. 연령대를 주의 깊게 보다 찾는 이들 모두가 치매 노인들만은 아닐 거라고 여겨버렸다. 같은 사람을 찾는다고 반복적으로 안내 문자가 들어오는 경우는 거의 없었다. 안전 안내 문자가 어느 정도 효과가 있기도 한가 보았다. 가끔은,

시민 여러분의 관심과 제보로 경찰은 실종된 박은남군을 안전하게 발견했습니다. 감사합니다.

라는 문자가 들어오기도 했다. 이때만은 마침표를 찍고.

그런데 어제 아침 임소례 씨의 경우만은 달랐다. 처음 임소례 씨를 찾는다는 메시지가 온 건 오전 여덟 시 반이었다. 등굽음. 나는 그 표현을 오래 들여다보았다. 정말 오래 들여다봐서 등굽음이 잘 아는 사람의 별명처럼 느껴질 정도로. 실종된 사람들의 특징은 대개 청색 점퍼, 검정 신발, 벙거지 모자 같은 옷차림에 관한 게 대부분이고 짐 많음, 손수레, 반백 단발머리 등의 세부적인 특징이 적혀 있는 경우는 드물었다. 그리고 한 시간 후 등이 굽었다는 임소례 씨에 관한 그 똑같은 문장의 안내 문자가 두 번째 들어왔다. 오전 아홉 시 반쯤. 실이 아직 제 방에서 자고 있을 때.

문제집을 풀던 실이 샤워를 해야겠다며 자리에서 일어났다. 실은 초등학교 5학년 이후로는 밤에 샤워도 못 하고 혼자 집에도 못 있는 청소년으로 커가고 있다. 그나마 혼자 학교를 오가는 게 어디냐고, 동생 부부는 안심하는 눈치였다. 방을 나가다 말고 실

은 길고 가는 눈으로 나를 돌아보며 물었다.

이모는 왜 어디 갈 사람처럼 옷을 입고 있어?

……나는 가긴 어딜 가,라는 말을 얼른 하지 못하고 우물거렸다. 실이 오빠와 제 방 옆, 욕실로 걸어 들어가면서 내가 거기 있는지 확인하려는 듯 뒤를 한번 돌아보았다.

지난봄의 모임 이후 송 선배가 확진되었다. 이따금 오후에 동네 사립대학 앞에서 만나 시민공원을 한 바퀴 돈 후 교정 벤치나 야외 카페에서 커피를 마시거나 생선 전문 식당에서 정식 같은 걸 먹고 헤어지고는 했다. 송 선배는 대학에 자리를 잡자마자 이혼을 했는데, 좋은 일이 있으면 항상 그렇지 않은 일도 있다는 말로만 그저 감정을 표현했다. 나와는 다섯 살 차이인데도 마흔 초반 이후 고수하는 백발에 가까운 머리 때문에 더 어른스럽게 느껴지기도 했다. 선배와 가깝게 지냈던 건 아마도 그녀만의 어떤 솔직함을 내가 인정했기 때문이기도 할 것이다. 얼결에 속내를 드러내기보다는 하고 싶은 말을 분명하게 그 사람 앞에서 한다는 점도. 격리 기간 끝나면 산책이나 하자, 서 선생. 격리 기간이 끝나고도 선배는 연락하지 않았다. 5월에는 군산에서, 7월에는 서귀포의 집에서 일하고 있었다. 자주 보던 사람도 한번 만나지 않게 되면 자주 봤던 시절의 시간이 보잘것없게 느껴지곤 했다. 안 보고 살아도 됐고 안 보고 살아도 아무 일도 없다는 쓸쓸한 깨달음 때문인지. 선배와도 나는 그랬다. 지난주 월요일에 중부지방에 기록적인 폭우가 쏟아졌을 때는 달랐다. 나와 이웃한 구에 사는 선배 집 앞으로는 도림천이 있었다. 도림천이 범람했고 주민들이 인근 초등학교, 주민센터로 대피해야 했다. 나는 그 소식도 뉴스보다 빨리, 열네 개의 안전 안내 문자로 알았다. 선배에게 몇 번이나 괜찮은지, 안전한지를 묻는 메시지를 보냈다. 다세대 주택 일 층에 사는 선배는 날이 밝을 때까지 집주인과 몇몇 거주자들과 양수기로 물을 퍼내는 작업을 도왔다고 했다. 그 호우로 인근 반지하 빌라가 침수돼 세 이웃이 사망했다는 뉴스를 확인하기 전까지 선배는 괜찮은 것처럼 보였다. 나만 괜찮다고 괜찮아해도 되는 건지 잘 모르겠어,라는 문자를 나에게 보낼 때까지는.

그 월요일 이후 지난주 내내 흐리고 비가 오락가락했지만 금요일엔 모처럼 날이 갰고 다시 토요일부터 돌풍과 벼락을 동반한 호우가 쏟아진다는 예보가 믿기지 않을 만큼 오후엔 기온도 크게 올랐다. 걸어서 실을 과학 학원에 데려다준 뒤에 세 시간 동안 나는 인근을 좀 걸어 다녔으나 동생 집에 머무는 여느 때처럼 반포천으로는 가지 못했다. 거리 곳곳의 입간판에는 무게를 지탱시키기 위해서 눌러놓은 생수통들이 아직 그대로 있고 맨홀과 구분하기 위해서인지 화살표와 함께 도시가스라고 붉은 스프레이로 휘갈겨 쓴 흔적들이 보였다. 지난 월요일 밤엔 몇 초 사이에 시간당 120밀리미터의 폭우가 퍼부었다. 인근 요양병원에서 모친을 보고 돌아가던 사십대 부부가 수압을 견디지 못하고 뚜껑이 열려 유실된 맨홀로 휩쓸려 들어가버리고 말았다. 남편은 내가 동생네 왔던 수요일에 버스 정거장 부근에서, 그리고 몸집이 더 작고 가벼웠던 아내는 그다음 날 동작교 상류 쪽 반포천에서 숨진 채 발견되었다.

얼굴이 쭈그러드는 기분으로 얼마쯤 인도를 걷다가 나는 학원 앞 카페로 들어갔다. 실을 기다리는 동안 동생이 보낸 멜로즈 거리 핑크월에서 찍은 여행 사진들을 몇 장 받아 보았다. 쨍한 핑크색 벽에서 흰색 반팔 티를 입은 서건이 훌쩍 뛰어오르는 사진, 그리고 옆에 실이 있는 양 한쪽 팔을 옆으로 뻗어 감싸고 찍은 사진들. 동생 부부와 나는 정확하게 실에게 일어났던 일에 대해 알지 못했다. 서건은 자신에게 책임이 있다고 여기는 듯했다. 실이 자신을 기다리다가 그 개를 맞닥뜨린 거라 여기고 있으니까. 조카들이 다닌 초등학교와 중학교 건물은 나란히 붙어 있고 그 사이 골목에서 공사가 진행되는 동안 가림막이 쳐져 있었다. 때때로 나는 실이 본 것, 실의 불안에 대해 필요 이상 깊이 생각한다고 알아차릴 때가 있다.

동생은 사진들을 더 보내왔다. 다들 너무 웃고 너무 환한 게 다행이면서도 묘하게 지금은 불편하기도 했다. 나는 휴대전화를 내려놓고 하릴없이 창밖을 내다보았다. 학원이 밀집된 지역이라 여름방학인데도 오고 가는 청소년들이 눈에 자주 띄었다. 그중에 서건이 또래로 보이는 남학생 한 명이 검정 백팩을 메고 걸어가고 있었다. 칠부 반바지에 흰 티셔츠를 입은 소년은 어디를 다녀오는 길인지 백팩 한가운데 대파 한 단을 수직으로 세워 넣어서 머리 위로 대파가 삐죽 솟아나 보였다. 연한 초록 이파리들이. 소년이 지나갈 때까지 물끄러미 바라보다가 나는 화살촉 같은 통증이 나를 스쳐 가는 것을 느꼈다. 어느 날 소년은 지금처럼 무심코 거리를 걸어가다, 혹은 비 오는 날 맨홀에 빠지거나 졸업여행을 가던 길에 생을 마치게 될 수도 있다. 나는 평범한 순간에도 이런 가정을 하는 내가 싫었고 그래서 운동화를 신은 내 왼쪽 발을 오른쪽 발로 지그시, 통증이 느껴질 때까지 밟고 있다가 송 선배에게 메시지를 보냈다. 옆얼굴이 선하게 생긴 대파 소년을 봤어요, 저 애는 어딜 다녀오는 길일까? 어째서인가 나는 초조하게 선배의 연락을 기다렸다. 불안하고 위험하고 대피해야 했던 한 주가 지나가고 있는데도 아무것도 안심이 되지 않았다. 엄마 심부름 다녀오는 길이겠지, 뭐. 선배가 그렇게 쿨하게 대꾸해주기를 기다렸다. 선배에게서는 연락이 없었고 나는 수업이 끝난 실의 손을 꼭 붙잡고 잰걸음으로 집으로 돌아왔다.

그날 저녁 식탁을 치우고 나서 송 선배에게 전화를 걸었다. 선배가 전화를 받지 않아서 몇 번인가 더. 그리고 메시지도 여러 번 남겼다. 밤 열한 시가 가까웠을 때 모르는 번호로 전화가 걸려 왔다. 송 선배의 큰오빠라고 했다. 송 선배 모친상에서 인사를 나눈 적이 있긴 했다. 선배의 오빠는 필요한 말만 하고 싶다는 듯 조금은 화가 난 것 같은 말투로 재빨리 말했다. 선배가 오전에 산에 갔다가 추락 사고로 크게 골절상을 입었다고. 내가 어딜 얼마나 다쳤는지 물어볼 틈도 주지 않고 선배의 오빠는 전화를 끊었다. ……일부 등산로가 폐쇄되었고 지금은 지반이 약해졌다는 걸 선배도 잘 알고 있었을 텐데. 선배는 왜 그날 산에 가야 했을까. 잠을 이루지 못하다가 나는 문득 안전 안내 문자를 확인했다. 그 금요일에 들어온 안전 안내 문자는 한 건도 없었다.

송 선배의 큰오빠는 긴 재활치료를 위해서 동생을 자신이 근무하는 종합병원으로 이송하기로 했고 그날이 내일이었다. 자동차로 세 시간쯤 걸리는 거리, 246킬로미터. 그곳은 지금 너무 멀었다. 여길 떠나기 전에 선배를 보려면 나는 오늘은 병원에 가야 하며 그것이 내가 하고 싶은 일이었다. 그러나 벌써 오후 다섯 시가 다 되었고 나는 아침부터, 아니 사고 소식을 들었던 금요일 밤부터 나에게 묻고 있었다. 왜 서둘러 선배를 보러 가지 않는지에 대해서.

이모.

샤워하고 있을 텐데. 실이 나를 부르는 소리가 들렸다. 나는 두서너 개의 메시지가 한꺼번에 들어오는 휴대전화를 들고 실이 사용하고 있는 욕실 쪽으로 갔다. 이 집에는 욕실이 두 개였다. 부부가 쓰는 방 앞에, 그리고 서건과 실의 방 옆에.

실아?

욕실 문을 살짝 두드려보았다. 물소리가 나지 않았고, 실이 목이 콱 잠긴 소리로 대답했다.

이모, 내가 여기에 갇힌 것 같아.

나는 욕실 문을 얼른 밀어보았다. 덜컥거리기만 할 뿐 문은 열리지 않았다.

실아, 잠금장치를 풀어야지.

놀란 목소리를 감추느라 톤이 올라갔다.

난, 문을 안 잠그잖아.

풀기 없는 실의 목소리가 흘러나왔다. ……맞다. 그 일 이후

실은 그렇게 되었다.

그런데 왜 문이 잠겨?

일자 손잡이를 잡고 나는 계속 위아래로 거칠게 흔들어대면서, 힘을 실은 상체로 문을 힘껏 밀치면서 실에게 물었다.

이모, 밀치지 마. 그런 소리가 더 힘들어.

실은 겁에 질린 소리로 말했다. 나는 완력을 쓰던 걸 멈췄지만 그러고 나자 와락 겁이 났다. 실이 저 좁은 데 갇힌 게, 실이 차츰 겁에 질리기 시작할 거라는 사실에.

실아, 어떡하지?

옷은 다 입었고 머리도 드라이기로 말렸어.

그래, 그래, 잘했어.

나는 내가 아무렇게나 말하고 있다는 걸 알았다. 아이가 집 안에 있는데도 가슴이 진정되지 않았다. 욕실에는 에어컨이 없고, 환기팬을 틀어놓아도 기온이 떨어지는 데 도움이 되진 못할 거였다. 우선 내가 할 수 있는 일을 찾아야 하는데. 열쇠 수리 전문점부터 찾아야 했다. 오늘은 일요일이었다. 누구에게, 어디부터 전화를 걸어야 하는지 전화기를 붙들고 나는 허둥거리고 있었다.

초등학교 오 학년 때 실은 거리에서 개 한 마리를 보았다고 했다. 목줄이 풀린 다리가 길고 한쪽 눈 옆에 흰 반점이 있는 커다란 검은 개를. 다만 그렇게만 말했고, 그게 시작이었다. 무질서하고 비합리적인 불안들이.

동생은 나와는 달리 빨리 결혼해서 가족을 만들고 싶어 했다. 제 가족을 만들고 싶은 게 먼저인지 집을 떠나고 싶은 게 먼저인지는 몰라도 나는 동생을 이해했으나 그렇다고 서로 더 가까워지지는 않았다. 동생은 서른에 결혼하고 그해에 서건을, 다음 해에 실을 낳았다. 맞벌이인 동생은 아버지와 나밖에 없는 친정에 아이를 맡겼다. 칠 년 동안, 주말을 제외하고 조카들은 우리 집에서 컸다. 내가 학교에 나가 있는 동안엔 육아 도우미가 오는 방식으로. 집을 떠난 후에 동생은 친정에 자주 오게 되었다. 서건과 달리 실은 걸음마도 말도 늦되었다. 어느 여름에 동생과 식탁에서 복숭아를 먹고 있을 때였다. 17개월짜리 실이 엉금엉금 기다시피 하며 방을 나와 식탁 다리를 붙잡더니 몸을 길게 쭉 폈다. 그러곤 한순간에 말했다. 복숭아가 참 예쁘다. 실은 정확하게 그렇게 말했다, 환하게 웃는 얼굴로. 복숭아가 참 예쁘다고. 동생이 안도의 탄성을 내지르며 그 애를 덥석 안아 올리는 짧은 순간에 나는 눈물이 솟는 것을 느꼈다. 아이답지 않게 갈라지고 허스키하기까지 한 그 애의 목소리를 처음 들었기 때문일까. 아니면 완벽한 그 한 문장 때문이었을까. 그 애가 처음 발화한 문장이 뭔가를 예찬하는 종류여서? 잘 설명할 수는 없지만 그 순간에 어떤 축복의 말을 들은 듯한 감정이 내 안에 가득 차올랐다. 그 애가 내 아이가 아니어서 얼마든지 믿고 사랑할 수 있다는 이기적인 감정을 숨기느라 나는 재빨리 두 손으로 얼굴을 문질렀다.

실이 검은 개 이야기를 한 얼마 후에 나는 다른 사람에게는 하지 못한 이야기를 그 애에게 했다. 책에 있는 가름끈. 그것이

나를 두렵게 만든다고. 그러면서 나는 아마 피식 웃었을 것이다. 실은 진지한 소리로 되받았다. 이모가 얼마나 힘들지 상상이 가.

언제부터 그런 증상이 시작되었는지 정확하게 기억할 수 없다. 책을 펼치면 책 표지나 헤드밴드 색깔에 따라서 노란색 파란색 갈색 붉은색 검은색의 가름끈이 길게, 혹은 휘어진 채 책 사이에 끼워져 있는데 어떨 때는 가느다란 실뱀처럼, 어느 때는 올가미, 어느 때는 밧줄 같아 보였고, 내가 이성적으로 호흡을 고르지 못할 때는 그 가느다란 가름끈이 나에게 달려들어 목을 옥죌 것만 같았다. 전공서들, 가진 책들의 모든 가름끈을 가위로 싹둑 잘랐고 새 책이 배송돼 오면 우선 가름끈부터 자르고 봤다. 그런데도 책을 펼칠 때마다 가름끈들은 어디선가 불쑥불쑥 예기치 않게 나타나곤 했다. 이모, 가름끈이 없는 책들도 있잖아. 나는 고개를 끄덕였다. 그렇긴 하지,라고 헛되이 중얼거리면서.

나를 흔들어 깨우듯 생경한 소리와 함께 메시지가 들어왔다. 언니, 집에 별일 없지? 공항으로 출발할 시간이 다 돼가는데 아직도 PCR 결과가 안 나와서 미치겠어. 실이 약 좀 제때 챙겨주고.

나는 문을 몇 번 더 두드리며 이모 여기 있어, 아무 데도 안 가, 하곤 욕실 문 앞에 무릎을 모으고 앉았다. 점심 먹은 후에 실이 약을 먹는 건 확인했다. 벤조디아제핀과 알프라졸람과 프로작이 섞인 항불안 약물들.

이모, 양지 이모.

실이 다시 나를 불렀다. 수건을 깔고 변기 위에 앉아 있다가 바로 문 안쪽 바닥으로 자리를 옮긴 모양이었다. 공명하던 목소리가 가깝게, 속삭이는 것처럼 들려왔다. 다행히 실은 차분해지고 있는 듯했다.

그래, 류 원장 아저씨한테 연락했어. 열쇠 수리하는 사람 알아보고 있대. 조금만 기다리면 돼, 실아.

나는 재빨리 말했지만 다 말하지는 않았다. 류 원장은 아까 나에게 찍어서 보내라고 한 욕실 문손잡이 사진을 여러 군데 먼저 보낸 모양이었다. 어떤 기사는 신용카드같이 얇고 딱딱한 것을 문틈 사이로 밀어 넣어 아래에서 위로 밀어보라고 했고, 손잡이 옆에 난 작은 잠금장치 구멍에 클립이나 철사를 찔러 넣어보라고 알려줬다고 했다. 안에서 일부러 잠근 게 아니면 열릴 수도 있다고. 류 원장은 시도해봤냐고 물음표를 보냈다. 해보지 않고 나는 소용이 없다고, 문은 열리지 않는다는 답장을 보냈다. 나는 이러는 자신에 대해 잘 설명할 수는 없지만 무언가가 나를 가로막고 있다고 느꼈다.

실아, 괜찮아? 거기 너무 덥지?

찬물이 있으니까 괜찮아.

나는 고개를 끄덕였다. 실이 방에 틀어놓은 에어컨 바람이 복도까지 충분하게 미치지 않아서, 아직도 욕실 문을 열지 못한 나는 땀을 흘리고 있었다.

이모.

응.

그런데 어제 아침에 나 잘 때 어디 갔다 온 거야?

……깨어 있었니?

그 비슷한 거.

실은 말을 아꼈다. 혼자 빈집에 있을 수도 있었구나. 나는 고개를 주억거렸다. 언제나 검은 개를 보고 떠올리는 건 아니니까.

어떤 할머니가 이 근처에서 실종됐대서, 혹시나 해서.

어떤 할머니?

실이 욕실 문에 몸을 바짝 붙이는 기척이 났다.

등이 굽었다는 임소례 씨를 찾는 안전 안내 문자가 두 번째로 들어왔을 때, 나는 실이 잠들어 있는 걸 확인한 후 휴대전화만 든 채 밖으로 나갔다. 이 근처, 현충근린공원이나 동작역으로 이어지는 충효길을 산책할 때마다 노인들이 혼자서 서성이거나 하염없이 앉아 있는 모습을 자주 보았다. 반포천으로 길게 이어지는 허밍웨이길에는 사람이 많아서 실종된 사람이라면 쉽게 눈에 띌 거라는 판단 때문에 나는 길을 건너 근린공원으로 올라갔다. 진입로까지 자갈과 흙탕물이 흘러넘친 공원은 입구를 붉은 띠로 막아놓았다. 대로변 사잇길에서 시작하는 충효길은 가파른 나무계단을 올라가야 했지만 한적하고 누군가 고의로 숨어 있겠다면 적당한 장소일지 몰랐다. 153센티미터에 44킬로그램, 분홍 재킷과 검정 바지를 입은 77세의 여성. 나는 이미 그녀를 아는 것 같았고, 그래서 아직도 지반이 약할 게 분명한 나무계단을 서둘러 올라갔다. 후드득 약한 비까지 떨어졌다. 그렇잖아도 미끄럽고 낙차가 있는 나무계단이 비에 젖었다. 내 뒤에서 치마를 입고 우산을 쓴 한 여성이 올라오고 있을 뿐, 폭우가 지나간 지 며칠 안 돼서 그런지 산책하는 사람들이 없었다. 실이 잠에서 깨어나기 전에, 이따금 눈앞에 검은 개가 나타날 적마다 새된 비명을 지르며 정신을 잃기 전에 나는 집으로 돌아가야 했다. 임소례 씨는 보이지 않았다. 임소례 씨 비슷한 사람도, 비슷하다고 우기고 싶은 노인도 없었다. 나는 진땀을 흘리며 동작역 방면의 계단으로 내려갔다. 미끄러지지 않으려고 힘을 주느라 다리가 후들거렸다. 이 길은 임소례 씨가 올라오기에는 무리일지 몰라. 긴 산책길을 다 내려온 후에야 나는 변명하듯 중얼거렸다. 내가 아는, 누군가 배회 중일 남은 길은 이제 현충원이나 허밍웨이길이었고 나는 뛰다시피 해서 집으로 돌아왔다. 나갈 때와 같은 모습으로 잠들어 있는 실을 보고 안도했었는데.

그 할머니를 왜 찾고 싶었는지 이모가 말해주면 좋겠어.

실은 이 이야기에 흥미를 느끼는 모양이었다. 그러나 나는 말할 수 없다.

그냥, 길을 잃거나 집을 잃은 걸지도 모르니까.

아니지, 이모. 그 할머니는 일부러 집을 나갔을 수도 있잖아.

이럴 때, 나는 실이 그만 싫어지고 만다. 내가 이렇게 입을 다물고 있을 때, 실도 엇비슷한 감정을 느낄지 모르고 그렇다고 해도 어쩔 수 없는 일이다. 우리는 침묵했다. 류 원장에게서 열쇠수리공을 찾았다는 메시지가 없어서 나는 다시 열쇠, 욕실 문 고장, 같은 키워드로 검색을 했다.

……이모?

이모 여기 있어.

수납장에 먹다 만 엠앤엠즈 초콜릿 봉지가 있어.

건이가 몰래 숨겨뒀겠지, 엄마가 못 먹게 하니까.

오빠가 좋아하는 연두색만 잔뜩.

실이 약하게 웃는 소리, 초콜릿을 깨물어 먹는 소리가 들렸다.

벌써 여섯 시가 다 돼갔다. 실이 얼마나 저 안에서 버틸 수 있을까. 송 선배에게 오늘 중으로 갈 수 없게 될지도 몰랐다. 송 선배에게 꼭 물어보고 싶은 말이 있는데. 머리가 지끈거리고 목이 말랐다. 겨우 욕실 문 하나를 열지 못해서 그 앞에 쭈그려 앉아 있기밖에 할 수 없는 사실이 나의 무능을 드러내는 것만 같았다. 우울감에 빨려 들어가지 않도록 나는 고개를 치켜들어 실의 방으로 눈을 돌렸다. 창문으로 하늘 한쪽에서 바람이 강한 힘으로 밀어내듯 먹구름이 켜켜이 몰려와 쌓인 게 보였다. 어제 아침 이후로도 임소례 씨를 찾는다는 문자는 저녁 일곱 시 반까지 네 번이나 들어왔다. 시민의 관심과 도움으로 그녀를 발견했다는 메시지는 없었다. 집을 잃어버린 게 아니라 실의 말대로 임소례 씨도 어디를 가고 싶었던 것일까. 이순명 씨도 등이 굽었었다. 분홍색 옷을 입지는 않았지만 키도 작았고 체중도 적게 나간 편이었다. 삼십 년 전에 사라진 이순명 씨를 지금 다시 실종신고 해야 한다면 흰 반팔 니트에 통이 넓은 감색 바지를 입은 77세의 여성을 찾는다고 설명해야 할 것이다. 그때도 여름이었고 동생이 열일곱, 내가 열아홉 살 때였다. 그리고 나는—아마도 동생도—알게 되었다. 고통은 잊히지도 고여 있지도 않고 아주 작은 자극에도 언제나 울려 퍼진다는 것을. 감정과 육체가 커다란 녹슨 종이 돼버린 것처럼.

실이 좋아하는 백도를 사들고 류 원장이 현관으로 들어섰다.

너무 늦게 왔지.

스니커즈를 벗고 거실로 들어선 그는 잠을 못 잤는지 눈 밑이 손으로 꾹 누른 듯 꺼지고 거무스름해 보였다. 올 초에 어금니 하나를 크라운으로 씌우는 치료를 받느라 치과에서 봤을 뿐 개인적으로 얼굴을 보기는 올 들어 처음이었다. 나는 백도가 든 봉지를 받아 들고 실이 갇힌 욕실 쪽을 눈으로 가리키며 물었다.

수리하는 사람은 언제 온대?

류 원장은 그대로 나를 지나쳐 욕실 쪽으로 가선 조심스럽게 문을 두드리며 실을 불렀다.

실아, 아저씨 왔어. 문 금방 열어줄게.

여름 재킷을 벗어 바닥에 내려놓은 채 류 원장은 욕실 문을 밀고 잡아당겨보았다. 문은 꼼짝도 하지 않았다. 안에서 일부러 잠그고 열어주지 않는 것처럼. 류 원장은 잠시 뭔가를 짚어보는 듯하다가 나에게 공구함이 어디 있는지 아느냐고 물었다. 찾아봤는데 없고, 실이 그런 소음을 힘들어할 거라고 말했다.

다 쉬는 날이라. 한 삼십 분 더 있다가 올 텐데.

욕실 문에 등을 기댄 채 류 원장이 눈썹을 모으고 난감해했다. 욕실 안쪽에서 똑똑, 노크 소리가 들렸다.

아저씨, 저 아직 괜찮아요.

어쩐지 실의 목소리는 이제 태연하게 들리기까지 해서 나는 실에게 잠깐 주방에 좀 갔다 오겠다고, 여긴 아저씨가 있을 거라고 알려주었다.

물 한 잔 줄까?

나는 돌아서기 전에 류 원장 눈을 마주 보지 않고 물었다.

얼음 잔뜩 넣어서.

무뚝뚝한 소리로 대답했고, 류 원장은 내가 그랬던 것처럼 소리 나지 않게 문손잡이를 쥔 손에 힘을 주고 몇 번 더 문을 밀어보고 잡아당겨보다가 바닥에 앉았다. 나는 동생 침실 앞 욕실에 가서 참았던 소변을 보았다. 손을 씻다 말고 욕실 문을 안에서 잠가보았다. 못의 머리같이 튀어나온 걸 누르게 된 잠금장치였다. 부부 욕실은 넓었다. 널찍한 욕조에 샤워 부스도 따로 있고 세면대도 불필요해 보일 만큼 크고 수납장도 그랬다. 실이 있는 쪽은 샤워 부스에 세면대, 그 사이는 서너 걸음밖에 되지 않았다. 그 중간에 변기가 있고 그쪽 벽면에 거울로 마감한 작은 수납장이 있을 뿐. 실은 그 안에서 지금 한 시간 가까이 나오지 못하고 있다. 밖에는 이제 어른들이 두 명이나 있는데.

나는 주방으로 가면서 실의 방 복도 쪽 바닥에 앉아서 휴대전화를 확인하고 있는 류 원장을 흘긋 봤다. 치과는 조카들이 졸업한 초등학교에서 한 블록 떨어진 골목에 있었다. 진료를 마치고 바로 온 모양이었다. 특별한 환자들은 휴진하는 날 따로 온다고 했다. 다른 환자들과 마주치지 않도록. 보철 전문인 류 원장이 대학병원에 몇 년 근무했을 때 모두가 알 만한 대기업의 여사가 진료를 받은 적이 있다고 했다. 치료가 마음에 들었는지 류 원장이 개원한 치과에 일요일에 따로 진료를 받으러 왔다. 치료가 다 끝났는데도 진료 의자에 누워서, 입 모양만 둥글게 뚫린 녹색 소

공포로 얼굴을 덮은 채 그녀는 두 시간 가까이 더 누워 있었다고 했다. 출입구가 잠긴 걸 다시 확인한 수행원들과 류 원장과 치주 전문인 그의 아내, 실장과 간호사들은 모두 일 층에서 소리를 내지 않도록 주의하면서 기다렸다. 류 원장은 그때 아무 소음이 들리지 않는 치과가 너무 낯설었고, 그 낯섦을 인식한 순간 이후로 자신의 일터를 더 이해하게 되었다는 말도 덧붙였다. 그건 이상한 말처럼 들렸지만 타인들의 집에 머물던 경험으로 나는 그게 무엇인지 조금은 알게 되었다. 아무튼 그렇게 두 번쯤 더 와서 치료를 받고 혼자 누워 있다가 천천히 구두 소리를 내며 계단을 내려왔다는 이야기를 류 원장은 했다. 어느 땐 눈물 자국이 남아 있기도 했다고. 어느 땐 정말로 깊은 잠을 자고 난 후의 개운한 얼굴이었다는 말도. 뉴스에서 지금은 회장직을 승계한 그 대기업의 아들과 그녀가 나오면 가정집을 개조한, 큰 창 안쪽의 블라인드 사이로 오후의 햇살이 비스듬히 비치는 진료 의자에 누워 얼굴에 천을 덮은 채 누워 있는 모습이 저절로 떠올랐고, 그 때문인지 나는 종결되지 못한 슬픔은 누구에게나 있는 것일까, 하는 생각을 하곤 했다.

나는 냉장고에서 캔 맥주를 꺼내 단숨에 마셨다. 류 원장이 오자 얼결에 그에게 먼저 연락해 욕실 문에 문제가 생겼다는 말을 한 게 명백한 실수같이 느껴졌다.

이천십팔년 시월 넷째 주에 류 원장과 나는 강북의 한 레지던스에 투숙했다. 초강력 태풍 위투가 사이판섬을 강타해 이재민과 고립된 한국인 관광객이 속출하고 공사 가림막이 무너져서

인도를 걷던 일가족 네 명이 깔려 다치고 갑자기 쌀쌀해진 날씨에도 많은 사람이 국화꽃 축제와 억새꽃을 보러 나들이를 나섰던 금요일이었다. 나는 막 사십오 세가 되었고 류 원장은 곧 그렇게 될 거였다. 그가 나에게 미치는 영향이 내가 나 자신에게 미치는 것보다 커질까 봐 주의했으나 죽음에 관해서만은 그러기 어려웠다. 그건 내 의지로 결정하기보다는 열아홉 살 이후 생이 나에게 보낸 신호, 삶에서 영원히 한 발짝 옆으로 밀려나게 되었다는 뚜렷한 기호를 저항 끝에 따라가는 일과 비슷했다. 지쳐 있었고 불가해한 슬픔은 날마다 차올라 몸이 터져버릴 것만 같았다. 한갓진 방이었다. 우리는 준비를 한 후 나란히 누워 죽음의 순간을 기다리고 있었다. 나는 중간고사 기간이 끝나면 나에게 메일로 대체 과제를 제출할 학생들을 잠깐 떠올렸고 강사휴게실로 찾아와 임신 사실을 의논하며 울던 여학생을 기억했다. 이 죽음이 알려지면 여학생은 상담 상대를 잘못 골랐다는 것을 알아차리곤 소스라치게 놀랄지도 몰랐다. 내가 그런 생각에 빠져 있는 동안 류 원장은 말이 없었다. 지구地區 대회를 앞두고 합창부에서 「가을 뜨락」이라는 곡을 연습할 때 가사 중에 단원 중 아무도 모르던 무서리, 싸리울 같은 단어를 일일이 설명해주고 지휘했던 소년이 평생 죽음의 충동에 시달릴 줄은 아무도 몰랐을 것이다. 그럼 꽃등불은 무슨 뜻인지 아느냐고 물었던 알토를 맡았던 여자아이 옆에서 그는 반듯하게 누워 이미 관에 들어간 사람처럼 두 팔을 배에 포개어 올려놓고 낮은 조도로 맞춰놓은 샹들리에를 올려다보고 있었다. 나는 눈을 반만 뜨고 있었는데도 다 보였고 충분히 보였다. 문득 내가 웃었던 것 같다. 머릿속이 뿌예지면서 내 이름조차 생각나지 않아서였나. 끽끽, 유리 조각을 칠판에 문질러대는 소리처럼 들렸다. 한 손으로 입을 틀어막고 나는 자꾸만 웃었고 내 고막을 두드리는 생경한 웃음소리 때문에 그동안 어떤 측면에서 내가 이미 죽은 사람에 가깝게 살고 있었다는 것을 깨달았는지도 모른다. 류 원장은 차갑게, 말없이, 부리부리한 눈을 더 부리부리하게 뜨고 누워 있다가 어느 순간에 벽을 세우듯 몸을 팩 돌렸고 우리는 다음 날 아침에 일어나 그 방을 나왔다. 어째서인가 나는 다음번엔 류 원장이 나를 제외하고 혼자서 그 일을 다시 실행할 거라는, 그때는 나에게 어떤 언질도 주지 않으리라는 잠정적인 결론에 이끌리고 싶었다.

다 마신 맥주잔을 아일랜드 테이블에 내려놓고 서초구에 강한 바람이 불기 시작해 간판이나 창문 파손 위험이 있으며 하천과 공사장 등 위험지역의 접근과 야외 활동을 자제하라는 안전 안내 문자를 확인하고 있을 때 류 원장이 욕실 쪽에서 큰소리로 나를 불렀다.

이리 좀 와봐!

내 눈에 정말 동생 집은 필요 이상으로 넓었다. 나는 생수병을 들고 뛰듯이 거실을 지나 욕실 앞으로 갔다.

실이가 울어.

실이 방 에어컨 바람이 약하게 오는 데다 습도까지 올라서 그런지 자리에서 일어나 있는 류 원장 관자놀이에서 턱으로 땀방울이 흘렀다.

왜? 뭐라 그랬는데?

수리하는 사람 금방 올 거라고, 조금만 참으라고 했는데.

등에 '퀵 수리'라고 새겨진 망사조끼를 입은 수리공이 고개를 갸우뚱하며 손잡이를 돌렸다. 래치가 안에서 걸려 있었나? 슬쩍 문을 밀었을 뿐인데 막혀 있던 습하고 찐득할 만큼 무더운 열기가 밖으로 훅 끼쳐 나왔다. 문이 열렸다는 사실에 안도한 나는 실아, 높은 소리로 아이의 이름을 부르곤 문을 힘껏 밀어젖혔다. 긴 머리를 틀어 올리고 반팔 티와 반바지를 입은 150센티미터의 실은 내게 말한 대로 변기 뚜껑에 수건을 깔고 앉아 밖을, 그러니까 문이 열린 입구를 바라보았다. 욕실 안으로 들어가려다 말고 나는 주춤거렸다. 진청색, 흰색 세면 타월들을 번갈아가며 깔아놓은 욕실 바닥은 공들여 색을 맞춰 깔아둔 직사각형의 러그 같았고, 실은 그 위에 수납장에서 찾아냈을 물건들을 반듯하게 늘어놓았다. 치약, 칫솔, 화장솜, 면도기, 속옷, 생리대, 손바닥만 한 만화책, 언젠가 썼던 2G폰, 엠앤엠즈 초콜릿, 작은 빗이나 안대, 핸드크림 등이 들었을 항공사 어메니티 주머니, 헤어드라이어, 양말, 비상약들, 오십 개들이 마스크 상자, 때밀이 수건, 나사못, 머리핀, 손톱깎이 세트, 볼펜 한 자루와 포스트잇……. 각을 맞추기도 어려운 그런 물건들을 실은 두 줄로 반듯하고 나란히 늘어놓아서 그것은 내 눈에 꼭 주인이 찾아가기를 기다리는 유실물들을 연상시켰다. 그러나 나는 틀리게 보았을 것이다. 실은 그것들이 자신에게 필요한, 유효하고 도움이 되는 생필품이라고 여겼을 게 틀림없었다. 자신이 거기에 계속 머무는 데. 그리고 거기에 없는 더 필요한 품목들을 적어보기도 했을 터이다. 그랬으리라고 깨닫자 나는 돌연한 분노, 어디서 발원하는지도 모를 급작스러운 화를 느꼈고, 그 물건들을 내 발로 거칠게 밟고 들어가 아이가 늘어놓은 작은 질서들을 헤집고 그 안에서 아이를 끌어내 오고 싶었다. 순간 뒤에서 류 원장이 내 한쪽 팔을 가만히 잡아끌었다.

잠깐, 시간이 필요할 거 같은데.

나는 뒤로 물러났다. 내 얼굴도 실처럼 땀이 번들거리는 게 느껴졌다. 두 팔을 허벅지에 올려둔 채 문이 열렸는데도, 두 시간 가까이 이 덥고 습하고 좁은 데 갇혀 있었는데도 실은 여전히 무감동한 표정을 짓고 있었다. 아니 지금 어떤 표정을 지어야 하는지 자신도 혼란스러워하는 것 같아 보였으나 나가고 싶지 않다는 태도만은 변함없어 보였다. 나는 문을 열지 못했을 때처럼 욕실 앞에 다시 주저앉았다. 그 애의 무연한 표정 위로 지나가는, 실이 입구 쪽의 나를 바라보며 지금 우물거리듯 반쯤 삼킨 말을 나는 알아들은 것 같았다. 처음 실이 목줄이 풀린 검은 개를 맞닥뜨렸고 자신은 그것으로부터 평생 도망갈 수 없을 거라는 고백을 내게 털어놓았을 때 아무 설명 없이도 내가 이해했던 것처럼. 이모, 여기엔 검은 개는 없어. 그러니까 이 안에서 나는 안전해.

등 뒤에서 류 원장이 수리공에게 수리비를 내는 소리, 인사를 주고받는 소리가 들렸다.

지난겨울에 나는 동숭동에 있는 한 빌라의 이층집에서 삼

주 정도 지냈다. 번잡하고 유동 인구가 많은 대학로 한가운데 그런 오래되고 고풍스러운 빌라촌이 있을 줄 몰랐다. 한번 입주하면 나가는 사람이 없어서 매물도 시세도 없다는 곳이었다. 내가 맡은 집은 대형 로펌의 변호사인 육십대 부부가 사는 곳이었다. 십팔 년 된 왕관앵무새들의 먹이와 물을 챙겨주고 새장을 청소해주는 게 가장 중요한 일이었다. 의외로 다른 가족이 없거나 있어도 집을 맡길 만큼 가까운 가족이 없는 사람들이 많다는 데 나는 매번 놀라던 때였다. 거기가 서울이어서 그랬는지 아니면 연극을 좋아해서 자주 대학로에 나가는 송 선배가 떠올라서 그랬는지 나는 내가 여기서 일하고 있다고, 송 선배에게 근처에서 만나 저녁이나 먹자고 연락을 했다. 송 선배는 함께 연극을 본 후배 한 명과 약속 장소로 왔고 결국 나는 그들을 빌라로 데리고 왔다. 후배가 여기 사느냐고 물어서 지금은 그렇다는 부정확한 말을 했다. 잠시 머무는 집이라고 대답하지 못하고. 다른 사람 집을 봐주면서 누군가를 데리고 온 적은 사실 처음이 아니었다. 집을 정성껏 돌보는 일과 때때로 집주인과의 약속을 어기는 일은 달랐고 나는 내가 선명하게 느끼는 그런 죄의식, 무책임함을 통감하는 일에 어떤 쾌락까지 느끼고 있었을지 모른다. 아무리 좋아도 살고 싶거나 애착을 느낀 집은 없는데 흔적 없이 사라지기 좋은 집들은 있었다. 혼자 지내는 밤은 그 점을 외면하기에 너무 길었고 밤은 낮보다 비바람에 대한 대체 능력이 떨어질 수밖에 없듯 나는 더 흔들렸다. 가끔 나는 두고 온 내 방을 떠올릴 때가 있었지만 이미 치워버린 듯 거기엔 아무것도 남아 있지 않았다. 그날, 실내를 여기저기 둘러본 송 선배가 이 집은 원래 이렇게 깨끗하고 잘 정돈되어 있어? 아니면 서 선생이 가꿔서 이런 거야?라고 물어서 나는 피식 웃었다. 가꾼다는 표현 때문이었는지 아니면 제대로 해내는 일을 보여줬다는 기분 때문인지. 팔 인용의 긴 식탁에 앉아서 새벽까지 술을 마셨다. 후배가 화장실에 간 사이에 송 선배가 상체를 내 쪽으로 기울이곤 소리 낮춰 말했다. 이렇게 사는 것도 나쁘지 않겠다, 서 선생. 이상한 생각 같은 거 하지 말고. 나는 과장된 포즈로 잔을 입으로 가져가며 냉랭한 눈으로 선배를 봤다. 류 원장 외에 누군가의 눈에도 내가 그렇게 비칠 수 있다는 걸 처음 안 듯이. 밤 내내 나는 앉아서도 비틀거렸고 그걸 숨기지도 않았다. 그러다 문득 송 선배 목소리가 귀에 들어왔다. 끝이 안 좋을 거야.

나는 그 말을 잊은 적이 없었고 선배에게 그 말에 관해 물어볼 기회를 계속 놓치고 있었다. 무엇의 끝이, 누구의 끝이 안 좋을 거라고 했는지.

실이 욕실에 갇힌 순간부터 내가 두려워하던 게 무엇인지 이제 안 것 같았다. 나는 이 사고의 끝을 생각했고 그것은 어쩌면 짐작과는 다른 방향으로 흘러가 아주 불행한 쪽으로 쓸려갈지 모른다는. 실이 저 안에서 다른 일을 벌일지도 모른다는 상상. 깨끗이 떠나고 싶다고 느꼈던 욕구들.

나는 자리에서 일어나 위로 말려 올라간 셔츠를 두 손으로 내려 편편하게 쓰다듬었다. 실은 세상엔 동반자살을 기도하는 어른들이 그것도 제 곁에 있다는 것을, 검은 개보다 더 외현적으로 보이는 두려움에서 헤어 나오지 못하는 어른들이 있다는 사실을 알지 못할 것이다. 그러나 지금 나는 해야 할 일을 해야 했다. 욕실로 조심스럽게 들어가 실이 늘어놓은 물건들을 밟지 않도록, 칫솔과 헤어드라이어 사이를 까치발로 밟고 실 앞으로 다가갔다. 실은 깍지 낀 손을 앞으로 모은 채 고개를 푹 수그리고 있었다. 실이 이 안에서 견뎠을 두 시간을 나는 알 것 같지만 그렇게 말할 수도 없었다.

실아, 기억하지?

무릎을 구부리고 나는 실에게 웃어 보였다. 실은 고개를 끄덕였다. 천천히 한 번, 그리고 한 번 더.

검은 개와 흰 말.

그것은 우리의 암호 같은 것이었다. 때로는 위로로 때로는 가벼운 농담으로. 불안은 언제나 발밑이나 허공, 어디에서 튀어나올지 모르는 삶의 파편들처럼 예기치 않게 찾아오며 그래서 타인의 이해를 받기도 구하기도 어려운 데가 있다. 실에게는 다른 것이 필요했다. 두려움을 완화시켜주거나 다른 대상을 떠올릴 만한 치환置換적인 행동 같은 것. 검은 개를 보는 감정을 돌려세우는 일. 그리고 나는 실에게 말했다. 목줄이 풀린 크고 검은 개를 보면 그게 흰 말이라고 생각하자. 갈기도 희고 늠름하며 장애물을 뛰어넘을 수 있게도 해주는, 눈부신 흰 말.

실의 손을 잡고 나는 욕실을 나왔다. 실의 몸에서 시큼한 땀 냄새와 열기가 느껴졌고 그 애가 복도에서 이모, 손이 너무 아파, 라고 말할 때까지 손을 놓지 않았다.

나는 그 손을 놓고 싶지 않았다. 내가 그제 새벽에 동작역 상류 쪽의 반포천 앞에 가서 느꼈던 감정이 뭔지 말하고 싶었다. 욕실 문이 열리고 너를 보았을 때 느꼈던 감정도. 그러나 나는 내가 아직 살아 있다는 이 충격을, 헛것 같은 삶도 안전을 위협받는 삶도 아직은 살아 있다는 이 보편적인 기적의 순간을 어떻게 설명해야 할지 몰랐고 이것이 맞는 감정인지도 알 수 없어서 눈을 휘둥그레 뜬 채 서 있기만 했다. 끝이 안 좋을 거란 말, 그게 선배 자신에게 한 말이라는 거, 무슨 말인지 묻고 싶은 게 아니라 송 선배에게 가서 어서 일어나 같이 걷자는 말을 하고 싶은 거란 소리는 누구에게 해야 할까.

여름을 두려워했던 건 수해가 아니라 빈번하고 무수한 죽음들 때문이었어. 메시지 소리에 내 읊조림은 묻혔고 류 원장은 휴대전화를 열어보느라 고개를 숙였다. 내 휴대전화. 동생네는 무사히 탑승했을까? 주방 테이블에 놔뒀을 내 전화에도 확인하지 못한, 기다리는 메시지들이 있을지 몰랐다. *시민들의 관심과 제보로 실종된 임소레씨를 안전하게 발견했습니다.*

그리고 다른 문장들.

더 많은 문장들.

수많은 순간, 나는 이런 문장에 사로잡혀 있었다.

동작구에서 실종된 서양지씨(여, 49세)를 찾습니다 −161cm, 50kg, 흰셔츠, 검정바지, 흰말을찾는 ☎182

이제 괜찮아, 이모.

실이 한 손으로 내 눈물을 닦아주었다.

욕실 밖에는 실과 내가, 몇 걸음 떨어진 현관 앞에는 류 원장이, 그리고 운동화를 다 신고도 아직 가지 않은 수리공 남자가 서 있었다. 아직 애가 나온 걸 확인하지 못해서요. 현관에서 고개를 이쪽으로 내밀고 얼굴이 까맣게 탄 젊은 수리공이 안심했다는 어투로 말했다.

지금 몇 시지?

나도 모르게 큰 소리로 물었다.

저녁이지, 아직 저녁이야.

뭔가 개운하다는 소리로 류 원장이 두 팔을 허공에 휘저었다.

배가 고파요.

실이 쑥스러워하며 말했다. 그러곤 어쩌면 서로의 이유로 아직 어른이 되지 못한 미완의 성인들을 반짝이는 눈으로 둘러봤다.

* '안전 안내 문자'를 일부 인용, 변형하였음을 밝힙니다.

2024년 제47회 이상문학상 작품집

2부

우수작

김기태 · 팍스 아토미카

박민정 · 전교생의 사랑

박솔뫼 · 투 오브 어스

성혜령 · 간병인

최미래 · 항아리를 머리에 쓴 여인

김기태

2022년 『동아일보』 신춘문예를 통해 작품 활동을 시작했다. 소설집 『두 사람의 인터내셔널』이 있다.

팍스 아토미카Pax Atomica

나는 문 앞에 서 있었다. 깊은 밤이었다.

평범한 디지털 도어록이지만 안쪽을 이루는 전자회로며 톱니바퀴에 대하여 나는 아는 게 없다. 사람은 모르는 물건을 잘도 쓴다. 비밀번호를 잊은 건 아니다. 나는 집 안에 있었다. 내 구두며 운동화가 놓인 내 신발장 옆에 서서 내 현관문을 보고 있었다. 당장 눈을 감아도 여섯 시간을 못 자고 출근할 형편이었다. 돌아서서 침대로 가면 그만이었다. 하지만 문을 떠나기 힘들었다. 한 가지 의심이 되풀이됐다.

내가 문을 닫았나.

나는 문 앞에 서 있었다. 깊은 밤이었다.

문과 문틀은 맞닿아 있다. 철사나 복사용지, 이웃의 한숨 소리가 비집고 들어올 만한 물리적 간격은 존재하겠지만, 맨눈으로 볼 때는 틈이 없다. 도어록 본체의 수동 개폐 레버는 '잠김'을 가리켰다. 제대로 닫히지 않았다면 도어록은 거슬리는 경고음을 낸다. 전에 실험해본 적이 있다. 음향 장치를 작동시킬 전력이 건전지에 남아 있지 않다면 붉은 경고 램프가 점멸한다. 까다로웠지만 그것도 실험해본 적이 있다. 하지만 경고 램프를 작동시킬 만큼의 전력도 남아 있지 않다면……. 도어록이 작동하지 않더라도 닫힌 문은 닫힌 문이었지만, 아무나 열 수 있는 문은 곧 열린 문 아닐까. 바람에 열릴 가능성이 있을까. 그건 실험해본 적이 없다. 맞닿은 문과 문틀을 위에서 아래로, 아래에서 위로 훑어보고, 문을 가상으로 삼등분해서 상단과 중단과 하단의 닫힘을 따로 판단해보다가, 아무래도 닫힌 게 맞다고 여기며 돌아서면 의심이 들었다.

내가 정말 문을 닫았나.

문이 닫히지 않았다고 가정해보자. 이 오피스텔은 카드키로 출입이 통제되므로 신원이 불분명한 자가 출입하기 어렵지만, 누군가 솜씨 좋게 침입하여 범죄 의도를 갖고 헤매다 13층 복도 끝에서 열린 문을 발견한다면 곤란했다. 날붙이나 둔기를 든 상대가 잠든 내게 접근하면 속수무책이다. 운 좋게 침입의 기미에 눈을 떴더라도 나는 신장이 평균에 겨우 미치고 골격 근량은 확실히 평균 미만인 남성이다. 침대 밑에 묵직한 3단 호신봉을 두었지만 전기충격기는 누전으로, 가스총은 폭발로 화재를 일으킬까 봐 구비하지 못했다. 나는 살해당할 만큼 원한을 산 일이 없고, 아마도 없고, 범죄자라면 전당포나 환전소나 무인 아이스크림

가게를 노리는 게 이롭다. 현실적인 위험은 파리나 바퀴벌레 따위가 들어오는 일이다. 내가 자는 동안 내 침대로 기어오를 작고 검고 다리가 많은 것을 상상하면 불쾌했다. 하지만 벌레가 날 죽이지는 않는다.

여러 위험을 평가해보면 문을 열어두고 잔다고 아침을 맞이하지 못할 확률은 극히 낮았다. 낮음과 없음은 다르다. 낮음은 없음이 아니다. 그러나 '극히 낮음'은 '없음'으로 여겨야 정상적인 사고다. 정상적인 사고라는 말은 무섭다. 무서워서 문을 닫고 싶었다. 문을 닫아야 했다. 이런저런 이유가 없더라도 문이라는 장치의 기본값은 닫힘이다.

그런데 내가 정말 문을 닫았나.

나는 문 앞에 서 있었다. 깊은 밤이었다.

문 앞에서 밤새 서 있을 것이다. 아니 평생 서 있을 것이다. 세 달 가까이 약을 먹었지만 효과가 없었다. 책임 소재를 분명히 하자면 나는 약의 보조를 받고서도 사고와 행동을 전혀 개선하지 못했다. 신경이 곤두서는 데에도 한계가 있다. 정신이든 육체든 무엇이든 곧 뒤틀리고 끊어지고 폭발한다는 예감 속에서…… 나 자신에게 마지막으로 건네는 부탁처럼, 소리 내어 한 문장을 말했다.

"나는 문을 닫았다."

내 머리통 안에 뇌라는 게 들어 있다고 한다.

성인이라면 부피는 가로 15센티미터, 세로 15센티미터, 높이 20센티미터 전후, 무게는 1,400에서 1,600그램 사이이다. 나의 뇌가 얼마나 작거나 크거나 가볍거나 무거운지는 알지 못한다. 뇌는 밝혀진 것만 100여 종인 호르몬의 균형을 맞추고 600개가 넘는 근육을 감독하며 1,280억 개의 신경세포를 하나의 연결망으로 묶는다. 하버드 의대에서 근무하는 리사 펠드먼 배럿 박사의 『이토록 뜻밖의 뇌과학』에서 읽었다. 세포체, 수상돌기, 축삭, 시냅스, 세로토닌, 도파민, 노르아드레날린…… 이런 것들을 이해하는 건 무리였다. 박사는 전 세계 항공 시스템을 상상해보라고 권했다. 직항과 경유, 허브와 클러스터, 증설과 폐쇄. 끊임없이 신호를 실어 나르며 때때로 기후에 영향을 받는 가변적인 복잡계 네트워크. 비유는 유용하다.

항공기 추적 서비스인 FlightRadar24.com에 따르면 전 세계에서 하루에 200,000회 이상의 비행이 일어난다. 지금 이 순간 하늘에 떠 있는 항공기만 14,000대가량이다. 실시간 비행 현황을 보면 세계지도 위에서 노란 항공기 아이콘 14,000개가 아무렇게나 우글거리고 있지만, 확대하면 각 항공편이 지정된 노선을 따라 움직임을 알 수 있다. 내가 사는 도시 위에서 꾸물거리는 아이콘 하나를 클릭해봤다. 속도와 고도와 각도를 가리키는 가늠하기 어려운 단위들. 사람은 그런 걸 계산할 수 있다.

2001년 9월 11일, 공중 납치된 두 대의 여객기가 승객을 태운 채 뉴욕 세계무역센터에 고의로 충돌했다. 나는 그날 교실에서 텔레비전으로 그 장면을 봤다.

2014년 12월 5일, 항공사 회장의 딸이자 부사장이 자신이 탑승한 자사 여객기의 이륙을 중단시켰다. 승무원이 땅콩을 접시에 담아 제공하지 않아서라고 알려졌다.

나의 어머니는 비행기를 타본 적이 없다. 비유는 부분적으로만 유용하다.

전조는 오래전에 나타났고 어떤 시점부터는 걷잡을 수 없었다. 두세 차례 문단속을 꼼꼼히 하는 게 대수는 아니다. 두세 번이 네다섯 번이 되고, 열두 번이 되고, 새로운 의심과 그 의심을 해소하기 위한 새로운 형식, 반드시 문에 정면으로 서서 확인해야 한다거나, 확인 중에 현관 센서등이 꺼지면 무효라거나, 나조차 의미를 알 수 없는 조건들이 생겼다. 현관문만 문제였던 게 아니다. 닫힘과 열림, 잠김과 풀림, 있음과 없음, 연결됨과 끊김의 개념이 적용되는 모든 사물이 신경 쓰였다. 창문, 냉장고 문, 수도꼭지, 가스 밸브, 병뚜껑, 신분증, 비상금, 배터리, 전화기, 각종 가전제품, 특히 광열 기구의 전원 코드…… 말하자면 전부. 아니다. '거의 전부'는 '전부'가 아니다. 하지만 거의 전부는 전부를 재촉한다.

인간은 누구나 실수를 한다. 이 말은 그러니까 조심해야 한다는 의미이기도 하다. NoHeatStroke.org에 따르면 집계를 시작한 1998년 이래로 미국에서 지난 26년 동안 505명의 아동이 차량 안에 방치되어 열사병으로 사망했다. 1년에 19명꼴이다. 부모가 뒷좌석에 태운 유아를 깜빡하고 하차한 뒤, 주차장에 구급차가 요란하게 나타나거나 경찰의 전화를 받고서야 깨닫는 것이다. 부모를 비난하기는 쉽다. 하지만 인간은 누구나 실수를 한다. 어떤 실수는 바로잡을 수 없을 뿐이다.

출근 전에 집을 다섯 바퀴쯤 돌며 확인하기. 무언가 의심스러워 1층에서 엘리베이터를 타고 다시 13층으로 돌아오기. 그러느라 지각 위기로 뛰면서도 가방 지퍼가 열려서 지갑이 떨어진 게 아닌지 열 번쯤 확인할 때에도 나는 짐짓 문제를 모른 체했다. 예민하다거나 걱정이 많다거나 심지어 꼼꼼하다는 말로 스스로를 속였다.

어느 날 헤어드라이어가 정말 꺼졌는지 의심스러웠다. 열을 뿜는 기구이므로 화재 위험이 크다. 코드는 뽑힌 채로 드라이어에 말려 있었다. 벽면 콘센트에는 아무것도 꽂혀 있지 않았다. 나는 코드가 연결되어 있는데 내가 못 보는 게 아닌지 의심스러웠다. 그래서 무슨 짓을 했냐면, 드라이어와 벽면 콘센트 사이에 손을 휘저었다.

내가 허공에 손을 저어본 게 한 번은 아니다.

1945년 히로시마와 나가사키 원폭 이후 맨해튼 프로젝트에 관여했던 과학자들 중 일부는 회보를 발행하기 시작했다. 이 잡지의 표지에 늘 등장하는 시계는 '지구 종말 시계The Doomsday Clock'로 널리 알려졌다. 인류 문명의 종말을 자정으로 간주하여 경각

심을 일으키기 위한 의도였다. 1947년 최초로 공개되었을 때는 자정 7분 전이었다.

2024년, 시계는 자정 90초 전을 가리키고 있다.

정신과에 정말 가야 할까. 첫 예약 전화를 걸면서도 망설였다. 휴대전화 너머의 접수원은 나의 이름과 출생 연도, 증상을 물었다. 증상을 물으리라고는 예상하지 못했다. 직장 복도에서 주변을 살피고 속닥거렸다. 전화를 끊자마자 의심했다. 내가 확실히 예약을 했나. 요일과 시각을 정했나. 다시 전화를 걸었고 접수원은 내가 그날 그 시각에 예약한 게 맞다고 확인해주었다. 두 번째 전화를 끊고 나는 내가 정신과에 가야 하는 사람임을 받아들였다.

세 군데의 정신과를 다니면서 알게 된 것. 처음 방문하면 스무 페이지쯤 되는 자가검진 설문지를 작성한다. 언제나 오래 대기하며 잠깐 진료를 받는다. 소독약 냄새가 안 난다. 대기실에 피아노곡이 흐르기도 한다. 약국을 거치지 않아도 병원에서 약을 받을 수 있다. 진료실에 소파나 리클라이너는 없다. 나에게 전형적인 강박 증상과 높은 반추 사고 성향과 약간의 우울감이 있다. 의사들은 대체로 온화하고 침착하며 그래서 대화형 인공지능 같기도 하다. 풍부한 정보를 바탕으로 나의 말에 친절히 응답하지만 내가 어떤 말을 해야 할지는 알려주지 않는다.

충치를 뽑듯 호전되길 기대하진 않았다. 세 번째 정신과에 정착한 것은 더 큰 치료 효과를 기대해서가 아니라 예약과 동시에 확인 문자를 전송해줬으며 접수원이 과묵했고 진료 시간이 내 일정과 잘 맞아서였다. 약을 담아주는 작고 노란 빵 봉투도 좋았다. 거의 제과점에 다녀오는 기분이었다. 만약 제과점에서 봉투에 내 이름을 적어준다면, 거의 정신과에 다녀오는 기분일 것이다.

원인을 지목하는 건 문제를 해결하는 데에 얼마나 도움이 될까.

첫째, 만성적인 스트레스와 수면 부족에 시달리게 만드는 경쟁 사회, 입시 교육이나 신자유주의나 불신과 혐오가 만연한 인간관계나 뭐 그런 것. 내가 아는 사람들은 다 버티며 살고, 따지자면 나는 내 밥그릇을 단단히 붙들고 있는 편이다. 단단히 붙들고 있다는 그 점이 문제일 수는 있다.

둘째, 맞벌이를 하느라 어린 나를 혼자 집에 두고 문단속이나 난로 끄기 등을 자주 걱정했던 부모의 영향. 설득력이 있다. 특히 어머니는 내가 친구네 집에 놀러 갈 때에도 '재밌게 놀다 와라'보다는 '불장난하지 마라'라고 말하는 분이었다. 나로서는 나의 부모만을 알 뿐이라 다른 부모에 비하여 그들이 특히 엄격했는지는 모르겠다. 인명과 재산의 손실을 회피하는 데에 삶의 에너지 대부분을 쏟는 게 내 부모만의 특징은 아닐 것이다.

첫째와 둘째는 한 몸 같기도 하고 나는 밥그릇도 부모도 버릴 수 없다. 사실 버리기 싫은 것이지 버릴 수 없는 건 아니다. 그러나 '아주 하기 싫음'은 '할 수 없음'으로 여기는 게 정상적인 사고다. 그러니 다른 원인을 지목하자.

셋째, 내 뇌가 비정상이다.

인간의 뇌는 대뇌, 소뇌, 뇌간으로 구조화할 수 있다. 흔히 상상하는 회백색의 울퉁불퉁한 덩어리가 대뇌다. 대뇌는 위치와 기능에 따라 전두엽, 측두엽, 두정엽, 후두엽으로 나뉜다. 그것들의 뿌리라고 할 수 있는 안쪽 기저에 미상핵이 있다.

미상핵은 전두엽으로부터 전달된 정보를 걸러내는 기능을 한다. 무시할 수 없는 정보라면 '……를 해야 한다'라고 대응을 명령한다. 미상핵이 과도하게 활성화되면 대응을 되풀이하게 된다. 즉 대응의 임계점 또는 완료 여부를 오판해서, 안 해도 되고 그만해도 될 생각이나 행동을 반복한다. 이렇게 요약할 건 아니겠지만 『강박장애, 헤어날 수 없는 반복의 굴레』, 『쉽게 따라하는 강박증 인지행동치료』 등의 서적이나, 『정신의학신문』에 실린 칼럼에서 읽었다. 미상핵이라는 이름은 꼬리 모양尾狀이기 때문이지만 나에게는 알 수 없음未詳으로 읽혔다.

토요일 오후의 공립 도서관. 통창으로 쏟아지는 햇살이 따스했다. 멀리 어린이 서가에서 아이들이 뛰노는 소리가 들렸다. 좀처럼 아무도 오지 않는 의학 서가에 서서 묵직한 인체 도감을 펼쳤다. 양전자 방출 단층촬영법으로 찍은 누군가의 뇌, 그 빨갛고 노랗고 파란 형광 이미지. 되는 대로 물감을 짠 데칼코마니, 색소를 쏟아부은 솜사탕, 파티용 싸구려 피에로 가발, 출구가 불확실한 원형 미로, 폭심지에서 피어난 둥근 버섯구름……. 내 머릿속에 핵이 있다.

옷깃이나 신발코가 아니라 하나의 도시가 오염되기도 한다. 도시는 너무 크므로 버스가 오지 않는 정류장과 그을린 우체통이 있는 한 토막의 거리를 상상할 뿐이다. 세상에 폐를 끼치지 못하도록 봉인된 곳. 사실은 봉인되었는지 어쨌는지 알 수 없지만 아무도 가까이 가고 싶어 하지 않고 입에 올리기도 부담스러워하는 골칫거리. 그래서 없는 듯 여기다 정말로 없어지는 지명들.

사람들은 어떤 환자들에게는 연민 이면에 경계심을 채비한다. 내가 아는 누군가는 나를 정신병자라고 부를 준비가 되어 있다.

카페에 혼자 앉아 생각했다. 사람들이 웃는구나. 달콤하고 시원한 음료를 마시는구나. 음악을 듣고 공부를 하고 편지를 쓰는구나. 문을 닫고 잠그는 일이, 알람을 맞추는 일이, 드라이어를 끄는 일이 왜 힘든지 이해하지 못할 것이다. 내가 심호흡이나 숫자 세기, 손뼉 치기, 눈 깜빡이기 따위를 시도해봤다는 걸 모를 것이다. 그들이 몰라서 외로웠지만 그들이 몰라서 다행이었다. 내가 카페를 떠날 때, 테이블이나 의자 위에 남겨둔 소지품이나 쓰레기가 없는지 확인하려고 5분 동안 서 있거나, 내려갔던 계단을 다시 올라오거나, 사진을 찍고 손으로 빈 테이블을 더듬는다면 들킬까. 나의 핵은 그런 충동을 부추겼다. 나로 하여금 수도꼭지에 귀를 대게 하고, 알람 시계의 바늘을 자로 재게 했다. 내가 정신병자인지 아닌지 묻게 했다.

하지만 나를 깊은 밤의 문 앞에 벌서듯 세워두었을 때 나도 배운 게 있다. 음료를 마시고 자리를 떠나기 전, 정신을 집중하여 하나의 문장을 떠올린다. 아무에게도 들리지 않을 정도로, 하지만 분명히 입을 움직여서 나 자신에게만 속삭인다.

"나는 모든 소지품을 챙겼고 아무 쓰레기도 남겨두지 않았다."

일단 주문이라고 칭하자.

언제나라고는 할 수 없지만 주문은 사고와 행동을 통제하는 데 효과가 있었다. 나는 증상이 나타날 때 한 문장씩을 말했다.

"나는 보일러를 껐다."

"나는 비누칠을 두 번 했다."

"나는 이번 달 관리비를 이체했다."

물론 혼잣말은 그 자체로 이상한 짓이다. 혼자 산 지 오래지만 뭔가를 중얼거리는 버릇은 없었다. 캐비닛 잠금장치를 아홉 번 확인하든 "나는 캐비닛을 잠갔다"라고 혼잣말을 하든 타인에게는 둘 다 제정신으로 보이지 않을 테니 직장이나 공공장소에서는 조심했다. 머리가 아프고 숨이 차서 어쩔 수 없을 때는 입술이라도 움직였다. 내가 사무실 구석에서 "나는 서류를 파쇄했다"라고, 마트 셀프 계산대에서 "나는 모든 상품의 바코드를 스캔했다"라고 속삭이는 걸 아무도 듣지 못했을 것이다. 나 자신은 내가 무슨 짓을 하는지 알았으므로 자조했다. 하지만 나는 전원코드가 연결된 게 아닌지 확인하려고 허공에 손을 저어본 사람이다. "나는 십만 원을 인출했다"라고 혼잣말함으로써 ATM 앞에서 지폐를 스무 번 세지 않을 수 있다면, 뒷면은 절대 보여주지 않는 그 음흉한 기계를 믿을 수 있다면…… 나는 조금 이상해짐으로써 아주 이상해짐을 막기로 했다.

주문이라는 명명은 미심쩍지만, 욕을 듣고 자란 식물보다 칭찬을 듣고 자란 식물이 잘 자란다는 식의 유사 과학과는 다르다. 나의 핵은 상황 판단에 오류가 있으므로 정확하고 친절하게 알려주는 게 도움이 될 뿐이다. 자동 통신이 고장 났다면 수동으로라도 제어해야 한다. 다시 하버드 의대에서 근무하는 리사 펠드먼 배럿 박사를 인용하자면, 뇌에서 언어를 처리하는 영역은 몸 내부도 제어한다. 눈을 감고 가만히 누워 있는데도 어떤 이야기를 듣는 것만으로 심박수, 호흡, 신진대사, 면역 체계, 호르몬 등에 관여하는 뇌 활동이 증가한다는 사실이 실험으로 밝혀졌다. 말이 식물은 몰라도 인간은 변화시키는 것이다. 폭언을 들으며 성장한 아동이 추후에 정신적 어려움을 겪을 확률이 높다면, 거꾸로도 가능하지 않을까. 어딘가 끊어졌거나 꼬여 있는 내 뇌에 나의 의지로 영향력을 행사하기 위해 주문을 읊는 일은 상당히 합리적이다. 주문은 미신도 비유도 아니다. 과학이다.

나는 오전 6시에 기상했다. 나는 일곱 가지의 스트레칭을 두 번씩 수행했다. 나는 머리부터 발끝까지 하향식 샤워를 했다. 나는 욕실에 있는 두 개의 수도꼭지를 잠갔다. 나는 두 장의 신용카드와 신분증, 5만 원 이상의 현금이 들어 있는 지갑을 챙겼다. 나는 문을 닫았다. 나는 길에 아무것도 떨어뜨리지 않았다. 나는 지하철에서 내리고 타는 사람들의 통행을 방해하지 않았다. 나는 공문 번호와 발송일을 정확히 기입했다. 나는 검토와 협조와 결재를 순서대로 지정하여 기안문을 상신했다. 나는 수화기를 바르게 내려놓았다. 나는 열세 장이 아니라 열두 장을 복사했다. 나는 맨 위 서랍에 있는 보안 키를 잃어버리지 않았다. 나는 책상 위에 어떤 보안 문서도 올려두지 않았으며 책상 밑에 의자를 집어넣고 퇴근했다. 나는 두 장의 신용카드와 신분증, 5만 원 이상의 현금이 들어 있는 지갑을 챙겼다. 나는 주방세제를 수세미에 짜서 그릇을 닦았다. 나는 보디워시를 샤워볼에 짜서 몸을 닦았다. 나는 세탁기에서 세탁물을 모두 꺼냈다. 나는 커튼을 쳤다. 나는 전등을 껐다. 나는 문을 닫았다. 나는 알람을 오전 6시에 맞추었다.

나는 잘 살고 있을까.

잠들기라는 마지막 과제를 수행하려면 "나는 잘 살고 있다"라고 핵에게 알려주는 편이 좋다. 그러나 그 주문은 너무 추상적이고 포괄적이다. 내가 연구한바, 구체적 행위나 상태에 대한 간결한 주문일수록 효과가 높다. 나는 통원 치료 중인 질병이 없다. 나는 임금 근로자 평균 이상을 번다. 나는 일 년에 3주 이상 휴가를 사용할 수 있다. 나는 어떤 소송에도 연루되지 않았다. 나는 건조기와 식기세척기와 세 곡 이상을 연주할 수 있는 악기를 가졌다. 나는 방 세 개에 화장실이 두 개인 자가를 소유하고 있으며 그 주택의 자산 가치는 상승 중이다. 나는 명절이나 경조사가 아니더라도 연락하는 친구가 세 명 이상 있다…… 이런 주문들의 총합이 어떤 임계점에 도달하면 '나는 잘 살고 있다'는 주문이

유효해질까. 위에서 나열한 주문들은 나에게 대개 사실이 아니지만, 전부 사실이라면 충분한 걸까. 만약 "나는 내가 사랑하는 사람에게 사랑받고 있다" 같은 주문이 포함되어야 한다면 어떨까. '사랑하다'는 '잘 살다'만큼이나 모호해서 다시 여러 하위 주문을 요구한다. 연쇄적인 분열을 일으키는 질문들은 하루의 과제를 마치고 어둠 속에서 방심할 때쯤 투하된다. 나는 선할까. 나는 유능할까. 나는 매력적일까. 나는 행복할까. 그리고 나는 내가 잘 살고 있을까를 따지기 전에 필요한 질문을 깨닫기도 한다.

나는 살고 있을까.

잘 살려면 일단 살아야 한다. 살려면 생각을 멈추고 잠들어야 한다. '나는 살고 있다'는 쓸모없는 주문이다. 출근 2시간 30분 전에 일어난다는 구체적 행위가 나의 살고 있음을 극히 부분적으로나마 지지한다. 그런데 내가 알람을 오전 6시에 맞추었나.

"나는 알람을 오전 6시에 맞추었다."

'지구 종말 시계'의 바늘은 뒤로도 간다. 1953년 미국과 소련이 수소폭탄 실험에 성공하였을 때 시계는 자정 2분 전이었다. 1991년 소련이 붕괴하고 미국와 러시아 간에 전략무기감축협정이 이루어졌을 때는 자정 17분 전으로 늦춰졌다. 이런저런 사유로 2016년에는 자정 3분 전이었는데 2017년에 미국에서 트럼프가 대통령으로 취임하며 자정 2분 30초 전으로 당겨졌다. 그의 정치적 불안정성이 조정 원인으로 꼽혔다. 2021년에 트럼프는 백악관을 떠나며 "새로운 전쟁을 일으키지 않은 첫 미국 대통령으로 퇴임하게 되어 자랑스럽다"라고 말했다. 지난 수십 년을 기준으로 거의 사실이다. '거의 사실'은 '사실'과는 조금 다르지만 '거짓'과는 굉장히 다르다. 트럼프를 재난 취급하는 매체들도 그가 미국의 하위 계층을 해외의 전선으로 떠밀지 않았다는 점은 인정했다. 트럼프는 자신이 재선에 성공한다면 우크라이나-러시아 전쟁을 24시간 내에 끝내겠다고 공언했다. 영국의 『이코노미스트』는 2024년 세계가 직면한 가장 큰 위험을 트럼프의 재집권으로 꼽았다.

지구 종말 시계가 자정 90초 전을 가리키는 2024년은 '슈퍼 선거의 해'로 불린다. 76개국에서 대선 혹은 총선이 시행되어, 인류의 절반에 가까운 40억 명이 참여한다. 그중 약 6퍼센트인 2억 3천만 명만이 미국 대선 투표권을 갖고 있으며 실제로 투표하는 이는 더 적다.

내가 아까 '나는 알람을 오전 6시에 맞추었다'라고 말했나.

모든 전쟁을 끝내기 위한 전쟁.

이 표현은 1차 세계대전이 발발한 1914년에 허버트 조지 웰스가 집필한 논픽션 「전쟁을 끝내기 위한 전쟁The War That Will End War」에서 유래하였다. 웰스는 같은 해에 소설 「해방된 세계The World Set Free」에서 '원자폭탄'이라는 개념을 최초로 묘사했다. 물리학자인 레오 실라르드는 1932년에 「해방된 세계」를 읽었고 1934년에 핵 연쇄 반응에 대한 특허를 출원했다. 1939년, 2차 세계대전이 발발했다. 영화 『오펜하이머』에서의 비중은 형편없었지만, 실라르드는 과학적으로나 정치적으로나 맨해튼 프로젝트의 성사에 중대한 역할을 했다. 루스벨트에게 처음 핵무기 개발을 건의한 문서는 '실라르드-아인슈타인 편지'로 불린다. 실라르드는 나중에 원자폭탄 투하에 반대하는 청원을 모으는 데에도 중대한 역할을 했다. 핵무기의 실제 사용이 비윤리적임을 호소하며 과학자 70명이 서명한 문서는 '실라르드 청원'으로 불린다. 1945년에 히로시마와 나가사키에 원자폭탄이 떨어지며 2차 세계대전이 끝났다. 웰스는 그걸 다 보고 1946년에 사망했다. 그의 대표작으로는 『타임머신』이 있다.

"나는 알람을 오전 6시에 맞추었다."

나는 허버트 조지 웰스나 레오 실라르드의 어떤 저작도 읽지 않았다. 위키피디아의 링크를 타고 다녔을 뿐이다. 영문판 위키피디아에는 현재 6,800,000개 이상의 문서가 존재한다. 하루 평균 540여 개가 새로 생성되며 1분에 120회가량 수정된다.

나는 '결정적 주문'이 어딘가에 있다고 의심하기 시작했다. 모든 주문을 대체하는 마지막 주문. 나의 고장 난 핵이 유발하는 지속적인 긴장과 불안과 회의에 대한 종전 선언. 해방이나 구원처럼 모호한 단어는 하나도 포함하지 않지만 그것들을 내 뇌에 감각시킬 하나의 문장.

기원전 3세기에 아르키메데스는 순금과 순금이 아닌 것을 가려내는 방법을 욕조에서 깨달았다. 오늘날 아르키메데스의 원리는 B=ρgV로 축약되기도 하는데 이런 설명은 17세기에 고전 역학의 토대를 닦은 뉴턴에 빚지고 있다. 뉴턴은 나무에서 떨어지는 사과를 보고 보편 중력의 법칙을 발견했다. 『미션 임파서블: 데드 레코닝』에서 정보국 요원인 벤지 던은 아부다비 국제공항에 설치된 핵폭탄을 해제하기 위해 애쓴다. 비밀번호는 8자리로, 자리마다 14개의 로마자가 원통형으로 배치되어 가능한 조합은 1,475,789,056가지이다. 허탈하게도 비밀번호는 간단한 문장이었는데…… 극장에서 휴대전화를 껐는지 신경 쓰느라 집중하지 못했다. 비밀번호가 뭐였더라. 벤지 던이 어떻게 알아냈던가. 알아내긴 했던가. 아무튼 폭탄은 터지지 않은 걸로 기억한다.

나는 아르키메데스도 뉴턴도 벤지 던도 아니다. 나는 나다. 그게 문제일 수 있다. 지금 내가 알아내야 할 것은 보편 법칙이나 핵폭탄 해제 비밀번호가 아니라 어머니에게 선물한 태블릿의 게임 계정이 왜 자꾸 로그아웃되는가이다. 「사천성」과 「애니팡」은 어머니의 취미다. 도무지 이해할 수 없지만 요즘은 혼자 하는 캐주얼 게임조차 로그인을 요구한다. 영문자와 숫자와 특수문자가 조합된 12자리의 비밀번호를 입력하는 일은 68세의 인간을 화나게 한다. 대문자 자동 변경 기능을 끄고 특수문자 키보드로 전환하는 방법을 전화로 설명하는 일은 나를 화나게 한다. 나는 고작 이런 일로 화를 내는지에 대하여 화를 내다가…….

"그는 침착했다."

그는 그 자신에게 더 공정한 관찰자이자 현명한 옹호자가 되기로 결심했다. 이는 UCLA 의대 교수이자 정신과 의사인 제프리 슈워츠 박사가 『강박에 빠진 뇌』에서 강조한 바이기도 했다. 재명명-재귀인-재초점-재평가라는 4단계 자기 주도 치료법을 제시한 베스트셀러다. 2부 6장의 제목은 '가족 문제로서의 강박장애'이다. 발병의 책임을 묻거나 증상을 무기로 사용하는 건 도움이 되지 않는다. 위기를 공유하고 건설적으로 상호작용하는 게 바람직하다.

그는 어머니가 자기 존재감의 상당 지분을 자녀를 걱정하는 일에서 얻고 있음을 이해했다. 그러나 도난과 화재와 교통사고, 전세금을 떼이거나 보이스피싱에 당하거나 종교단체의 꾐에 빠지거나 예방접종을 안 해서 전염병에 걸리거나 예방접종을 해서 부작용으로 죽는 일을 조심해야 한다고 그녀가 자신에게 덜 말한다면 불안과 긴장을 관리하는 데에 도움이 될 듯했다. 세상에 어머니만큼 자신을 걱정하는 사람은 없었지만, 그래서 어머니에게부터 고백해야 했다.

오랜만에 얼굴을 본 어머니는 그에게 얼굴 살이 빠졌다며 마지막으로 회충약을 먹은 게 언제인지 물었다. 그는 말했다.

"지금부터 잘 들어야 해."

그는 식탁 옆에 서서 최대한 쉬운 언어로 설명했다. 자신이 외출할 때마다 가스와 수도를 잠그고 광열 기구를 끄는 일에 얼마나 집착하는지를 예로 들었다. 어머니는 부엌 상부 장을 열고 회충약을 찾으며 말했다.

"조금 과해도 조심하는 게 좋은 거야."

그는 자신의 설명이 불충분했음을 인지하며 이렇게 말했다.

"조심 좋지. 그런데 수도가 꽉 잠기지 않았을까 봐 손가락에 멍이 들 때까지 꼭지를 돌리고, 드라이어가 누전될까 봐 가방에 넣어서 출근하고, 가스레인지가 꺼지지 않았을까 봐 집 밖으로 나가지 못하고, 그럴 수도 있다고."

어린 그가 미끄럼틀을 거꾸로 타다 팔이 부러지거나 한겨울에 외투를 입지 않겠다고 버티거나 크리스마스카드를 만들려고 백과사전을 오렸을 때, 하굣길에 조용필 아저씨를 봤다거나 결혼하지 않고 혼자 사는 게 좋겠다고 말했을 때 등짝을 때리며 타박했던 투로 어머니가 대답했다.

"미친놈!"

그가 순순히 답했다.

"맞아. 그 얘기야."

내가 '나'를 버릴 수 있다면 나는 '그'도 버릴 수 있다.

"태초에 말씀이 계셨다."

요한복음의 첫 문장이다. 의미심장했지만 태초에 무엇이 있었든 말씀보다는 나았을 거라고 생각한 적이 며칠 있다.

"행복에 이르는 길은 없다. 행복이 길이다."

불교 경전에 기록된 석가모니의 가르침으로 알려져 있지만 FakeBuddhaQuotes.com에 따르면 사실이 아니다. 그래도 이 가짜 부처 인용구는 한동안 유용했다. 행복의 자리에 여러 단어를 넣었다. 자유, 안전, 청결, 당첨, 재계약, 금리 인하, 호르몬 균형…….

"나무는 꽃을 버려야 열매를 맺고 강물은 강을 버려야 바다에 이른다."

2016년, 한국 최대의 불교 종파를 지도하는 스님이 대통령을 독대해 『화엄경』의 가르침이라며 전한 말이다. 『화엄경』에 그런 구절이 없다는 제보가 이어졌다. 한 불자는 경전을 소재로 한 소설을 원작으로 한 영화의 대사로부터 잘못 구전된 게 아닐까 추정했다. 집착을 버려야 한다. 누구의 말인지는 핵심이 아니다. 요한복음도 요한이 썼는지 아닌지 모른다. 태초에 말씀이 화자보다 먼저 계셨다.

"바다는 비에 젖지 않는다."

어니스트 헤밍웨이의 『노인과 바다』가 출처라거나 서양 격언이라거나 불교 경전에도 있다는데, 중요하지 않다. 이 주문은 구체적인 공간과 작용을 담고 있고 과학적으로도 타당하다는 점에서 강력했다. 나는 한 계절을 이 주문만으로 살았다. 어느 날 정부의 고위 관료가 반국가 세력의 음해에 굴하지 않고 꿋꿋하게 자유민주주의와 법치주의를 지키겠다면서 같은 문장을 인용했다. 그의 기준에 따르면 나는 반국가 세력이다.

내가 연구한바, 결정적 주문은 최소한 다음 조건을 요구한다.

첫째, 내가 만든 나만의 주문이어야 한다.

둘째, 나만의 주문이지만 나에 관한 것만은 아니며, 나보다 더 크고 넓고 깊고 오래된 진실을 담고 있어야 한다.

셋째, 그것은 하나의 문장 또는 충분히 외울 수 있을 만한 개수의 문장들로 구성되어야 한다.

이런 주문을 발견한다면 나는 자유로워질 것이다. 자유가 무엇인지 의심할 필요도 없이 자유를 참칭하는 소음들로부터 자유로워질 것이다. 그것을 오르골의 자유라고 할 수도 있다. 나는 하나의 멜로디에 헌신하는 단순하고 평화로운 기계가 되고 싶었다.

나는 오늘 20년째 방치된 쇼핑센터 공사 현장을 지나쳤다. 그 앞 버스정류장 벤치에 앉아서 스마트폰 게임을 하는 세 명의 어린이를 봤다. 편의점에 서서 불닭볶음면을 먹는 젊은 여성의 검은색 투피스 정장, 근린공원에서 할아버지가 미지근한 장수막걸리를 따라 마시는 종이컵, 전봇대 아래 버려진 호랑이 인형, 한국인이 없는 케이팝 그룹의 뮤직비디오, 새로 임명된 국방부 장관이 흥얼거리는 노래, 한구석에 '9,000원'이라고 볼펜으로 낙서된 1,000원 지폐, 일주일에 두 번은 하는 휴대전화 본인인증, 내가 로봇이 아님을 알리기 위한 체크박스…….

서로 못 본 체하면서도 와글거리는 것들 사이에 비어 있는 곳, 공중에 이어진 거미줄……. 가로등 불빛에 반짝인 한 토막의 실선을 봤다. 걷다 보면 살갗에 감겼다. 눈을 크게 뜨면 거미줄의 무늬가 보일 듯했다. 그러나 나로서는 그 점과 점, 선과 선의 패턴을 포착할 수 없었다. 포착할 수 없다면 찢어버리고 싶었다. 그래서 손을 뻗어 휘저으면, 아무것도 없었다.

내가 허공에 손을 저어본 게 한 번은 아니다. 손만 저었던 게 문제일 수 있다.

폭발이란 급격한 화학적 변화로 큰 에너지와 많은 기체, 열과 빛이 방출되는 반응을 말한다.

어떤 폭발은 역사가 된다. 1937년, 수많은 구경꾼과 기자 앞에서 독일의 여객용 호화 비행선 힌덴부르크호가 폭발했다. 불길에 휩싸여 추락하는 비행선이 뉴스 필름에 담겼다. 대중의 신뢰는 무너졌고 이 폭발은 비행선 시대를 끝냈다,라고 위키피디아에 적혀 있다. 21세기 사람들은 납치된 여객기가 고층 빌딩에 충돌하는 장면을 봤지만 여전히 먼 비행과 높은 빌딩을 원한다. 어떤 폭발은 역사가 된다는 말은 수정되어야 한다. 어떤 역사는 폭발을 차용한다. 힌덴부르크호의 폭발은 비행선의 종말이라는 역사에 기입되었다. 2001년 9월 11일이 어떤 종말의 역사에 기입될지는 아직 모른다.

1866년에 다이너마이트를 발명한 알프레드 노벨은 말했다.

"서로를 1초 만에 전멸시킬 수 있는 무기가 있다면, 모든 문명국가는 공포에 질려 군대를 해산할 것이다."

인류가 만들어낸 가장 큰 폭발은 1961년 러시아의 노바야제믈랴제도에서 결행된 '차르 봄바' 실험이다. 위력이 히로시마와 나가사키의 3,000배 이상이었다. 폭발은 핀란드의 유리창을 깼고 달에서도 보였다. 차르 봄바보다 강력한 핵무기를 만드는 건 현재 기술력으로 쉽지만 전략적 쓸모가 없다. 공멸이 가능한 핵전력을 이미 갖추었기 때문이다. 상호확증파괴 원리에 따라 핵무기를 보유한 강대국 그리고 그들의 동맹국 사이에 전면적인 무력 충돌은 극히 어려워졌다. 물론 수단, 예멘, 아프가니스

탄…… 또는 레반트 지역의 사정은 다르지만, 혹자는 지난 만 년 동안 인간은 모두 전사거나 전사의 유족으로 살았고, 20세기 전반에는 두 번의 총력전으로 85,000,000명 이상이 사망했음을 상기시킨다. 그에 비하면 오늘날 '문명국가'의 다수 시민들은 화요일 밤에는 실시간 중계되는 가자 지구의 화염을 보고 목요일 정오에는 총기 난사범의 프로필을 듣더라도 일요일 오전에는 애인에게 단검이 아니라 커피와 토스트를 건넬 수 있다. 이러한 관점에서 2차 세계대전을 끝낸 폭발 이후 현재까지의 시대를 핵에 의한 평화, 즉 '팍스 아토미카Pax Atomica'라 부르기도 한다.

나는 트롬쇠위아로 떠났다.

트롬쇠위아Tromsøya는 북극권에 위치한 노르웨이의 섬으로 오로라 관측이 유명하다. 오로라는 태양에서 방출되는 전자 또는 양성자가 지구 대기권 상층부의 자기장과 마찰하여 빛을 내는 현상이다. 밤하늘에 초록부터 보라까지 형형색색으로 드리워지는 빛의 커튼. 오로라는 너무 아름다워서 한 번 본 사람은 절대 잊을 수 없다고 한다. 절대 잊을 수 없는 것으로 절대 잊어야 하는 것을 덮어쓰는 전략은 효과적이다. 인천에서 오슬로까지 13시간, 다시 트롬쇠위아까지는 2시간을 날아가야 한다. 날씨가 좋지 않다면 오로라를 보지 못할 수도 있다. 쉽지 않았지만 마침내 나는 그 광대하고 장엄한 빛 아래에서 말했다.

"나는 빛과 같이 유연하며 투명하다."

다음 날 아침, 얄팍한 햄치즈 샌드위치와 미지근한 커피에

25,000원을 지불하고 돌아서려 할 때 멀대 점원이 나에게 노르웨이어, 또는 영어로 무어라 말했는데 알아듣지 못했다. 그는 어깨를 으쓱하더니 나보고 그냥 가라는 듯 출구를 향해 손짓했다. 나는 모욕감을 느꼈다. 한 번 봤을 뿐인데도 잊을 수 없다.

나는 나가사키로 떠났다.

나가사키는 이른 개항으로 일본 가톨릭의 요람이 되었다. 우라카미 천주당浦上天主堂은 1915년 건축 당시 동아시아 최대 규모의 성당이었다. 1945년 원폭으로 파괴됐지만 땅에 떨어진 종탑을 비롯한 피폭 성물들을 보존하여 1959년 재건했다. 빛과 열의 폭풍 속에서 기적적으로 남은 마리아의 목조 두상이 성당 한편에 있다. 나는 그을린 '피폭의 마리아' 아래에 무릎을 꿇었다. 그녀의 두 눈이 있었을 자리에는 검은 구멍뿐이었다. 나는 비워야만 볼 수 있는 것을 생각하고 말했다.

"은총이 가득하신 마리아님, 기뻐하소서."

성당에서 나오는 길에 어머니에게서 넷플릭스가 안 된다는 메시지가 왔다. 나는 침착하게 '안 됨'의 의미부터 파악했다. 몇 장의 캡처 사진이 필요했지만 화를 내지 않고 '됨' 상태로 바꾸는 데에 성공했다. 하지만 세 달 뒤, 어머니를 처음으로 비행기에 태워 나가사키 인근의 온천 휴양지에 모셨을 때 나는 화를 내게 된다. 어머니가 첫날부터 이렇게 얘기했기 때문이다.

"볼 것도 없네!"

나는 뉴욕으로 떠났다.

JFK 국제공항은 터무니없이 복잡했고 입국 심사는 까다로웠다. 맨해튼으로의 이동은 번거로웠지만 드디어 차창 밖으로 엠파이어스테이트빌딩이 보였다. 제이지와 알리샤 키스의 「Empire State of Mind」를 들으며 concrete jungle where dreams are made of를 걸으니 삶이 가능성으로 가득 차고 내가 brand new된 듯했다. 나는 브루클린의 낡고 비좁고 술과 오줌 냄새에 찌든 아파트먼트에 세 들었는데 디지털 도어록 같은 건 없었다. 자물쇠는 튼튼했지만 어느 밤 누가 내 방문을 발로 차서 구멍을 냈다. 한 달이 지났을 때 그 도시에서 나에게 친절한 사람은 캐럴뿐임을 깨달았다. 캐럴은 내가 끼니를 때우는 다이너의 웨이트리스로 혼자 5살 아이를 키우고 있었다. 나는 캐럴이 간병 때문에 다이너를 그만두길 원치 않았으므로, 그녀의 아이가 천식 치료를 받도록 내 주치의를 보냈다. 그게 가능한 이유는 내가 성공한 소설가가 됐기 때문이다. 약간의 실수와 오해를 주고받다가 나는 캐럴에게 말했다.

"당신은 내가 더 좋은 사람이 되고 싶게 만들어요."

뒷부분은 1997년작 영화 『이보다 더 좋을 순 없다』의 줄거리다. 잭 니컬슨이 강박장애를 겪는 베스트셀러 소설가로, 헬렌 헌트가 활기차고 너그러운 싱글맘 웨이트리스로 출연했다. 저 대사가 유명하다. 즐길 만한 로맨틱 코미디임에도 '괴팍하지만 본성은 선한 나를 그녀만이 알아보고 치유한다'는 줄거리는 신뢰할 수 없다. 누구도 누구를 치유하기 위해서 존재하지 않는다.

사랑은 마음의 상호확증파괴이다.

내가 어디로 떠났는지는 중요하지 않다.

아프가니스탄에서 다이너마이트로 폭파된 바미안 석불의 빈 자리, 프랑스가 재건한 세계 최대의 진흙 건물인 말리의 젠네 모스크, 독일 켐니츠의 우라늄 폐광에 있는 소비에트 예술품 보관실, 경상남도 남해군의 독일 마을에서 열리는 K-옥토버페스트…… 아무 때나 갈 수 없을 만큼 멀지만 한 번은 갈 수 있을 만큼 가까운 곳이라고 해두자. 12월의 어느 날, 나는 여권과 항공권을 챙겼다.

공항이란 무섭다. 들어가도 되는 곳과 들어가면 안 되는 곳과 들어가야 하는 곳이 정해져 있다. 들고 가도 되는 것과 들고 가면 안 되는 것과 들고 가야 하는 것도 정해져 있다. 그렇게나 엄격하면서 정작 중대한 사정들은 내게 알려주지 않는다. 작은 딱지를 붙인 내 가방이 컨베이어벨트에 실려 사라지는 걸 지켜봤다. 내가 세상 저편에 갈 때까지 가방에는 무슨 일이 일어날까. 어떻게 내 손에 다시 쥐어질 수 있을까. 내 운명도 가방과 크게 다르지 않다.

내가 탄 기계는 4개국이 공동 소유한 굴지의 항공기 제작사이자 방위산업체에서 만들었다. 길이 75미터 폭 80미터의 초대형 복층 광동체 여객기로 4개의 터보팬 제트엔진을 장착했으며 200톤의 화물과 600명 이상의 승객을 싣고 한 번에 15,000킬로미터를 날아갈 수 있다. 동체와 날개와 엔진은 서로 다른 국가의 공장에서 제작하며 조립과 외장은 또 다른 국가에서 한다. 각 파트의 운송을 위해 특수 선박과 전용 항만 및 도로를 포함한 4개국에 걸친 물류 체계가 개발되었으며, 이 물류 체계만을 설명하기 위한 독립적인 문서가 위키피디아에 존재한다. 대륙과 바다를 사이에 두고 1,000여 개의 공급 업체가 만든 4,000,000개의 부품이 결합된 이 기계에서 정말 무슨 일이 일어나는지는 모르지만 나는 그 안에 앉아 있다. 내가 확신하는 사실이 '안전벨트를 매야 한다'뿐임을 상기하니 옆 좌석 승객이 죽음의 길동무처럼 느껴졌다. 그는 붉은색 일본 여권을 든 이십대 후반쯤의 청년으로, 낙심한 대학원생 같은 인상이었는데 길동무 삼기에 호감형은 아니었다.

이륙을 위해 비행기가 천천히 움직였다. 바퀴가 몇 개인지는 모르겠다. 지정된 활주로까지 이동하는 시간은 길고 초조했다. 다음 순서를 상상해봤다. 마침내 당도한 활주로에서 가속이 시작되고, 소음과 진동 속에서 문득 나는 알아차린다. 날아올랐다……. 물론 나는 그저 앉아 있다. 날아오른 기계에 실려 있을 뿐이다. 하지만 그 상승감은 대단히 믿음직스러울 것이다. 엔진음이 고조될 때부터 나는 기꺼이 속을 준비를 했다.

하지만 이런 일도 일어날 수 있다. 세차게 달리던 비행기가 이륙 속도에 도달하기 전 어째서인지 감속하다 활주로 가운데에 멈춘 것이다. 승무원들이 분주하게 움직였다. 승객들이 웅성거리기도 전에 기장이 침착한 어조로 안내 방송을 했다. 급박하다기보다는 의아한 분위기 속에서 승객들은 줄지어 비상구로 움직였다. 몇 명이 지시를 어기고 캐리어를 챙기려 했지만 다른 몇 명의 고함으로 제지당했을 뿐, 일단 내리자는 암묵적 합의 때문인지 질서는 무너지지 않았다. 내 옆에 앉았던 일본 청년은 망설임 없이 비상탈출 슬라이드로 미끄러졌다. 내게는 상상보다 훨씬 높아서 무서웠는데 내려오니 어린 시절이 떠올랐다. 내가 왜 미끄럼틀을 거꾸로 탔을까.

대피 안내로부터 5분이 지나기 전에 나를 포함한 수백 명의 승객들은 비행기에서 멀찍이 떨어졌다. 사방이 트인 활주로에서 쌀쌀한 바람을 맞았다. 동체 반대편 날개 쪽에서 검은 연기가 피어올랐다. 사람들은 수군거리며 뒷걸음질 치면서도 동영상을 촬영하거나 전화를 걸기도 했다.

생사의 위기를 겪고 다시 태어났다……는 매혹적인 인과지만 지금 상황과는 무관하며, 다시 태어난 곳도 이 세계라면 오래가지 못할 주문이다. 나는 내 목숨을 맡겼던 기계를 이루는 금속과 고무와 플라스틱과 이름도 모르는 신소재 들의 성질과 작용, 그것들을 만들고 조립하고 정비하고 운용하는 인간들의 피로와 허무와 결단과 어쩌면 사랑, 그리고 어느 하루의 기온과 습도와 바람이 뒤섞인 어수선한 사정을 조금은 알고 싶을 뿐이다. 오늘 밤이면 '××항공 ××××편 이륙 중단 사고'쯤의 문서가 위키피디아에 등록될 것이다. '원인은 무엇의 무엇으로 규명되었다'는 정보도 머지않아 추가된다. 그 문장은 내게 사태가 일단락되었다는 인상을 주겠지만 원인의 진짜 세부는, 무엇의 무엇이 정말 무엇인지는 그때 가서도 이해하지 못할 것이다.

하지만 나는 원래의 목적지를 잊었다. 눈앞에 활주로가 있다. 그 아스팔트와 잔디의 인공 들판을 달리면 나의 몸이 공중의 일부가 될까. 항공권이나 비자 카드나 와이파이 발신기가 데려가는 곳보다 멀리 갈 수 있을까. 나는 가장 먼저 깊은 밤의 문 앞으로 간다. 나는 문을 닫지 않는다. 문을 열지도 않는다. 나는 문을 없앤다. 문도 문틀도, 그것들을 지지하는 벽과 기둥도 없애버린다. 모두 사라진 곳에 활주로가 나타난다.

그래서 지금, 콘크리트 평야 위에서 검은 연기를 뿜는 초대형 기계, 소방차와 구급차의 사이렌 소리, 거침없이 부는 초겨울의 바람, 좌석도 가방도 시간도 잃은 채 어리둥절해하고 화를 내고 가슴을 쓸어내리고 여러 언어로 웅성거리는, 오와 열 따위는 없이 털썩 앉거나 서성거리거나 제각각이지만 아주 흩어지지는 않는 사람들. 그 모든 것 사이에서 위태로운 우애를 담아 말한다.

"나는 활주로 위에 있다."

이것은 아무 결심도 아니지만 한 번 더 말한다.

"나는 활주로 위에 있다."

앞뒤로 줄을 서서 대피한 아까의 일본 청년이 곁에 있다가 뜻밖에 한국어로 대답했다.

"확실히 그렇네요."

박민정

2009년 『작가세계』 신인상을 통해 소설을 발표하기 시작했다. 소설집 『유령이 신체를 얻을 때』 『아내들의 학교』 『바비의 분위기』, 중편소설 『서독 이모』, 장편소설 『미스 플라이트』, 산문집 『잊지 않음』 등이 있다.

전교생의 사랑

신이 가끔 내게 나쁘지 않은 선물을 줄 때가 있었다. 그 시절 나는 주목받는 것을 좋아했다. 이모가 하라는 대로 했을 뿐인데 다들 나더러 천재라고 했다. 이모 말만 잘 들으면 뭐든 어렵지 않았다. 때론 이렇게 술술 풀려나가도 되나, 싶었다. 그 생각을 너무 어릴 때 했다는 게 문제였다. "이번 한 번만 세리에게 양보하자." 회사에서 내게 말했을 때 나는 중학생이었다. 합격 통보를 받은 사람은 애초에 세리가 아니라 나였다. 독식하면 안 되는 거라고 했다. 독식이라는 말도 그때 처음 배웠다. 누군가 지나가며 나는 지는 애고 세리가 뜨는 애라고 했다. 열다섯 살의 나는 그렇게 졌다. 공식 팬클럽 회원 수가 몇백만 명이라는 가수가 오 년 만에 컴백하는 곡의 뮤직비디오 주인공은 세리가 되었다. 나는 그때 그만두었다. 이번 한 번만,이라고 했지만 다시는 내게 기회가 오지 않았다. 그때 어영부영 그만두었던 것 역시 신이 내게 준 선물이라고 이제는 생각한다.

*

학교에 돌아온 나는 국영수와 음미체에 적응해나갔다. 내겐 국영수보다 음미체가 좀 더 어려웠다. "배우가 왜 이렇게 몸을 못 써?"라고 말하는 교사도 있었다. 나는 아주 오랫동안 그 말을 생각했다. 이젠 배우가 아닌데 여전히 나를 배우라고 부르는 사람들. 내가 한때 배우였었나, 되뇌다 보면 가장 많이 떠오르는 장면은 운전하던 이모의 뒷모습이었다. 이모가 몰고 다니던 소나타 뒷좌석을 나는 침대라고 불렀다. 쪽잠을 반복하다 보면 한낮인지 새벽인지 구분할 수 없었다. 이모가 시동을 걸고 사이드브레이크를 내리는 순간에 대체로 나는 곯아떨어졌다. 그러다 코끝을 자극하는 탄내에 눈을 뜨면 이모가 시가잭으로 담뱃불을 붙이고 있었다. 그때마다 조금 열어놓은 창틈으로 바람이 미친 듯이 불어 들었다. 언제나 고속도로였다. 때론 이모가 좋아하는 엔카를 들었고 자주 뉴스를 들었다. 이모가 틀어놓은 라디오 뉴스에서 흘러나오는 말들이 로우파이 배경음악처럼 귓가에 꽂혔고 나는 그 말들을 곱씹으며 잠에 빠져들었다. 하나회 척결, 노태우의 비자금 오천억 원, 한보그룹 정태수 회장, 성공한 쿠데타는 처벌할 수 없다, 개가 짖어도 기차는 달린다…….

배우는 몸을 쓰는 사람이라는 걸 배우를 그만두고도 한참 후에야 조금 이해할 수 있었다. 대본을 읽고 연기 지도에 충실히 따르는 일은 내게 몸을 쓰는 일과는 달리 여겨졌다. 현장에서는 누구든 내게 연기 지도를 했다. 감독은 물론이고 수많은 선배 연기자들, 그리고 때론 이모도. 나는 학습을 잘했고 암기를 잘했다. 학교에 돌아와서도 대본을 읽듯 교과서를 읽었다. 그때처럼 밑줄을 긋고 포스트잇을 붙이고 필기를 했다. 시나리오를 이해하는 일보다 교과서를 이해하는 일이 훨씬 쉽다는 건 금방 깨달았다.

내가 학교로 돌아온 해 초임된 체육 교사는 처음에는 열정이 넘쳤다. 막 군대를 전역한 그는 다른 체육 교사와 달리 양복을 입었다. 젊고 만면에 미소를 띤 교사에게 학생들은 열광했다. 그러나 어느 날부터 학생들은 체육 교사를 욕하기 시작했다. 운동장에서 보는 것보다 교실에서 보는 게 훨씬 낫다,고 지껄여댔다. 잘생긴 남자인 줄 알았는데 막상 운동장에서 보니 키도 작고 왜소하다는 이유에서였다. 체육 교사의 얼굴에서 미소가 점점 사라져갔다. 학생들이 인사하면 같이 묵례하며 다른 교사들과는 다르게 친절하고 깍듯한 태도를 갖췄던 그는 몇 개월 만에 그야말로 '흑화'해버렸다. 그가 서서히 미친개가 되어가는 과정을 나는 똑똑히 봤다. 군대식으로 열을 맞추고 누군가 작게 웃음을 터뜨리기만 해도 발작하듯 고함을 지르며 화를 냈다. 한 사람이 잘못하면 모두가 함께 벌을 받아야 한다며 단체 기합을 줬다. 그의 얼굴색마저 잿빛으로 변했다. 나는 잊지 말자고 생각했다. 그가 아직 미친개가 되기 전의 모습을. 양복을 입고 웃으며 아이들의 인사를 받아주던 모습도. 그리고 줄넘기를 하기 싫다고 칭얼거리는 나를 달래던 모습까지.

체육 시간에 나는 아무것도 할 줄 몰랐다. 뜀틀을 가볍게 넘는 아이들, 평균대에서 중심을 똑바로 잡고 걸어가는 아이들, 오래달리기를 가볍게 몇 바퀴 도는 아이들, 신나게 피구 공을 던지는 아이들을 나는 멍하니 봤다. 나는 배우를 그만두고 너무 빨리 인생의 실패를 맛봤고 그 맛은 오히려 아주 짜릿한 구석이 있다고도 생각했다. 성년이 되기까지도 너무 멀어 보였고 그만큼 내게는 무엇이든 다시 시작할 수 있는 기회가 있을 줄로 알았다. 배우는 그만이지만 공부를 열심히 해서 변호사가 되거나 드라마 작가가 될 수도 있다고 믿었다. 어쩌면 내가 올림픽 챔피언이 될지도 모른다고 생각했다. 애국가가 울려 퍼지는 무대 가장 높은 곳에 올라 금메달을 치켜들지도 모른다고. 품새를 아름답게 선보이는 태권도 국가대표가 되거나, 땡볕에 완주하고 주경기장에서 세리머니를 하는 마라톤 국가대표가 될 수도 있다고. 안 될 게 뭐가 있어? 나는 국민 절반 이상이 생방송으로 지켜본 백호영화상의 주인공이 되어본 적도 있었는데. 그러나 체육 수업을 시작하자마자 그런 기대가 얼마나 지독하게 헛된 망상이었는지 알게 되었다. 좌향좌와 우향우라니, 왼쪽과 오른쪽을 구분하지 못하는 것도 아닌데 다른 아이들보다 반 박자 늦게 움직였다. 피구 경기를 할 때면 수비를 하게 해달라고 간절히 빌었고 공격수가 되면 가능한 한 빨리 공을 얻어맞고 수비로 비켜나기만을 바랐다. 주장을 맡은 여학생들이 팀원을 선택할 땐 당연히 누구도 나를 지목하려 들지 않았다. 학급에서 가장 체육을 못 하는 애로 지정되기까지 오래 걸리지 않았다. 인생뿐만 아니라 내 몸마저 패배를 인정했다. 언젠가부터 나는 스탠드 세 번째 줄에 하염없이 앉아 있었다. 드넓은 운동장 한가운데에서 피어오르는 불볕더위 아지랑이처럼 숯 들어가던 순간이 불현듯 펼쳐지는 것 같았다. 나는 이렇게 아무것도 아닌데 한때는 천재 아역이라고 불렸고 신문에서는 내 사진 밑에 미래가 가장 기대되는 청소년이라고 썼다. 아직 흑화하기 전의 체육 교사가 내게 줄넘기를 내밀며 말했다.

"우리 민지, 오늘은 선생님이 반드시 성공시킨다."

나는 고개를 절레절레 저었다.

"줄넘기는 못 해요."

"그러지 말고 해보자. 하면 다 할 수 있어."

"선생님, 하고 싶다고 다 할 수 있는 건 아니잖아요."

"민지는 뭐든 할 수 있잖아?"

나는 입을 다물어버렸다. 만약 줄넘기를 넘는 장면이 필요하다고 촬영장의 모든 어른들이 나를 설득하는 상황이었다면 할 수 있었을까. 구석에서 노려보는 이모를 생각하며 어떻게든 해냈을 수도 있었다. 그러나 체육 교사의 말은 내게 전혀 설득력이 없었다.

"선생님, 줄넘기를 왜 해야 되는데요?"

"음. 일단 체력장 종목에도 있고."

"체력장 점수 0점 맞아도 괜찮아요."

"그러지 말고. 그러지 말고. 선생님이 이프로 사줄 테니 해보자."

그는 자주 '그러지 말고'라는 말로 나를 부드럽게 설득했다. 빈말인 줄 알았는데 그는 정말로 당시 가장 유행했던 니어 워터 캔을 사들고 왔다. 패키지에 그려진 둥근 복숭아를 빤히 보며 미동도 하지 않자 체육 교사가 내 팔을 잡아끌었다.

“자, 이제 줄넘기 해야지.”

나는 이프로까지 받아먹고도 끝내 줄넘기를 하지 않았다. 그런 내게 조금도 화내지 않았던 체육 교사를 누가 미친개로 만들었나, 오랜 시간이 흐른 후에도 나는 이프로를 내밀며 나를 설득하던 그를 종종 떠올렸다. 그로부터 이십 년쯤 흐른 후, 부임한 지 반년 만에 군대 조교처럼 굴던 그가 지금은 어떻게 되었을까, 낯빛은 더한 잿빛이 되어 운동장에서 아이들을 굴리고 있을까, 매년 새로운 아이들을 만나도 거듭 혐오하고 또 혐오하면서, 첫해에 만났던 괴물 같은 아이들을 아직도 저주하면서 살아갈까, 생각했다. 민지는 뭐든 할 수 있잖아, 그 말을 듣고 이 사람 역시 나를 과거의 천재 아역 배우라고 생각하는구나, 싫어서 입을 다물어버리던 나를 기억했다. 까닭 모를 불편함에 사로잡혔던 이유는 간혹 사람들이 나를 알아본다는 것 자체가 내 실패를 증명하는 일 같다고 생각해서였다. 나는 아직도 줄넘기를 못 한다.

*

그래도 신은 언제나 내게 한 번 더 기회를 준다. 연기보다 더 재미있는 일을 나는 금방 찾아냈다. 입시도 그다지 어렵지 않게 치렀다. 수능시험은 패턴을 정확하게 분석한 후 응용하면 그만이었다. 평범한 학생으로 빠르게 돌아갔던 만큼 인기의 각축장에서 멀어진 '일반인'의 삶으로 복귀할 수 있었다. 텔레비전에 나오는 세리를 보면 근심을 감추지 못하던 엄마도 점점 그 일을 잊어갔다. 시내 중심상가에서 실물만 한 세리의 등신대를 볼 때마다 어쩔 수 없이 머릿속이 어두컴컴해져 고개를 숙이고 말았던 나도 금세 지나갔다. 또래들이 열광했던 화장품 광고, 생리대 광고, 청바지 광고에 등장하던 세리는 마치 등신대처럼 영원히 그 모습 그대로 박제되었다. 정작 중심상가에 있었던 커다란 등신대는 화장품 가게가 폐업한 후에도 한동안 부주의하게 방치되어 빛바래졌다. 마치 생물이라도 되는 것처럼 쓸모를 다하자 빠르게 사진이 빛을 잃는 것 같았다.

이제 나를 기억하는 사람은 없다. 그러나 세리는 아직도 종종 인구에 회자되었다. 잊을 만하면 한 번씩 기사화가 되기도 했다. 세리는 나보다 더 오래 성공했고 그만큼 더 늦게 실패했기 때문이었다. 세리는 그야말로 '실패한 아역의 가장 나쁜 예시'로 사람들 입에 오르내렸다. 세상에는 '잘 자란 아역'이 존재하는데, 가령 조디 포스터, 내털리 포트먼, 커스틴 던스트가 그랬지만 '역변하고 타락한 아역'도 분명 존재했다. 대중은 아역의 얼굴이 조금만 변해도 '역변' 운운했다. 자신들이 만들어놓은 천재 아역의 이미지에서 조금만 삐끗해도 안타까워들 하곤 했다. 턱이 자란 것 같다, 가르마가 이상해졌다, 키가 저만큼 크니 예전 같지 않다. 역변이 아닌 정변이 되는 길은 정말로 험난해 보였다. 만약에 대중이 아직도 최민지를 기억한다면, 그들은 정말 놀랄 것이다. 지금 내 모습은 그들이 말하는 역변 중 역변일 테니까. 세리는 얼굴이 변한 쪽은 아니었다. 굳이 말하자면 타락한 쪽에 가까웠다. 대학에 들어가자마자 사고를 친 세리 소식은 연일 기사에 도배됐고, 기자들은 하필 화장기 없는 초췌한 얼굴에 플래시를 맞아 눈을 이상하게 뜬 사진을 올렸다. 사람이 가진 다양한 표정 중에 가장 '타락한 것 같은' 표정을 한 세리 사진이 인터넷에 돌아다녔다. 그럼에도 불구하고 세리가 연기에서 연출로 전공을 바꾸고 유학을 다녀오고 지금은 연출가로 활동하고 있다는 건 아무도 몰랐다. 대학로 무대가 비주류여서 그런 것도 있겠지만, 사람들이 아직 세리가 살아 있다는 데에 관심이 없다는 사실에 나는 때로 놀랐다. 그녀는 아역으로서는 실패했을지 몰라도 인간으로서는 실패하지 않았다. 그러나 인터넷에는 열다섯 살의 가장 빛났던 세리와 스무 살의 타락한 세리가 서로 상반된 모습으로 콜라주 된 사진만 돌아다녔다. 이십 년 만에 대학로에서 세리와 우연히 마주친 후, 어색하게 웃으며 인사를 주고받은 우리는 누가 먼저랄 것도 없이 연락처를 건넸다. 무척 반갑기는 했지만 세리와 연락을 나누게 되리라고 생각하진 않았다.

'지난번에 아트센터 앞에서 만났을 때, 너무 반가워서 눈물이 났어. 사실은 가끔 영주 선배님께 네 근황을 듣곤 했었는데, 이렇게 우연히 마주칠 줄이야. 영주 선배님께도 드리지 못한 말이 있는데…….'

세리는 나밖에는 말할 사람이 없을 것 같았다며 문자를 했다. 그 오랜 시간을 서로 모르고 살았는데 아직도 나밖에 없다는 말이 안쓰럽기도 했고 다소 난처하기도 했다.

세리가 알려준 대로 나무위키에 접속했다. 세리가 연극 공부를 계속하고 현재까지 극을 올렸다는 사실을 누군가 용케 알아냈다고 했다. 세리에 관한 첫 번째 서술부터 간담이 서늘해졌다. '타락한 아역 배우의 상징이었으나 특기생으로 진학한 국립예술대학에서 연극을 전공해 현재는 연출가로 활동 중인 인물'. 나무위키 인물 정보란 뭐랄까, 사실과 주관이 아무렇게나 뒤섞여 있었고 특히 '사건사고 및 논란' 혹은 '사건사고'나 '논란' 항목은 익명의 다수가 작성한 연판장 같다는 느낌을 주었다. 세리가 도배되는 기사나 끔찍한 악플도 봤었지만 일목요연하게 정리해놓은 걸 보자니 새삼스러웠다. 어느덧 세리는 그들이 서술해놓은 대로 바로 그 사람이 되어 있었다. 나무위키만 보자면 그랬다. 세리가 내게 연락한 이유, 바로 그 '사건사고 및 논란' 항목의 5-1번 내용을 목전에 두고 무심코 나는 단 한 번도 검색해보지 않은 내 이름을 나무위키에 검색해봤다. 내 이름과 생년, 출연작 몇 개가 간단히 떴다. 내게는 '여담'이라는 항목이 있었다.

여담에는 세리와 내가 함께 출연했던 그 영화, 아직까지는 세리가 조연이고 내가 주연이었던 시절, 나를 백호영화상 최고의 아역으로 만들어주었던 작품, 「전교생의 사랑」과 관련한 짧은 서술이 있었다. 전교생의 사랑. 아주 오랫동안 나는 그 제목을 똑바로 보지 못했다. 찰나와 같은 반짝임과 오랜 절망을 안겨준 작품. '요즈음이라면 절대 나오기 어려운 작품이었을 것이다. 감독의 고집과 예술적 열망, 광기가 서려 있는 작품이다. 1982년작 일본 영화 「전교생Exchange Students, 轉校生」의 리메이크작이다.

한국어 표현으로는 '전학생', 그러나 감독은 고집대로 일본식 표현을 제목에 그대로 인용했다. 주연이었던 최민지는 흥행과 상관없이 호연을 펼쳐 백호영화상 아역상을 수상하기도 했으나 이 작품을 마지막으로 배우 생활을 이어나가지 못했고 이후 근황은 알려져 있지 않다…….' 나는 그 대목을 몇 번이나 곱씹으며 읽었다. 그 외에 정작 나에 대한 정보는 많지 않았고 눈여겨볼 부분도 딱히 없었으나, 요즈음이라면 절대 나오기 어려운 작품이라는 말에 눈길이 오래 머물렀다. 과연 무슨 뜻일까. 감독의 고집이라거나 열망이라거나 광기, 그게 무슨 말인지는 나도 잘 알고 세리도 익히 아는 바였다. 감독은 이미 십 년 전에 죽었다. 그는 오랫동안 알코올홀릭으로 살다가 고독사했다. 기사가 몇 줄 나왔으나 누구도 그 죽음에 그다지 주목하지 않았다. 영화에 출연했던 영주 선배님이나 나나 세리나 장례식장에 가지 않았다. 우리들뿐만 아니라 그와 작업했던 어떤 배우도 조문을 가지 않았다고 들었다. 놀라울 것도 없는 사실이었다.

나무위키란 이상한 하이퍼텍스트였다. 세리가 봐달라고 부탁한 5-1을 잠시 잊고 나는 감독을 소개하는 페이지에 접속했다가 그의 필모그래피를 눌러봤다가 어느덧 원작 영화 「전교생」 페이지에 도달했다. 이내 1982년작 「전교생」의 주연이 누구였는지 알게 된 나는 잠시 당황했다. 당시 주연이었던 배우는 지금은 일본에서 존경받는 '국민 어머니'로 불리는 사람이었다. 그녀가 출연한 작품을 나도 꽤 많이 봤다. 그 사람이 그 사람이리라고 생각하긴 어려운 일이었다. 워낙 오래전인 데다 지금은 머리

칼이 희끗한 그녀의 아역 시절이었고 무엇보다 「전교생의 사랑」도 그랬듯 원작 「전교생」도 청소년 관람 불가였다. 당시에는 '연소자 관람 불가'라는 말을 일반적으로 썼고 줄여서 '연불영화'라고 부르기도 했다. 나도 세리도 개봉 당시에는 우리가 출연한 작품을 보지 못했다. 아역 배우는 흐름을 파악하기 위해 각본을 전부 검토할 수는 있으나, 자신이 출연한 장면만 모니터링을 할 수 있다는 규정이 있었다. 훗날 세리는 말했다. 사실상 은퇴하기 전 미성년자 시절 출연한 모든 영화를 볼 수 없었다고. 성인이 된 후에도 그 작품들을 보지 않았다고. 나와 같은 이유였다. 영화를 볼 수 있는 성인이 된 우리에게는 굳이 그 작품들을 떠올리는 것조차 고역이었다.

1982년으로부터 너무 많은 시간이 흘렀고, 「전교생」의 아역은 더 이상 아역 배우이기는커녕, 예쁜 접시에 요리를 담아내고 화단에 핀 풍성한 꽃에 물을 주는 어머니이거나 할머니였지만 놀랍게도 아역 때와 얼굴이 똑같았다. 어쩌면 그랬기에 그토록 오래 살아남았는지도 몰랐다. 얼굴이 변하지 않았을 뿐만 아니라 그녀는 아무 말도 하지 않았을 것이다. 발설하지 않았을 것이다. 고독사로 세상을 떠난 홍 감독이 나와 세리에게 요구했던 장면, 그 장면을 그녀는 촬영했다. 영화를 소개하는 스틸 컷 중에서도 대표 이미지였다. 우리는 그 장면을 찍는 대신 다른 장면을 찍었다. 홍 감독이 오마주 하고 싶어 미쳐 날뛰었던 그 장면과, 타협하고 찍은 다른 장면 중에 뭐가 더 나았겠느냐고 묻는다면 대답하긴 어려울 것이다. 그러나 단언컨대 원작 「전교생」의 그 장면을 고작 열다섯 살 나이에 촬영한 사람이라면 어딘가 망가져 있을 터였다. 그런 장면을 찍고도 망가지지 않았다면 그 자체로 망가진 것이다. 나는 확신할 수 있었다.

세리가 내게 봐달라고 했던 5-1의 내용은 이랬다. 「전교생의 사랑」까지만 해도 주인공의 친구 역에 불과했던 이세리가 불현듯 극적으로 성장한 사실에 대해 당시 언론에서 자와자와한 까닭은 그녀가 아역 배우였음에도 불구하고 영화계에 큰 영향을 미치고 있었던 홍 감독과의 염문이 있었기 때문이다(라는 카더라가 있다).

대단한 사실을 아는 척하지만 사실은 아무것도 아는 게 없는 문장. 정보 값이라고는 없고 누더기처럼 이런저런 품사를 기워 붙인 조잡한 문장. 뭔가 일갈하는 척, 폭로하는 척하지만 괄호 안으로 숨어버리는 비겁한 문장. 나는 그 항목을 대면한 세리가 느꼈을 황당함과 분노에 전이되기 전 자신을 방어하듯 서술자의 글솜씨부터 평가했다. 연기보다 더 재미있는 일은 글을 쓰는 일이었다. 세리도 글을 쓰긴 했으나 자신을 글 쓰는 사람이라고 말하지는 않았다. 나는 글을 쓰는 사람이 되었다. 그런 내가 보기에 나무위키의 서술 따위는 내용을 떠나 문장부터 엉망이었다. 그러나 허접한 문장을 뜯어보는 와중에도 나는 내가 외면하는 것이 무엇인지 알았다. 나도, 세리도, 그때 당시 이미 30대의 어른이었던 영주 선배님도 영영 가는 순간까지 모른 척하고 싶었던 사람. 홍 감독.

세리는 내게 아역 시절의 모든 기록으로부터 자유로워지고 싶다고 말했다.

*

세리도 나도 우리가 다시 가까워질 수 있으리라고 생각하지 않았다. 어린 시절에도 우리는 어른들에 의해 라이벌이라고 불렸다. 내가 아주 어릴 적부터 매니저를 맡아주었던 이모는 내 앞에서 세리를 욕하곤 했다. 세리가 내게 못되게 군 적도 없는데 이모는 늘 세리를 두고 못된 애라고 했다. 세리는 착한 아이라고 말하면, 이모는 짜증 난다는 듯 미간을 좁히며 뇌까렸다.

"이세리, 걔는 얼굴에 욕심이 많잖니."

나보다 키가 몇 센티 더 크고 팔다리가 길쭉길쭉했던 세리. 주로 누아르 영화에 출연하며 피비린내가 난무하는 세상에서 버림받거나 구출당해야만 하는 아이를 연기했지만, 광고에 출연할 때는 누구보다 빛났던 스타. 극장에선 내내 불쌍한 아이였지만 공중파 가요 프로그램에서는 반짝이는 마이크를 들고 아이돌 가수와 즐겁게 이야기를 나누는 연예인이었던 세리. 이모는 흠잡을 구석이 없어 세리를 얼굴에 욕심이 많은 애라고 흉봤다. 훗날 세리가 사고를 쳐서 대서특필되었을 때 이모는 그럴 줄 알았다고 말하며 혀를 찼다. 그게 내가 될 수도 있었다는 생각은 이모나 엄마나 그 누구에게도 없는 것 같았다.

다시 만난 세리와 나는 서로를 조금 경계했다. 이미 우리는 너무 많은 사람들을 잃어봤고 사람에게 속내를 진솔하게 털어놓았다가 그걸 약점 삼아 공격당하는 얄궂은 경험도 제법 해본 터였다. 나만 그런 줄 알았는데 세리도 그랬다고 했다. 언젠가부터 새로운 친구를 만드는 일은 고사하고 남아 있는 사람들이라도 지키고 싶은데 사소한 오해와 무심함, 이간질로 인해서 불화가 생겼다. 그런 경험들이 누적되다 보니 학창 시절이 자주 떠올랐다. 나를 아역 배우로 기억하는 사람들이 아직 많았던 시절에도 학교 집단에서 따돌림 당했던 적은 없었다. 당연한 일이어야 했으나 도리어 기이한 일로 여겨졌다. 그래서 새로운 사람을 사귀는 일은 나이가 들어갈수록 두려웠다. 나나 세리나 호기심으로 다가오던 사람이 돌변하는 경험을 살면서 너무 많이 누적해 왔다. 우리가 서로에게 그러지 않으리란 법도 없었다.

우리가 마지막으로 만났던 20세기로부터 이만큼 지나왔는데, 나는 작가가 되고 세리는 연출가가 되었는데, 홍 감독도 이미 죽고 그의 뼛가루조차 어디에도 없을 텐데, 그런데 우리는 아직 「전교생의 사랑」에 머물러 있었다. 더욱이 세리나 내가 유일하게 연락하는 그 시절 사람은 영주 선배님뿐이었다. 자연스럽게 영주 선배님과 함께 보자는 말이 절로 나왔다. 영주 선배님을 가끔 아침 드라마에서 봤지만 만나기는 쉽지 않았다. 예나 지금이나 그녀는 어른이었고 시간을 내달라고 하는 건 실례 같기만 했다. 영주 선배님은 가끔 문자로 언제나 응원한다는 말, 네가 괜찮다면 난 언제든 만날 수 있다는 말을 건네주었다. 세리와 나는 대학로의 오래된 카페 발코니에 나란히 앉아 레모네이드를 마셨다.

"여기에서 예전에 「관객모독」 배우에게 응원한다고 소리친

적 있어."

세리가 말했다.

"네가?"

"아니, 나는 그럴 용기까진 없었지. 같이 관람한 내 친구가 그랬어. 방금 전까지 무대에 있었던 사람인데 퇴근길은 너무나 쓸쓸해 보인다고. 저 길로 아르바이트하러 갈 것 같다면서."

"그럴 수도 있겠네."

"그런데 지금 생각하면 그래. 그는 그런 응원을 받고 기분이 어땠을까. 잘나가는 사람에겐 굳이 응원 같은 거 하지 않잖아. 힘들어 보이는 사람에게 힘내라고 하는 거잖아."

세리는 한숨을 길게 한 번 내쉬었다.

"염문이라."

"세리야, 진짜 지독하지 않니? 어떻게 이날 입때까지 그따위 말들이."

"내가 그런 짓만 안 했어도 그따위 말은 안 나왔을지도 몰라. 워낙 미친 애니까 나는, 욕해도 되니까, 그런 말까지 나오는 거 아니겠어. 너는 나를 믿니?"

그날 세리는 뜬금없이 자신이 좋아하는 넷플릭스 시리즈에 관한 이야기를 했다. 어린 시절 학교에서 망신당하는 장면이 유튜브에 박제된 인물이 자신이 '잊힐 권리'에 대해 주장하는 에피소드를 두고 세리는 말했다. 그런 게 있다는 걸 처음 알았어. 잊힐 권리. 그런데 우리에겐 해당되지 않겠지. 우리는 그 장면을 돈 받고 판 배우였으니까.

나는 이모의 소나타를 타고 다녔고 세리는 아빠의 엘란트라를 타고 다녔다. 세리 아빠의 엘란트라가 내가 기억하는 마지막 차였다. 그 이야기를 하자 세리는 웃으며 아빠 차는 엘란트라 이후 포텐샤로, 그랜저로, 에쿠스로 바뀌었다가 돌연 소나타에 정착한 지 오래라고 말했다.

"아빠가 자동차 욕심 좀 부려보려고 하다가 소심하게 포기했지. 워낙 여론도 안 좋고."

보호자이자 매니저로서 세리와 나보다 더한 긴장감으로 서로를 보던 이모와 세리 아빠의 모습이 언뜻 떠올랐다. 촬영장에서 세리가 칭찬을 받으면 이모는 얼굴에서 표정을 지우려 애썼고 내가 칭찬을 받으면 세리 아빠가 눈을 내리깔았다. 정작 우리들은 홍 감독이 화를 내는 것보다야 화기애애한 분위기가 훨씬 좋았기 때문에 누가 칭찬받든 상관없었다. 세리와 나는 서로의 조각난 기억을 맞춰보며 웃음을 터뜨리기도 했고 잠시 숙연해져 입을 다물어버리기도 했다. 나는 예술인복지재단에서 일했고 세리는 공연이나 강의 때문에 대학로에 상주해 있었으므로 우린 항상 대학로에서 만났다. 골목골목 오래된 카페와 식당이 많았다. 우리는 넓은 발코니가 있는 카페를 자주 찾았다. 천장에 잔뜩 매달린 아라베스크 오너먼트, 일본식 유럽풍의 카펫과 테이블보, 파르페와 레모네이드와 체리코크, 반숙 달걀이 올라간 나폴리탄 스파게티와 카레를 곁들인 함박스테이크, 그런 것들이 막연한 옛 시절에 대한 향수를 불러일으켰다. 오래전부터 변하지 않는 풍경, 무명 희극배우들이 보도에 늘어서서 공연 홍보를 하는 모습이나 봄이 되면 곳곳에서 프리지어를 파는 모습들. 낮밤이 다르고 평일과 주말이 다른 마로니에 공원의 정경. 사람이 없으면 없는 대로 또 있으면 있는 대로 공원에 앉아 있는 게 좋았다. 공원에 앉아 있을 때 나는 카페에서 뽑아 온 아이스커피를 마셨고 세리는 주로 캔맥주를 마셨다. 술을 못 하는 나는 끝도 없이 맥주를 마시는 세리를 가끔 신기한 듯 쳐다봤다. 세리는 금세 한 캔을 비우고 빈 캔을 손으로 우그러뜨리기를 반복했다. 캔을 우그러뜨릴 때 세리는 무척 신나 보였다. 세리는 살짝 불쾌해진 얼굴로 내게 웃어 보였다.

"미안. 술 때문에 인생 조져놓고도 여전히 이런다."

그런 말을 한 적도 있었다.

인생을 조졌다는 건 단지 말버릇일 뿐이라고 했다. 세리는 배우를 더 이상 못 하게 되었다고 해서 인생이 망했다고 생각하지는 않는다고, 진심이라고 말했다. 배우를 그만두지 않았다면 지금의 삶은 못 살아봤을 텐데, 이번 생에 두 갈래 평행우주를 모두 체험한 셈이니 나쁘지 않다고. 그건 일본에서 유학할 때 몇십 년 동안이나 샤베쿠리 만자이(만담가)로 활동해온 배우가 해준 말이라고 했다. 워낙 오랫동안 어른의 삶을 대신 견뎌주지 않았느냐, 이제는 너의 인생을 살아라. '너의 인생을 살아라'는 다소 작위적인 말이기도 했지만 선배가 후배에게 해줄 수 있는 덕담으로서 그만한 말이 또 있을까 싶었다.

"그런데 그렇게 생각해보려고 노력해도."

스무 살의 세리가 수십 개 마이크 앞에 섰을 때. 그 자리에 불명예로 선 누구나 그렇듯 파리한 얼굴에 단색 정장을 입고 고개를 숙였을 때. 그동안 받아온 관심보다 더 많은 관심을 받는다는 걸 증명이라도 하는 듯한 베스트 댓글의 내용.

'세리야, 지금까지 네가 만든 모든 필모보다 이 영상 하나가 더 훌륭하구나.'

그게 세리가 배우로서 받은 마지막 평가였다. 세리는 그 말이 가슴에 박혔다고 했다. 아직도 떠오르는 순간 바로 그날로 온전히 돌아가버린다고 했다.

"복수하고 싶은 사람이 너무 많아지니까 내 마음이 그야말로 방황하는 칼날이 되더라."

세리는 「전교생의 사랑」은 망령처럼 자신을 종종 붙들고 흔들어놓는다고 말했다. 주연은 세리가 아니라 나였다. 세리는 이후 뮤직비디오의 주인공이 되어 잠깐이지만 최고의 스타가 되었고 나는 그 작품을 마지막으로 필모그래피가 끊겼다. 「전교생의 사랑」 때문에 가장 불행해진 사람은 단연코 나 자신일 거라고 굳게 믿어왔다. 세리 역시 다름 아닌 그 작품 때문에 괴로울 거라고 생각하진 못했다.

"네가 아니라 내가 선택된 이유는 너보다 내가 훨씬 어두워 보여서였다는 거 기억하지."

사실 나도 기억하고 있었다. 세기말부터 유행했던 신비주의 소녀 이미지. 나는 그런 이미지에 맞지 않았다. 울상의 반대말을 '웃상'이라고 치자면 나야말로 '웃상'의 전형이어서 남들은 내게서 좀처럼 어두움을 읽어내지 못했다. 홍 감독이 내게 주연을 맡긴 이유도 1982년작 주연배우처럼 한없이 해맑은 표정을 짓는 아이였기 때문이었다. 홍 감독의 말에 따르면 '그야말로 소년 같이 웃는 아이'였기 때문에. 원작 「전교생」도, 홍 감독의 「전교생의 사랑」도 모두 남자아이와 여자아이의 몸이 서로 바뀌는 내용이었다. 나는 돌연 여학생의 육체에 갇히게 된 남자아이를 연기했다. 세리가 맡은 역할은 갑자기 태도가 달라진 친구 때문에 어안이 벙벙한 나날을 보내는 아이였다. 나와는 정반대로 세리는 멍하니만 있어도 서늘한 분위기를 풍겼다. 뮤직비디오에서 세리는 긴 생머리에 흰 잠옷을 입고 초점 없는 눈으로 가만히 서 있는 소녀였다. 어떤 기사에서는 '한국식 호러의 오랜 표상이었던 처녀귀신의 21세기적 재해석'이라고 썼고 「페노미나」의 제니퍼 코넬리를 한국에서 다시 본다고도 평가했다. 당시의 세리를 상찬했던 말들 역시 나무위키에 정리되어 있었다.

"민지 네가 늘 웃고 싶은 기분이 아니었던 것처럼 나도 늘 우울하지는 않았어. 나도 한 번쯤 광고나 예능이 아닌 작품에서도 밝은 아이 역할을 해보고 싶었어."

내게 연락한 이유는 나무위키의 허위 기록 때문이었지만, 세리는 한동안 그 일에 대해서는 말하지 않았다. 그런 기록을 어떻게 삭제할 수 있는지, 그런 것도 명예훼손으로 신고할 수 있는지 나나 세리나 아는 바가 없었다.

*

고전의 재해석.

뻔하디뻔한 말이었다. 사무실에 팸플릿이 돌았다. 영상자료원에서 개최하는 행사라고 했다. 제목을 왜 이렇게 지루하게 지었을까, 처음에는 그 생각만 했다. 가뜩이나 고전 영화라면 인기도 없을 텐데 제목마저 이렇다면 누가 가겠어, 생각하던 나는 팸플릿을 들춰 보고 깜짝 놀랐다. 예의 '고전 영화' 목록에 「전교생의 사랑」이 있었다. 영상자료원에서 영화를 상영한 후 관객들과 함께 현대의 관점에서 이런저런 이야기를 나누는 시간을 갖는 행사라고 했다. 수많은 생각이 순식간에 머릿속을 지나갔다. 가장 처음 들었던 생각은 '벌써 고전이 되었구나'였다. 그런데 고전의 의미가 단순히 오래된 작품을 뜻하는 건지, 오래도록 살아남을 만한 명작이라는 건지 알 수 없었다. 나는 세리에게 연락을 했다.

세리는 이런 행사가 추하게 늙어 죽은 홍 감독을 뒤늦게나마 올려쳐주려는 의도는 아닐까 의심했다. 행사를 진행하는 평론가에 대해 면밀히 조사한 세리는 내게 '조금 애매하다'고 말했다.

"정확히 어떤 스탠스인지는 모르겠어. 한번 가보지 않을래?"

"우리가?"

"그래, 우리가. 최민지와 이세리가. 안 되나?"

안 될 것도 없지 않나, 세리는 자문자답했다. 오래전, 「전교생의 사랑」 개봉 직전 시사회에 주연배우인 나와 가장 비중이 큰 조역이었던 세리는 참석할 수 없었다. 무슨 의도였는지 홍 감독은 기자간담회에도 우리를 출연시키지 않았다. 제목에도 명시된 '전교생'인 나는 물론이거니와 가장 친한 친구 역할이었던 세리, 그리고 나와 몸이 바뀐 남학생 역할을 맡은 배우도 우리 영화를 볼 권한이 없었다. 담임교사 역할을 맡았던 영주 선배님은 시사회가 끝나고 며칠 후 나와 세리를 불러내 밥을 먹이며 말했다.

"기자들도 평론가들도 호평했단다. 너희 부모님들은 큰 박수를 받으셨어."

나나 세리나 이미 부모에게 들은 이야기였다. 우리들 대신 부모님이 박수를 받는다는 사실을 어떻게 받아들여야 하는지 당시 우리는 좀처럼 이해할 수 없었다. 그때가 떠올랐다. 단 한 번도 나는 내 마지막 작품을 처음부터 끝까지 본 적 없었다. 아마 세리를 만나지 않았다면 팸플릿을 보고도 그저 불편한 마음으로 지나쳤을 터였다. 게다가 이제 사람들에게 잊혔다고는 해도 나는 영원히 그 작품의 주연이었다. 관객 중 누군가가 배우의 연기에 대해 문제 삼으면 어떡하나, 나는 알고 있지만 그들은 모르는 사실들이 영화의 배면에 차고 넘치는데 표면만 보고 함부로 지껄이는 그 말들을 나는 어떻게 견뎌낼 수 있나. 그러나 세리는 내게 단호하게 말했다.

"내가 확인하고 싶은 건 두 개야. 홍 감독에 대해 어떻게 평가하는지. 저들이 말하는 현대의 관점이라는 게 대체 뭔지."

너도 알고 싶지 않아? 세리는 눈치를 내내 살피면서도 힘주어 말했다. 우리는 알지만 저들은 모르는 것들이 있듯 그때는 몰랐지만 지금은 알게 되는 게 분명히 있을 거야.

결국 우리는 「전교생의 사랑」이 상영되는 금요일 저녁에 영상자료원에 가기로 약속했고 그날 퇴근 후 방송통신대 지하에 주차해놓은 세리 차에 함께 탔다. 세리는 사이드브레이크를 내리다 말고 그대로 미동도 하지 않았다. 사이드브레이크를 붙잡은 세리 손을 살짝 치며 공회전 그만하고 가야지, 어색하게 웃으며 말했다. 세리는 나를 돌아보며 똑같이 어색하게 웃었다.

"사실은 두렵다. 아직도 사람들이 나를 알아볼까."

확답할 수 없었다. 누구도 나를 알아보지 못할 거라고 장담할 수는 있었다. 그러나 세리는 아직도 인터넷에서 때로 회자되고 루머에 시달렸고 욕을 먹었다. 심지어 최신판 나무위키에도 세리를 음해하는 서술이 있었다. 아닐 거야,라는 빈말조차 해줄 수 없었다. 참가 신청을 할 때 우리는 가명을 썼다. 최민지, 이세리가 아니라 홍현주, 홍지영이란 이름으로. 홍 감독의 알려지지 않은 딸들의 이름을 차용한 것이었다. 참가 신청을 하려면 몇 개의 질문에 답해야 했다.

1. 기존에 「전교생의 사랑」을 관람한 적이 있나요? '없습니다.'

2. 「전교생의 사랑」에 관해 무슨 이야기를 나누고 싶나요?

우린 둘 다 2번 질문을 두고 한참 고민했다. 각자 노트북만 들여다보고 있었지만 2번 질문에서 한참 망설인다는 걸 알 수 있었다. 우리는 그 질문에 대한 답도 합의했다. 세리는 '감독의 연출 방식이 아역 배우에게 미치는 영향에 대해서 이야기하고 싶습니다.'라고 적었고, 나는 '영화가 아역 배우에게 어떤 트라우마를 남길 수 있는지에 대해 논의하고 싶습니다.'라고 적었다. 사실 같은 말이었다. 이런 의견이 두 개나 있다면 진행자가 다루지 않기도 곤란할 것 같다는 판단에서였다.

"홍 감독도 죽어 없어진 마당에 누가 욕이라도 실컷 해줬으면 좋겠다."

세리는 가만히 뇌까리더니 액셀을 밟았다.

우리가 처음 관람하는 우리 영화, 「전교생의 사랑」이 상영되는 내내, 나는 입술을 잘근잘근 씹었다. 때론 누가 먼저랄 것도 없이 서로의 손을 잡았다. 머리카락을 칼단발로 자른 내가, 아니, 전교생 역할인 내 몸이 전신거울 앞에 선다. 바로 다음 이어질 장면이 무엇인지 알기에 세리와 나는 동시에 숨을 들이마셨다. 영화가 아니라 촬영장이 눈앞에 펼쳐지는 것 같았다. 난처해하는 내게 이모가 건넸던 말. 이런 건 배우에게는 아주 기본적인 연기일 뿐이야. 나중에는 더 심한 장면도 찍게 될 거야. 그런 걸 부끄러워하는 건 일반인들이지, 배우는 그 무엇도 부끄러워해선 안 돼.

도리어 영주 선배님이 홍 감독에게 쏘아붙였다. 왜 이런 장면이 들어가야만 하는 거냐고. 영주 선배님 촬영 날도 아닌데 그녀는 거기 있었다. 홍 감독은 감독 의자에 앉아 짤막하게 대답했다. 내 스승의 영화에도 들어 있던 장면이야. 그 사람이 얼마나 대단한지 너희들 몰라서 그러냐. 영주 선배님은 결국 홍 감독에게 소리쳤다. 대단한 스승 감독이랍시고 여자애들 옷 벗기는 게 취미요? 홍 감독은 혓바닥에 힘을 주며 아니 이 씨팔년이, 뭘 믿고 까부는 거야? 너 많이 컸다? 유치하게 화답했다. 그리고 나는 나 때문에 어른들이 싸우는 것 같아서 몸 둘 바를 모르다가 결국 대본대로, 연출 지시를 수행했다. 음흉하게 웃으며 브래지어를 이리저리 들춰 보는 소녀, 아니, 소년. 막 자라기 시작한 가슴을 보며 '이게 웬 떡이야!' 하고 낄낄거리는 장면. 나는 내 가슴을 타인의 시선으로 바라보고 조물조물 만지며 웃음을 흘리고 있었다. 오래전에는 보지 못한 장면이 이어졌다. 내가 출연하지 않은 신이었다. 내 부모 역할을 하는 배우들이 침대에서 뒹굴고 있었다.

어른들이 시키는 대로 뭐든 했던 우리도 결코 찍지 않겠다고 홍 감독에게 맞서던 순간이 있었다.

원작 「전교생」의 대표 스틸 컷. 소녀의 몸에 갇힌 소년이 깨벗은 채 옥상에서 내달리는 장면이었다. 팬티만 입으라고 했다. 그때 나에겐 관객이 내 몸을 본다는 수치심은 없었다. 편집된 이후의 영화는 어차피 내가 볼 수 없었기 때문에 실감하지 못했다. 하지만 촬영장에는 너무 많은 사람들이 있었다. 무엇보다 액션을 외친 후 나를 뚫어질 듯 주시하는 홍 감독, 이모, 세리 아빠…… 세리가 내달리는 나를 쫓아다니며 말리는 신이었다. 나는 발가벗고 폴짝폴짝 뛰면서도 해맑게 웃어야 했다. 그게 바로 해방감을 느끼는 소년 그 자체였기 때문에. 나는 홍 감독에게 벗을 순 있어도 웃을 순 없다고 말했고, 홍 감독은 웃지 않는다면 그 장면은 아예 의미가 없다고 말했다. 이모는 엄마에게 전화를 걸어 상황을 설명했다. 엄마나 이모나 내 편을 들어주지 않고 난

감하다는 듯 굴고 있다는 게 화가 났다. 이 어른들 중에 누구도 나를 지켜주지 않는구나, 생각했다. 그날 영주 선배님이라도 함께 있었다면 조금 달랐을까. 나를 지켜준 건 어른들이 아니라 세리였다. 세리는 홍 감독에게 똑 부러지게 말했다.

"감독님, 이 장면은 필요 없어요. 차라리 저희 둘이 사랑하는 장면을 찍을게요."

사랑하는 장면?

세리가 나보다 좀 더 성숙했다는 사실을 부인할 수 없다. 나는 그때 '사랑하는 일'에 내포된 함의가 뭔지 조금도 알지 못했다. 옥상에서 내달리는 장면을 찍는 대신 우리는 그 장면을 찍었다. 소녀의 몸에 갇힌 소년은 단짝으로 붙어 다니는 친구—세리를 짝사랑하고 자기 몸이 여자라는 걸 이용해서 그녀를 손쉽게 훔쳐보고 만지며 욕심을 채운다. 그러므로 '사랑하는 장면'이 더 낫지 않느냐고 세리는 말한 것이었다. 자기 아빠가 보는 앞에서.

오랫동안 잊고 있었던 말.

"혼자 망신당하는 것보다는 같이 망신당하는 게 낫잖아."

그 장면이 지나가는데, 의외로 끔찍하다거나 부끄럽지 않았다. 세리가 내게 속삭이던 말이 떠오르는데, 왜 이제야 그 말이 기억나는지, 나는 수많은 말들을 기억하면서 왜 그 말만 잊고 있었는지 의아할 뿐이었다. 세리도 기억할지 궁금했지만 아마 극장을 나선 후에도 물어볼 수 없을 것 같다는 생각이 들었다.

극장이 밝아진 후부터 진행자인 평론가가 마이크를 잡고 이야기를 시작했다. 질문을 받기 전에 자신이 보는 「전교생의 사랑」에 대해서 짧게 발표하겠다고 했다. 그녀는 PPT를 띄웠다. 발표 주제는 미처 생각하지 못한 것이었다. 「전교생의 사랑」이 말하는 사랑, 젠더리스의 새로운 가능성. 1982년작 「전교생」 이후로 남녀의 몸이 바뀌는 설정은 오랜 시간을 걸쳐 클리셰로 자리잡았다. 1998년작 「전교생의 사랑」은 그중에서도 기념비적이다. 단순히 성적 호기심이 충만한 남녀 청소년들이 서로의 몸을 바라보며 신기해하는 것을 넘어 (비록 겉과 속이 다르다고는 하지만) 여학생끼리 성적 긴장을 유지하고 있기 때문이다.

우리는 묵묵히 그녀의 발표를 끝까지 들었다. 나는 종종 세리의 표정을 살폈다. 세리는 표정을 없애려고 애쓰고 있었다. 예전에 이모가 그랬던 것처럼. 표정을 지우려는 표정.

진행자는 질문을 받겠다고 말했고 몇 사람이 우르르 손을 들었다.

"솔직히 홍 감독이 퀴어적인 마음가짐으로 연출했다고 보기는 어려운데요."

"홍 감독이야 그런 의도가 없었으리라는 건 우리 모두 알고도 남을 것 같습니다. 다만 연출 의도를 넘어서서 관객에게 어떤 현상으로 해석되는지는 조금 다른 문제인 것 같아요."

세리가 손을 들었다. 스태프가 마이크를 들고 걸어오는 동안, 나는 조금 당황스러웠다. 사람들이 알아볼까 무섭다고 했던 세리가 마이크를 잡겠다니 걱정부터 들었다. 마이크가 세리에게 건네지는 순간까지 나는 조마조마했다. 세리는 마이크를 잡자마자 자기소개부터 했다.

"안녕하세요, 저는 이세리라고 합니다."

진행자도, 관객도 모두 조용했다.

진행자는 말했다.

"네, 이세리님. 어떤 질문이실까요?"

세리도 나도 짐작하지 못했던 상황이었다. 누구도 세리를 알아보지 못했다.

"네, 저는 이 영화에 출연한 아역 배우 중 한 사람, 이세리입니다."

그제야 곳곳에서 탄성이 쏟아졌다. 진행자는 눈이 휘둥그레져 몸을 앞으로 기울였다.

"아, 이세리님. 이세리님이 여기 오셨군요!"

"네, 제 친구 최민지도 같이 왔습니다."

세리는 문득 내 손을 잡았다. 최민지라는 이름 역시 누구도 단번에 알아듣지 못했다. 나는 일어서서 세리에게 마이크를 건네받아 말했다. 머릿속엔 그 말만 맴돌았다. 혼자 망신당하는 것보다는 같이 망신당하는 게 낫잖아. 그래, 그게 조금 더 낫잖아.

"저는 주연배우였던 최민지입니다."

진행자의 몸은 앞으로 너무 기울어 거의 쏟아질 것 같았다. 극장의 누군가 작게 박수를 치자 사람들이 일제히 박수를 따라 쳤다. 기립 박수만은 사양하고 싶다,고 생각했다. 나는 다시 세리에게 마이크를 건넸다.

"저희는 오늘 이 영화 전체를 처음 봤습니다. 그래도 평론가님께서 말씀하신 그 내용에는 동의하기 어렵습니다. 홍 감독의 모든 영화를 보신 분이 계십니까? 그 작품들을 감당할 수 있는 분이 계십니까? 저는 어렵습니다. 저희, 그, 사랑하는 장면은, 저희가 찍고 싶어서 찍은 게 아닙니다."

사람들이 웅성거렸다. 나는 눈을 질끈 감았다. 어떤 배우도 자기가 찍고 싶은 장면을 골라 찍을 수는 없다. 그냥 홍 감독이 씨팔놈이라고 하자. 그냥 그렇게 말하고 나가버리자, 나는 세리에게 말하고 싶었다.

진행자는 그 말에 대답하지 않았다.

"오늘 이 자리에 작품의 주역이신 최민지, 이세리님이 와주셔서 영광이고요, 무척 신기합니다."

그렇게 말할 뿐이었다.

그리 멀지 않은 옛날에 초로의 영주 선배님이 내게 장문의 메일을 보낸 적이 있었다. 민지가 공부를 잘하고 학교에 적응을 잘한다니 너무 기뻤단다, 오랫동안 그랬다,로 시작하는 메일이었다. 그렇게 무엇이든 될 수 있다는 사실. 배역이 아니라 진짜 삶으로. 얼마나 다행이었는지 모른다. 그래도 나는 여태껏 배우 말고는 해본 것이 없고, 여전히 배우라는 직업을 사랑한다. 배우의 배俳라는 글자에는 광대라는 뜻도 있고 익살이라는 뜻도 있단다. 너무나 멋지지 않니. 내가 졸업한 학교 연극과의 마스코트도 광대였단다. 나는 광대가 숙명이라고 생각한다. 그러나 너희들은 선택할 겨를도 없이 배우의 삶을 살았고, 어른들의 욕심과 때론 광기에 마치 소품처럼 이용되기도 했다는 걸 안단다. 민지야, 요즈음엔 드라마나 영화에서 엔딩에 꼭 이런 문장을 붙인다.

'아역 배우의 안정을 위해 노력했고 심리치료를 병행했다'고 말이야. 그 말에 값할 만큼 지켜나가는지는 내가 두 눈 똑바로 뜨고 지켜볼 심산이다. 나를 믿어다오. 그리고 「전교생의 사랑」이 어떤 작품이었는지에 대해서는 굳이 이해할 필요 없다. 사실 나는 그때도 지금도 너희들이 몰라도 되는 작품이었다고 생각한다.

나는 극장을 나와 세리에게 그 이야기를 해주었다.

세리는 자신도 영주 선배님께 비슷한 말을 들은 적이 있다고 했다. 「전교생의 사랑」이 아니라 다른 영화에 함께 출연할 때, 폭행을 당하고 길바닥에 피투성이로 버려져 있는 장면을 찍을 때, 올리고당에 빨간 식용색소를 넣어 만든 피를 혀로 깔짝깔짝할 때, 성범죄를 당했다는 것까지 보여주려면 옷을 찢어놓아야 하지 않겠느냐고 누군가 지껄일 때, 영주 선배님은 세리에게 다가와 말했다.

"이걸 왜 찍는지는 네가 굳이 이해하지 않아도 된단다."

한 번도 제대로 보지 못했던 「전교생의 사랑」 스태프 롤에 우리 이름이 어떻게 적혀 있는지를 우리는 봤다. 최민지, 이세리라는 이름. 극장에서 빠져나온 사람들이 우르르 세리와 나를 스쳐 지나갔지만 아무도 우리를 일별조차 하지 않았다. 세리는 이제야 비로소 알 것 같다고 했다. 아무도 나를 기억하지 않는 자유가 어떤 건지. 연극판에 있으면서도 누군가 나를 알면서 모르는 척하는 것 같았다고, 기자들 앞에 서서 죄송하다고 고개를 숙이는 그때 그 여자애로만 기억할지도 모른다고 생각했다고. 그러나 오늘에야 정말 알겠다고 했다. 이제 사람들은 날 알아보지 못하고 내게 관심도 없다. 나무위키에 업데이트되는 서술이나, 유튜브에 잊을 만하면 한 번씩 올라오는 사이버 렉카 영상에 등장하는 자신은 지금의 이세리가 아니라 그저 대중의 허상에 있는 이세리일 뿐이라고. 오늘에야 이세리를 떠나보내고, 자신은 끝내 돌아갈 수 없었던 중학교 스탠드에서부터 시작하겠다고 세리는 비장하게 말했다. 제 이름을 기억해주세요, 저는 이세리입니다! 십대 초반에 세리는 그 말을 어디에서나 외쳤다. 이제 세리는 자신을 잊어달라고 간곡하게 부탁하는 중이었다.

* 작품 속에서 언급되는 1982년작 영화 「전교생」은 동명의 일본 영화 「전교생(Exchange Students, 轉校生)」(오바야시 노부히코, 1982)을 말한다.

© 이정미

박솔뫼

소설집『그럼 무얼 부르지』『겨울의 눈빛』『우리의 사람들』『믿음의 개는 시간을 저버리지 않으며』, 장편소설『백 행을 쓰고 싶다』『도시의 시간』『머리부터 천천히』『고요함 동물』『미래 산책 연습』등이 있다.

투 오브 어스

이건 강주가 움직임연구회에 다닐 때의 이야기이다. 작년 이맘때 강주는 움직임연구회에서 진행하는 움직임워크숍을 8주간 들었다. 움직임연구회는 움직임연구회 중부지구라는 간판을 달고 있었다. 그러니까 서울에 이런 곳이 몇 군데 더 있을 것이다 아마도. 중부시장 근처라고 해야 할까. 중부시장 안에 있다고 해도 될 것 같다. 중부시장 왼쪽 끝에서 동대문을 향하는 골목에 위치한 건물 3층에 연구회는 있었다. 시장 건물들이 전부 어디 하나 꼽을 수 없게 다 오래되었기 때문인지, 과장하지 않고 모두 최소 50년은 넘어 보이는 것들이었고, 그래선가 연구회가 있는 건물은 지은 지 20년이 넘어감에도 그 사이에서는 새 건물처럼 보였다. 움직임연구회는 개개인의 움직임을 스스로가 이해하고 각자 원하는 움직임을 찾아가도록 돕는 것을 목표로 분기별 워크숍을 중심으로 운영되는 공간이었다. 강주가 좀 더 다녔다면 개개인의 움직임을 이해한다는 것이 무슨 뜻인지, 이곳 사람들이 하려는 것이 정확히 어떤 것인지 조금 더 깊이 이해할 수 있었겠지만 두어 달 워크숍에 참가한 것으로는 대략적인 분위기만 읽을 수 있을까 말까 한 정도였다.

워크숍 첫 시간에는 각자 자기소개를 했다. 워크숍에 처음 참가한 사람들이 절반쯤 되었고 이전에 워크숍에 참가했던 사람들이나 기존 연구회 멤버들이 절반쯤 되었다. 자기소개는 평범하게 이름과 이곳에 오게 된 계기나 이유 같은 것을 말했는데 진행자는 이야기를 하다가 평소 자신의 움직임을 보여줄 수 있으면 보여달라고 했다. 사람들은 어색해하면서도 걷거나 앉아서 뭔가를 하는 모습을 보여주었고 머뭇거리는 사람들 옆으로는 연구회 멤버들이 천천히 다가가 그 사람의 움직임과 연결된 보다 크고 분명한 움직임을 보여주었다. 그날 강주 옆으로는 보훈이 다가와 천천히 팔을 붙이고 팔을 천천히 흐르게 하였다. 강주와 보훈은 등과 등을 맞대고 팔을 움직였다. 강주는 자신의 움직임에 어색함을 느낄 때가 많았는데 그날 보훈과 함께 움직였을 때는 느껴본 적 없던 편안함과 부드러움을 느꼈고 보훈과 만든 이 움직임 경험은 오래도록 강주에게 남아 이를 반복하고 또 반복하게 하였다. 애리는 첫날에는 참석하지 않았고 두 번째 시간부터 나왔는데 두 번째 시간에 애리와 강주는 움직임 파트너가 되었다. 움직임연구회에서 만나게 된 애리와 강주는 그렇게 한동안 자주 만나고 함께 어울렸다.

첫날은 왜 안 나오셨어요?

첫날에는 뭐든 별거 안 하잖아요. (애리 웃음)

그렇기는 해요. (강주 웃음)

두 사람은 두 번째 시간에 함께 파트너가 되어 서로의 호흡을 지켜보며 어떻게 숨을 들이마시고 내쉬는지 서로에게 알려주었다. 강주는 그 시기 저녁 여덟 시에 동대문 상가 안 카페에 출근해서 동대문 여기저기에 커피를 배달한 뒤 아침에 퇴근하였다. 일주일에 5일을 그렇게 근무했고 수요일 오전에는 움직임 워크숍에 참가했다. 워크숍에 참가하지 않을 때는 걸어서 근처를 걷다 지하철을 타고 집으로 돌아가 집안일을 하다 잠이 들었다. 워크숍은 즐거웠지만 일을 하다 와서인지 늘 조금 졸리고 피곤했다. 애리는 무릎 꿇고 앉아 강주가 숨을 크게 들이쉬고 잠깐 멈췄다가 다시 내쉬는 것을 보고 강주는 어느새 잠이 들 듯 말 듯 반걸음 더 가면 잠이 들어버리는 곳으로 향해 가고…… 애리는 고개를 돌려 주변에 조용히 하라는 듯이 손가락을 입에 가져간다.

강주는 퇴근하면 지하철을 타고 집으로 돌아갔지만 어떨 때는 그 주변을 한참 걷다가 벤치에 앉아 커피를 마시거나 벤치에 누워 있거나 할 일 없이 가다 보이는 동대문 상가에 들어가 이곳은 왠지 유난히 조용하다고 생각하다가 화장실에 들어가 창을 통해 밖을 내다보거나 했다. 워크숍 두 번째 시간 후에는 애리와 함께 근처를 걸었다. 애리와 강주는 러시아 빵집에서 치즈가 든 빵과 커피를 사서 공원에 앉았다. 빵은 크고 둥글고 마치 쿠션같이 안으면 안심이 되고 한참을 먹어도 절반도 다 먹지 못해 나중에는 무릎 위에 두었다. 햇빛이 반짝이고 공원은 둥글고 공원 안에는 스케이트보드용으로 놓인 여러 곡선으로 된 조형물 몇 개가 있었다. 커피를 마시며 모든 것을 바라보았다. 보더들이 곡선을 그리며 지나가고 넘어지고 이런 소리는 한참을 들을 수 있을 것 같아. 그런 생각을 하며 여전히 덩어리로 남은 빵의 무게를 잠깐 의식했고.

애리는 작고 마른 체형에 긴 머리를 양쪽으로 묶고 있었고 팔다리는 유난히 길고 눈이 먼저 웃는 흰 얼굴에 덧니까지 있어서 강주는 보자마자 만화에서 튀어나온 것 같다고 생각했는데 막상 함께 손바닥을 맞대고 힘을 줘보거나 탄력 있는 끈을 잡고 당기거나 하면 힘이 세서 신기했다. 벤치에 앉아 있는 자세도 꼿꼿했다. 흐트러짐 없이 앉아 있던 애리는 저 근데 보드도 꽤 타요 말하더니 주머니에서 휴대폰을 꺼내 영상 몇 개를 보여주었다. 영상 속 애리는 방금 회색 비니를 쓴 남자애가 계속 넘어지던 조형물 위를 가볍게 타서 내려가고 있었다. 강주는 화면을 보다 애리를 보다 눈앞의 유유히 흘러가는 움직임들을 보다가 애리를 보다가 애리는 역시나 눈으로 생글거리고 있었다.

아 그래서 이전에 여기 와봤다고 했었던 거군요.

네. 한창 탈 때는 뭐 맨날 왔어요.

그날 공원에서 보드를 타는 사람은 다섯 명이었는데 모두 비니를 쓰고 있었고 모두 반스를 신고 있었다. 두 사람은 카고 팬츠였고 나머지는 면바지였다. 세 사람은 외국인으로 보였는데 다섯 명 모두 이곳에 익숙해 보였다. 약속도 하지 않고 매일 이곳에 와서 만나고 움직이고 구르고 부딪히는 사람들 같았다. 보드는 운동이라고 해야 할까 놀이일까. 움직임워크숍을 듣고 있어서인지 강주는 더 고민하지 않고 이걸 움직임이라고 치기로 했다. 너무 세상 모든 것이 움직임 같지만 아무튼. 이걸 움직임으로 보기로 해서 그렇게 보이는 것인지 모르겠지만 스케이트보드는 왠지 조금 평등한 움직임처럼 느껴졌다. 누군가 월등히 잘하는 사람이 나타나면 이곳의 흐름이 다르게 보일지도 모르겠고 다섯 사람 중 꼽자면 누가 제일 잘 타고 누가 제일 못 타고를 꼽을 수야 있겠지만 신기하게 잘하고 못하고를 굳이 구분하게 되는 움직임은 아니었다. 그게 보드라는 움직임의 특징일까. 그 생각을 입 밖에 낸 건 아닌데 애리도 그런 말을 했다. 보드는 못하는 사람도 못한다는 생각이 막 들지 않아서 좋아요. 그런 게 먼저 보이는 운동이 아니라서 저는 좋아해요. 물론 뛰어나게 잘하는 사람은 다르지만요.

달라요?

완전히. 완전히 달라요. 근데 그건 어떤 것이든 그래요.

애리는 궁금하면 나중에 자기가 가지고 오겠다고 말했다. 강주는 좀 더 다른 사람들이 타는 것을 보다가 부탁하겠다고 말했다. 나란히 한참 구경하다가 애리는 다음에 보드 이야기를 더 해주겠다고 하고 돌아갔다. 강주는 여전히 쿠션 같은 빵을 안은 채 누워서 바퀴가 바닥을 부드럽게 지나는 소리 부드럽게 지나다가 넘어지는 소리 보드가 바닥에 부딪치는 소리를 들었다. 나는 이 소리를 계속 들을 수 있어. 계속 듣는 것은 계속 보는 것보다 힘들지 몰라. 그럴까? 둘 다 힘든 일이겠지만 계속 듣는 것은 생각보다 힘이 드는 일일 거야. 그러나 그날은 바퀴가 바닥을 지나가는 소리를 이후에 언제라도 다시 불러낼 수 있을 정도로 그러니까 그 소리를 외울 정도로 오래 듣다 공원을 나섰다. 공원 옆에는 국립의료원과 미극동공병단이 마주 보고 있었다. 미극동공병단은 공사 중이었고 한창 포클레인이 오가고 있었고 그 뒤로는 갈색 지붕에 노란 벽으로 된 낮은 막사 여러 개가 똑같은 간격으로 서 있었다. 건물은 아파트처럼 숫자가 쓰여 있었다. 흰 원 안에 검은색으로 A라고 쓰여 있었고 A 아래에는 A01-A17이라고 더 작은 글씨로 쓰여 있었다. 공병단 부지는 한국전쟁 발발 직후 이승만 정부가 미군에 내어준 공간이었고 맞은편 국립의료원은 1958년 스웨덴 덴마크 노르웨이, 스칸디나비아 3국의 지원으로 시작된 곳이었다. 강주는 동대문에서 일을 시작하게 된 후로 거의 매번 퇴근 후 습관처럼 공원을 지나 50년대와 미극동공병단과 스칸디나비아와 국립중앙의료원을 생각해보는 것도 아니고 상상해보는 것도 아니고 잠깐씩 머금다 내쉬었다. 피곤할 때는 그냥 지나갔지만 보통은 멈춰 서지 않을 수 없게 하는 오래되고 낮은 건물들. 두 건물이 마주한 길을 지날 때면 50년대라는 것이 자신을 끌어당기는 느낌을 받고 끌어당기는 것이 아니라 팽팽한 줄로 낚아채는 것에 가깝고 그런데 끌려가며 뒤돌아보아도 자신을 당기는 것이 뭔지 지켜보고 또 지켜보아도 알 수 없고 반복하고 또 해서 이 생경함이 아무것도 아니게 되어야 그게 뭔지 알 수 있을지. 그러나 그전에 미극동공병단 부지 공사는 아무렇지 않게 시작되어 끝이 날 것이다. 그러면 이제 50년대는 어디로 가게 되는 건지?

그런데 한국 안에 있더라도 미군기지는 주소지가 한국이 아니라던데 그 이야기를 어디서 들었더라…… 강주는 그런 생각을 하며 미군기지 건물을 지나 아마도 서울시 중구 을지로6가일 거리를 걸었다.

다음 시간이었나 그다음 시간이었나 워크숍이 끝난 후 커피를 마시다 애리가 보여준 것은 보드를 타는 머리 긴 남자였다. 알렉스라고 했는데 보드를 타다 만났다고 했다. 열여덟 살이었고 엄마랑 같이 살고 엄마는 이 근처에서 가게를 한다고 했다. 둘이 함께 다니며 이상한 취급을 많이 받았는데 그도 그럴 것이 애리는 서른이 넘었고 그때도 지금도 일정한 직업이 없었고 그게 문제가 아니라 알렉스는 열여덟이었고 학교에 다니지 않았다. 두 사람은 여러 일을 겪고 이제 친구 사이라고 했다. 친구라고 해도 한동안 못 봐서 사실 지금은 무얼 하는지 모르겠다고. 그때 애리는 알렉스의 엄마와 함께 퇴근해서 근처에서 늘 술을 마셨다고 했다. 보통 맥주랑 치킨을 먹었고 알렉스 엄마는 이름이 영아인데

나랑 영아 씨랑 이야기를 계속하고 알렉스는 늘 듣고 있다가 나를 데려다주고 집에 가고 집에 가서는 동생들을 돌봤어요.

강주는 그래서 알렉스가 보드를 엄청나게 잘 탄다는 식으로 이야기가 흘러가는 건가 잠깐 생각하다가 이 이야기는 뭐지? 아 이건 그런 식으로 흘러가는 이야기가 아니야 하고 어느 순간 불현듯 알아차리게 된다. 이건 이렇게 저렇게 흘러가는 이야기가 아니고 그런저런 이야기도 아니고 그냥 애리의 말 애리가 하는 말이었고 애리의 입에서 나오는 말을 바퀴처럼 부드럽게 구르다 넘어지다가 다시 보드를 주워 들고 움직이는 말을 그 말을 그대로 들으세요. 강주는 그렇게 마음을 먹고 애리가 하는 말로 향하기 위해 한참을 헤매다 어느 지점부턴가 가까스로 그곳에 다다르게 되었다.

모르겠어요 저는 늘 제가 알던 사람 중에 알렉스가 가장 어른이었다고 말해요. 실제로 그랬고. 알렉스는 늘 침착하고 화를 내지 않았거든요. 다른 사람의 이야기를 잘 들어요. 다른 사람의 이야기를 들으며 그걸 잘 받아내고 있었어요. 늘 듣는다는 것이 얼마나 하기 어려운 결단인지 나는 알렉스를 생각하면 놀라게 돼요. 알렉스가 늘 듣고 있었다는 거요. 다른 사람의 이야기를 떠맡았다는 거요.

몇 번 안 만나봤지만 애리는 함께 있을 때도 웃거나 짧게 대답하는 게 다였고 그보다는 움직임이 두드러지는 사람이었는데 고전무용을 오래 했다고 했고 이런저런 춤과 운동을 계속 배웠다고 들었고 그 이야기를 듣지 않았더라도 서 있는 모습만 봐도 이 사람이 남들과 다른 움직임을 가졌다는 것을 알 수 있게 서 있었다. 애리는 매번 바르게 서 있는 움직임을 했다. 애리의 이야기를 듣다가 강주는 문득 이 사람도 마음을 먹으면 길게 이야기를 하는구나 생각하다가 팔을 천천히 아주 조금씩 옆으로 뻗었다. 워크숍 첫 시간에 보훈은 자연스럽게 강주의 등 뒤로 다가가 부드럽게 팔을 옆으로 뻗었다. 왜 팔과 팔이 나의 팔과 다른 사람의 팔이 함께 움직이는데 자연스럽고 편안할까. 강주는 그 이후로 틈이 나면 종종 팔을 천천히 옆으로 뻗었다. 애리는 강주의 뻗은 팔 위로 천천히 자신의 팔을 포개다가 강주의 손등에 손을 겹쳤다. 힘을 줘서 깍지를 꼈고 애리는 아플 정도로 힘을 주어 한참을 그렇게 강주의 손에 깍지를 끼고 있다가 손을 풀었다.

잘 듣는다는 거요. 그 사람은 어떻게 잘 듣는 거예요? 고개를 끄덕이면서?

끄덕이기도 하고(애리 웃음). 모르겠다. 모르겠어요. 설명이 잘 안 되는 것 같아요. 다른 사람들은 그렇게 듣지 않기 때문에 그렇게 듣는 것이 어떤 것인지 설명하기가 어려워요. 잘 듣고 잘 들으면서 필요할 때 그 사람을 바라보고 그리고 계속 듣는 거 같아요. 아니 아니다. 잘 모르겠어요.

그러고 나서 강주와 애리는 스케이트보드 영상을 한참 보다가 헤어졌다. 강주는 알렉스의 엄마인 영아라는 사람이 어쩌면 애리와 비슷한 또래일 수도 있겠다는 생각을 하다 말았다. 아닐 수도 있겠지만 또 그럴지도 모르겠다 생각하다가 도무지 상상할 수 없는 것들 1950년대의 서울을 상상해보지만 상상할 수 없었고 그러나 왜 상상을 해야 할까. 50년대에 만들어진 것들이 이렇게 눈앞에 있고 그것이 떠나고 바뀌고 무언가 들어갔다 나오는 것이 이렇게 눈앞에 있는데 이것이 이 눈앞의 것이 그대로 50년대의 것이라고 믿어버릴 수는 없는 것인가. 잘 듣기 위해 애리를 따라가고 애리를 바라보다가 알렉스라는 본 적 없는 사람의 존재를 그대로 믿어버린다. 그렇게 곧이곧대로 해보면 어떨지. 곧이곧대로라는 것이 절대로 쉽지 않으니까 한번 해보면? 그러면? 그러다가 문득 화면 속 알렉스가 애리가 말하기 전에는 열여덟 살로 보이지는 않았던 것이 떠올랐고 그렇다면 처음 느낌으로는 몇 살로 보였을까 기억을 더듬어보았지만 희미하다. 외국인 같았지만 어느 나라 사람인지는 모르겠고 나이는 스물다섯 정도로 생각했었나. 그러고 보면 애리도 서른이 넘은 것으로 보이지는 않는다. 그러나 본 적도 없는 영아 씨만은 왠지 생생하게 머릿속에서 떠올랐다. 애리와 비슷한 나이지만 애리보다 열 살쯤 많아 보이는 노란색 염색을 하고 눈썹문신을 한 가슴이 크고 자신을 꿰뚫어 볼 것 같은 눈빛의 사람을 이미 알고 있는 것처럼 여기면서 강주는 그 사람을 조금씩 좋아하게 되었다.

일할 때 시간은 잘 갔다. 강주는 몇 개월 전까지 천안의 문화재단에서 5년 넘게 일을 하다 퇴직을 하고 서울로 돌아온 참이었다. 그간 이런저런 일들을 해보았고 어려운 일도 있었고 그럭저럭 할 만한 일들도 많았지만 어쨌거나 사무실 안에서 일을 할 때는 시간이 안 간다고 느낄 때가 많았는데 상가에서 일을 하면서부터는 시간이 정말 무서울 정도로 잘 갔고 어느새 아침이 되었구나 하고 거의 매번 새삼스럽게 놀랐다. 강주는 발을 빠르게 움직여 상가 안을 오가며 배달을 했고 어쩌다 사장이 배달을 나가거나 잠시 자리를 비울 때는 서서 주문을 받고 결제를 하고 음료를 만들었다. 사장은 친구 성민의 사촌이었는데 일을 그만두고 잠시 쉬는 강주에게 마침 사촌이 일할 사람을 찾는데 해보겠느냐고 권해서 시작하게 되었다. 시간이 잘 간다는 것이 정해진 것을 한다는 것이 좋았고 그러다가 요즘은 상가 안에서 머리를 묶은 남자를 볼 때면 아 알렉스인가 별 이유도 없이 그런 생각을 잠깐 했다. 세상에 그런 사람이 있다고 해. 강주는 종종 어딘가에 잘 듣는 사람이 있다는 것을 떠올리면 지금은 아니라도 언젠가 무언가를 말할 수 있다는 생각에 닥쳐오지도 않은 고난을 맞이할 수 있을 것 같은 기분이 들었다. 강주는 고난을 등에 인 채 자신의 이야기를 들을 사람을 향해 한 발씩 머나먼 곳으로 걸음을 옮기는 자신의 모습을 그려보았다. 그건 축복인가요 고통인가요. 강주는 둘 다 아니고 책임 아닌가 생각했다. 제대로 듣는 사람을 듣기 위한 마주하기 위한 책임 같은 것을 왠지 져보고 싶은 생각. 그러다 팔을 뻗어보기도 하고 팔을 뻗다가 문득 그런데 정작 자신은 애리의 이야기를 듣는 것이 힘들었다는 생각을 하고 그럴 때면 걸음을 멈추고 내가 지금 어디에 있는 거지 생각하다가 다시 손에 든 영수증을 확인하고 길을 잘못 들었음을 알아차리고 가야 할 곳으로 되돌아갔다. 애리가 다른 이야기를 했다면 듣는 것이 어렵지 않았을까. 글쎄 모르겠지만 아마 아닐 것 같아.

자주 생각한다고 해도 알렉스가 어떤 사람인지는 당연히 알 수 없었다. 아니 조금 익숙해진 듯한 느낌도 들긴 했지만 그래도 역시 알 수 없는 사람이었다. 그러나 애리의 말처럼 누구도 그 사람처럼 듣지 않는다는 말을 생각하면 강주 역시 그 사람이 누구와도 다른 사람 그러니까 어디에도 없는 잘 듣는 사람으로 살아가고 있다고 생각할 수밖에 없었다. 그렇게 믿다 보면 알렉스라는 이름은 잘 듣는다는 움직임에 붙어서 그 사람이 어떤 사람인지는 점점 사라져갔다. 그런 식으로 강주는 잘 듣는다는 것 그리고 팔을 천천히 뻗기 그 두 개를 자신에게 던지고 받으며 배달을 했다. 그러는 동안 시간은 흘러갔다. 그 속도가 빠르다고 강주는 늘 새삼스럽게 느꼈다.

애리는 한동안 워크숍에 나오지 않았고 강주는 변함없이 아침에 퇴근하여 공원에서 커피를 마시고 커피를 다 마시면 공사 중인 공병단 부지와 사람들이 오가는 국립중앙의료원을 지나 걷다가 지하철역으로 향했다. 이른 아침에는 보드를 타는 사람들이 드물었는데 어쩌다 보드를 타는 사람들이 있으면 구경을 하다 바퀴가 구르는 소리를 듣고 바퀴가 구르며 다가오다 멀어지는 소리와 지하철이 지나는 소리가 겹쳐지다 각자 갈 곳으로 나아가는 소리를 따라갔다. 소리들은 울리다 퍼져나갔다.

어느 이른 아침에는 긴 머리를 묶은 채 혼자 조용히 타고 있는 보더를 보았는데 이전에 애리가 보여주었던 얼굴이 어떤 얼굴이었는지 이미 희미했고 그 사람이 누군지 알 수 없었지만 강주는 알렉스라고 생각하였다. 너는 알렉스에게 무슨 이야기를 하고 싶어? 마치 그를 거의 신부님처럼 생각하는 것처럼 스스로에게 묻다가 강주는 일어섰다. 일어나서 알렉스 불러보았는데 소리는 구르는 바퀴 소리와 함께 사라졌다.

강주는 워크숍이 있던 날도 아닌데 그날은 바로 집으로 가지 않고 연구회로 가 천천히 이전에 배웠던 것을 반복해보았다.

저는 이걸 아무래도 다시 해야겠어요.

강주는 문을 열고 들어온 보훈에게 기다렸다는 듯이 팔을 다시 움직여보고 싶다고 말하고 보훈은 일단 일어서보라고 말한다. 일어선 강주 뒤로 보훈은 등을 맞대고 천천히 팔을 뻗는다. 이것을 반복해도 처음 같지 않지만 지금은 지금대로 다른 흐름으로 움직이고 있었다. 보훈은 강주에게 들으며 움직이라는 것처럼 천천히 깊게 숨을 들이마시고 내쉬고 강주는 그것을 따르며 팔을 뻗어나가다 잠시 들리던 숨소리를 놓치고 하지만 숨 쉬고 팔을 움직이고 모든 것이 잘 흘러가는 순간들이 이곳에 잠시 머물다 간다. 어느 순간 강주는 자신이 방금 전에 머물던 곳에 다른 누가 팔을 천천히 움직이며 지나가고 있음을 알아차린다. 나는 여기서 아까와 다른 것을 해보고 또 해봐야 하는데. 강주는 거기 있는 사람이 질투가 났지만 자 다시 깊게 숨을 들이마시고 마주한 두 팔을 따르며 천천히 뻗어나가세요…… 그리고 그 말을 따라 천천히 움직였다.

다음에 할 때는 다르게 느껴지실 거예요.
지금도 달랐어요.
그렇죠?
그대로 다시 하고 싶어요.

보훈은 그건 안 된다고 했다. 강주 역시 다시 하고 싶다고 말을 하면서도 저도 안 되는 것 알아요라고 이미 얼굴로 말하고 있었다. 강주와 보훈은 연구회를 나와 시장 근처에서 칼국수를 먹었다. 보훈은 형이 근처에서 가게를 하고 있어서 얼마 전까지 형을 도와 일했다고 말했다. 원래는 춤에 관심이 많았는데 요즘은 재활이나 치료에 더 관심이 많아서 혼자서 공부를 하고 있다고 했다. 팔을 흐르게 할 때의 보훈과 칼국수를 먹는 보훈은 다른 사람 같지 않고 같은 하나의 사람으로 움직이고 있었고 강주는 보훈과 함께 잠시 머물던 모든 것이 잘 흘러갔던 순간의 자신에게 말을 걸었다. 나는 천천히 다시 팔을 뻗어볼 것이고 그것을 여러 번 반복하고 그러면 너는 언제 자리에서 일어나고 밥은 어디로 먹으러 가게 될까.

보훈은 언젠가 시간이 지나서 워크숍에서 움직였던 것들 오늘 팔을 뻗었던 것들이 기억이 날 때가 있을 것이라고 했다. 아마 당장은 실감하지 못할 거지만요. 강주는 어렴풋하게 그 말을 이해했다. 사실 확실히 이해하고 있다고 생각하지만 아직 앞으로의 시간은 강주에게 들이닥치지 않았으며 앞으로는 앞으로도 거듭되며 변형될 것이므로 그저 기다려보겠다고 생각한다. 보훈과 시장 입구에서 헤어져 손을 흔들고 공원을 향해 걸었다. 아침에 봤던 머리 긴 보더는 보이지 않았고 공원 안에 있는 체육관으로 배드민턴 채를 든 사람들이 들어갔다. 아직 봄은 오지 않았지만 이제 한겨울처럼 춥지 않았고 강주는 더 오래 여기에 이렇게 앉아 있을 수 있다. 강주는 이곳에 앉아 바퀴가 구르는 소리를 듣다가 극동공병단 부지를 포클레인이 파내는 것을 볼 것이다. 그러면 50년대가 사라지고 어떤 시간은 꿀꺽 삼켜져버린다는 것을 목격할 수 있을지도 모르겠다.

애리가 다시 워크숍에 나온 것은 마지막 시간이었다. 개인적인 일로 조금 바빴고 바쁜 일이 끝나고는 몸살이 나 며칠 앓았다고 했다. 강주는 앞에 선 애리의 어깨에 손을 얹고 가까워진 듯하지만 문을 열고 나가면 애리는 왠지 곧 사라질 사람 같다고 느낀다. 워크숍에 참석한 사람들은 첫 시간에 했던 것처럼 둥글게 서서 첫날 했던 자기소개를 다시 해본 뒤 간단한 감상을 이야기하였다. 강주는 애리에게 팔을 뻗는 일을 도와달라고 말했다. 강주는 몇 주 전처럼 이름을 이야기하고 평소 스스로의 움직임을 어색하게 느낄 때가 종종 있었는데 우연히 간판을 보고 이곳에 오게 되었다고 말한다.

첫 시간에 팔을 천천히 흐르게 하는 움직임을 해보았는데 여전히 저는 제가 움직일 때 낯설고 어색한 순간이 있지만 다른 사람의 팔이 함께 움직일 때 더욱 편해지는 경험을 하게 되었습니다. 그걸 어떻게 다시 반복할지가 요즘 자주 생각하는 거예요.

강주의 팔은 천천히 뻗어나가고 강주보다 키가 작은 애리는 강주의 어깨에 고개를 기대며 천천히 강주의 팔을 따라 흐른다. 애리는 강주에 이어서 평소 움직임에 관심이 많아서 참여하게 되었는데 결석을 많이 하게 되어 아쉽다고 말한다. 다음에 참석하게 되면 결석 없이 나오겠다고 말하고 웃으며 인사했다. 그렇게 한 사람 한 사람 이야기가 이어지며 마지막 시간이 지나갔다. 애리와 강주는 이전처럼 커피를 사서 공원을 향해 걸었다.

저 얼마 전에 알렉스 같은 사람을 봤어요.

머리 긴 사람?

네. 근데 아니었을 것 같아요.

응. 알렉스는 이사를 갔거든요. 아니었을 것 같지만 근데 아웬지 누구를 말하는지 알 것도 같아요.

워크숍을 나오지 않을 때 애리는 친구의 부탁으로 학원의 무용 수업을 맡아서 하게 되었다. 애리는 8월까지 하기로 한 그 일이 끝나면 부모님이 계시는 창원으로 가야겠다고 가볍게 마음을 먹고 있었다. 그러던 어느 주말에는 광주로 가게를 옮긴 영아 씨를 만나러 갔다. 애리는 이전처럼 영아 씨와 맥주를 마시고 말린 오징어를 먹고 웃고 이야기하다 나와 오랜만에 알렉스를 만났다. 애리와 알렉스는 함께 보드를 타며 알게 되었고 보드를 타는 사람들은 두 사람의 만남을 이상하게 여기지는 않았다. 이상하게 여기지 않았다기보다 대부분 알렉스보다 서너 살 많은 남자애들이었고 두 사람의 일에 무관심했다. 함께 타던 케이시라는 친구가 애리에게 어린애와 어울리지 말라고 경고한 뒤 아는 척도 하지 않기는 했다. 그렇다면 누가 두 사람의 어울림을 나쁘다고 말한 거지? 영아 씨와 보드를 함께 타던 서너 사람을 뺀 모든 사람들이. 두 사람이 함께 만날 때 그 시기는 6개월 남짓이었지만 애리는 알렉스의 집에 갔던 적이 있었다. 그때 문을 열자 이전에 만난 적 있던 5살 7살인 알렉스의 동생 승희와 우진이 애리에게 안겼다. 애리는 아이들과 함께 노래 부르고 춤을 추다가 사온 김밥과 떡볶이를 나눠 먹었다.

책을 읽어주고 싶어.
책이 없어.

애리는 벽에 그려진 낙서를 보며 이게 누가 그린 것이냐고 물었다. 승희가 나! 했다. 애리는 책을 읽어주는 대신 낙서로 짧은 이야기를 지어내서 말했다. 이 공주의 이름은 승희인데 승희는 애리라는 친구가 있었어요…… 웃으며 좋아하는 승희. 알렉스는 빨래를 세탁기에 돌리고 있었고 애리는 빨래가 돌아가는 소리를 들으며 승희를 끌어안은 채 집을 둘러보았다. 따뜻한 온기와 먼지가 구분되지 않고 떠다녔고 그것이 온기의 본질일지도 모르겠어요. 애리가 승희를 내려다보았을 때 알렉스를 포함한 방에 있는 모든 아이들이 자신을 허약하고 위태로운 오갈 곳 없는 사람으로 여기고 있다고 그 순간 애리는 분명하게 느낀다. 애리는 알렉스가 자신을 사랑하지 않고 사랑한 적이 없고 그보다는 안타까워하고 있음을 알아차리지만 동시에 그것이 자신이 바라고 원하는 애정의 형태이기도 하다는 걸 깨닫는다. 그러나 그런 판단을 하고 있는 어딘가 남아 있는 냉정한 자신의 목소리도 잘 들으려는 듯이 애리는 승희가 그린 그림에 귀를 대어보고 그러면 승희가 웃으며 애리에게 안긴 채 나란히 벽에 귀를 댄다.

이건 뭐지?

나!

벽이야.

(승희 웃음)

벽!

나!

빨래는 돌아가고 애리는 베란다 벽에 기대어 노래를 부르는 알렉스를 본다. 그 순간은 그가 모두의 보호자처럼 보이고 그에

응하듯 그는 팔을 벌린다. 애리는 알렉스에게 안기고 애리의 등을 승희가 안는다. 바닥에 앉아서 놀고 있던 우진이 세 사람을 보며 웃는다. 아주 오래전에 자신이 알렉스보다도 어렸을 때 이런 시간이 자신에게 찾아왔었다는 것을 애리는 기억해낸다. 그때 애리가 팔을 벌려 안았던 사람은 애리와 닮은 여자애였다. 여자애를 힘껏 안고 싶지만 남자애에게는 안기고 싶고 애리에게 그런 마음이 매번 새롭게 반복되고 애리는 그런 마음에 늘 응했고 그렇지만.

몇 개월 만에 광주에서 다시 알렉스를 만났을 때 그는 이전보다 지쳐 보였고 어깨를 덮던 장발은 짧아져 있었다. 알렉스는 광주에서 만난 다른 여자와 함께 살게 되었다고 말했다. 영아 씨가 작은 방에서 승희와 우진이와 자고 알렉스와 여자는 거실에서 잔다고 했다. 애리는 승희와 나란히 귀를 대보던 낙서로 가득한 벽을 떠올린다. 애리는 직장을 구했다고 말을 했고 긴 팔을 뻗어 알렉스의 머리에 손을 갖다 댔다. 한참을 엄지손가락으로 이마를 문질렀고 알렉스는 애리의 행동을 피하지 않고 애리가 하는 것을 그대로 두고 본다. 애리는 한참 뒤 팔을 거두고 알렉스는 잠시 후 일어나 또 광주에 놀러 오라고 말했다. 알렉스와 헤어져 기차를 탄 애리가 서울에 도착했을 때 기차 창 너머 때늦은 눈이 흩날리고 있었다. 지하철을 타고 서울역에서 내린 애리는 천천히 눈을 따라 걸었다. 눈이 펑펑 내리다 어느새 서서히 멎어가는 때 땅은 젖어 있고 가벼운 바람이 불고 오늘은 그렇게 춥지 않네 생각하고 있을 때 애리의 눈앞으로 앵무새가 지나갔다. 뭔가 잘못 본 거라고 생각했는데 멀어지는 뒷모습을 한참 봐도 남자의 어깨 위에 있는 것은 하늘색 앵무새였다. 앵무새다 앵무새 생각하며 애리는 천천히 그 뒤를 따라 걸었다. 서울역에서 출발하는 기차가 이 근방을 지나가고 밤이 아니었다면 애리는 가만히 서서 기차가 지나는 것을 구경했을 것이다. 기차가 한 번 지나가고 잠시 뒤 기차의 접근을 알리는 댕댕 소리가 나고 다시 기차가 지나가고 그렇게 열 번쯤 기차가 지나는 것을 구경했을 것이다. 있잖아 나 앵무새를 봤어 이렇게 말하면 어떨까. 2월의 밤 눈은 가루처럼 흩날리고 칼라에 털이 달린 블루종을 입은 남자가 어깨에 하늘색 앵무새를 올린 채로 혹은 남자의 어깨에 앵무새가 올라간 채로 둘은 기찻길을 따라 사라져가는데 이런 이야기를 숨기지 않고 하고 싶은 대로 솔직하게 이야기해보면 어떨까.

나 앵무새를 봤어.
어디서?
기찻길 근처에서.

아무 일도 일어나지 않을 것이다. 아무 일도 일어나지 않는다는 것을 애리도 이제 잘 알고 있다. 하지만 누군가에게 눈을 맞으며 눈에 젖은 채로 알렉스에게 승희에게 나 앵무새를 봤어 말하면 어떨까. 왜인지 이제 그 집의 어떤 아이들도 애리를 크게 걱정하지 않을 것 같다. 애리도 불안해하지 않고 큰 문제 없이 하루

하루를 잘 살아가고 있다고 할 수 있었는데. 그러므로 있잖아 나 앵무새를 봤어. 하늘색 앵무새가 눈을 맞으며 이렇게 지나갔는데 너무나 추웠을 거야. 그 이야기를 하면 아마도 알렉스는 그것을 침착하게 듣게 될 것이고 애리와 애리가 말하는 앵무새에 연루되어 앵무새가 지나가는 눈 오는 길에 눈이 그치고 다음 날이 되고 봄이 되고 여름이 되어 장마가 올 때까지 이곳에 서서 앵무새를 이해하게 될 것이다. 그것이 알렉스가 보여준 듣기였다는 것을 애리는 이제야 설명할 수 있었고 애리는 이제 이곳에 서서 눈이 멎을 때까지 자신이 본 앵무새를 스스로에게 이해시키기 위해 자기 자신에게 연습하듯 말을 하기 시작했다.

성혜령

2021년 단편소설 「윤 소 정」으로 창비신인소설상을 수상하며 작품 활동을 시작했다. 제14회 젊은작가상을 수상했다. 소설집 『버섯 농장』이 있다.

간병인

일요일 아침, 나진의 아버지는 여느 때처럼 새벽 다섯 시 반에 일어나 골프 채널을 틀어두고 라면을 끓여 소주와 먹은 뒤, 화분을 버리기 시작했다. 공장에서 가져온 비료 포대에 작은 화분부터 통째로 쏟아버리고 큰 화분은 가지나 줄기를 뚝뚝 꺾어 던져 넣었다. 나진의 집에는 시선이 닿는 곳마다 화분이 있었다. 빈 벽은 넝쿨이 뒤덮었고, 장식장이나 테이블 위에는 다육 식물들부터 제라늄이나 호접란 같은 화초까지 두서없이 올라가 있었다. 발코니는 창 쪽으로 악착같이 가지를 뻗은 나무 화분들로 발 디딜 곳 없었다. 모두 나진의 어머니가 돌보던 것들이었다.

작년 겨울, 어머니가 5년간 세 번 재발한 유방암으로 죽고 난 뒤에는 모두 나진이 맡았다. 나진은 화분마다 물 주는 주기를 외우고 있었고 분갈이가 필요한 시기도 알았지만 몇 개월 만에 대부분의 꽃들은 봉오리째 떨어져 내렸고 나뭇잎은 가장자리부터 노랗게 말라갔다. 어떤 화분에서는 비린내가 났다. 어떤 화분에선 벌레가 알을 낳았다. 그래도 나진은 물 주기를 멈추지 않았다.

"집이 다 훤해졌겠네."

나진의 아버지는 현관에 있던 장보기용 카트에 포대를 싣고 공원으로 가 흙과 식물의 잔해를 쏟아버렸다. 그리고 잠시 허리를 두드리며 앓는 소리를 내고는 평소보다 늦은 아침 운동을 하러 아파트단지 내 커뮤니티센터로 향했다.

나진이 방에서 나왔을 때 거실 바닥에는 흙이 흩뿌려져 있었고, 빈 화분들이 곳곳에 늘어서 있었다. 순간 식물들이 화분을 박차고 나와 쿵쿵대며 거실을 가로질러 발코니 너머로 뛰어내리는 장면이 떠올랐다. 이런 끔찍한 집에서 더는 못 살겠다, 화를 내며 창밖으로 몸을 던지는 식물들. 텔레비전에서 탁, 하고 공을 치는 소리가 들리고 박수 소리가 터져 나왔다. 아침 운동을 마치고 소파에 앉아 있어야 할 아버지가 보이지 않았다. 그제야 나진은 아버지구나, 생각했다. 언젠가 정리해야 하긴 했다. 화분이 너무 많기는 했다. 항상 그랬듯이 아버지는 혼자 결정하고 혼자 처리했다. 그 뒷정리는 원래 어머니의 몫이었는데 이제 자연스럽게 나진의 일이 되었다. 쪼그려 앉은 채 맨손으로 흙을 쓸어 담으면서 나진은 40년이 넘는 결혼 생활이 어머니에게 무슨 의미였을까 생각했다. 그리고 유방 절제술을 받기로 결정했다.

*

어머니의 사십구재를 치르고 온 다음 날 아침, 아버지는 나진에게 유전자 검사를 받아보라고 했다. 나진의 어머니 집안 여자들이 유방암으로 많이 죽었다는 게 이유였다. 우리 집안에는 그런 유전자 없다. 아버지는 말했다. 나진의 할아버지는 비료 공장을 운영했는데 팔순 잔치를 하던 날 아침에도 공장에 출근했다고 했다. 일흔을 넘긴 나진의 아버지도 매일 아침 같은 시간에 공장으로 출근하고 있었다. 나진은 아버지의 말에 대답하지 않았다. 항암 치료가 10차를 넘어가자 어머니의 식도는 헐기 시작했다. 어머니는 혀가 갈라지는 갈증에도 물 한 모금 넘기지 못했다. 목이 마르다고 다그쳐서 물을 주면 피 섞인 가래를 뱉으며 기침했다. 어머니의 핏줄은 자꾸 터졌고, 몸 곳곳이 푸르뎅뎅하게 부었다가 까맣게 말라갔다. 나진은 절인 푸성귀처럼 흐물흐물해져가는 어머니가 무서웠다. 두려움은 때로 어머니를 잃게 될지도 모른다는 슬픔보다 강렬했다.

나진이 고개만 주억거리고 검사를 받지 않자 아버지는 같이 밥을 먹을 때마다 유방암으로 죽은 어머니의 친척 이야기를 꺼냈다. 네 엄마의 이종사촌 하나는 처음에는 초기라고 해서 수술받고 괜찮아진 줄 알았더니 1년도 안 지나서 다른 쪽에 또 암이 생겼는데 그거는 손쓸 수 없을 정도로 나빠져서 고생하다 죽었다. 다른 사촌 하나는 공무원이라 매년 정기검진을 받았는데도, 암이 발견됐을 때 4기였다더라…….

"정말 유전자 때문이라고 생각하세요?"

텁텁한 된장찌개를 먹던 아침에 나진은 대꾸했다. 진단을 받았을 때 어머니는 이미 60대 중반이었고 직계가족 중에는 유방암 병력이 없었다. 그 나이에 생긴 암은 환경의 문제일 확률이 컸다. 그렇다면 아버지도 그 책임에서 자유로울 수는 없을 거라고 나진은 생각했다. 아버지가 특별히 나쁜 사람이어서는 아니었다. 아버지는 성실한 가장이었다. 친구도 좋아하지 않았고 술은 집에서만 마셨다. 취미는 골프뿐이었다. 나진과 어머니의 생일마다 꽃바구니를 보내고 호텔 베이커리에서 케이크를 사왔다. 다만 아버지는 어머니가 술을 마시는 것을 끔찍하게 싫어했다. 외할머니가 알코올중독으로 객사했다는 게 이유였다. 외할머니처럼 어머니도 술을 한번 마시기 시작하면 끝을 모른다고 했다. 어머니가 밖에서 술을 마시고 들어오면 바로 싸움이 벌어졌다. 아버지의 집요한 추궁을 피해 어머니는 나진의 방으로 왔다. 나진이 잠든 척 누워 있는 침대에 올라와 들큼한 숨을 내뿜으며 속삭이곤 했다.

"너네 아빠 정신병자야."

어머니와 자주 술을 마시던 친구가 조금씩 돈을 빌려가다 사라진 이후로 부모는 사이가 좋아진 것처럼 보였다. 어머니는 전처럼 친구들을 만나지 않았고 술도 끊었다. 대신 취미를 늘려갔다. 백화점 문화센터에 다니면서 동양화, 도예, 분재를 배웠다. 모두 다 돈이 드는 취미였다. 아버지는 가끔 카드 대금 청구서를 보고 잔소리를 하긴 했지만 화를 내지는 않았다. 화분을 모으는 취미는 분재를 배울 때 생긴 모양이었다. 아버지는 집에서 어머니가 깎아주는 과일에 위스키나 소주를 마셨고, 취기가 오를 때마다 술은 마셔서 좋을 게 하나도 없다고 말했다. 그리고 우리 가족은 안전하다고, 자기가 지켜주겠다고 큰소리쳤다. 혼자 술잔을 기울이던 아버지에게 어머니가 오랜만에 술을 따라주면서 유방암 진단을 알렸던 저녁 이후로, 나진은 생각하지 않을 수 없었다. 어머니가 아버지와 함께 술을 마실 수 있는 집이었다면 무언가 달라지지 않았을까.

아버지는 찌개를 한술 뜨고 버릇처럼 미간을 찌푸리면서 말했다.

"요새 기술이 얼마나 좋냐. 한 번에 백만 원이 넘는 신약 주사에, 표적 항암이며 방사선이며 할 수 있는 치료는 다 했는데도 네 엄마를 못 살렸으니 내 속에서 답답증이 생겨 그런다."

아버지가 어머니를 살리기 위해 노력했다는 것은 나진도 알고 있었다. 아버지는 매번 교수에게 특진을 신청해서 같은 말을 되풀이해 들었고, 할 수 있는 치료는 모두 시도했다. 어머니의 의사와는 관계없이. 재발 이후 항암 치료를 13차까지 마치고 6개월도 지나지 않아 겨드랑이에 또 멍울이 생겼을 때 어머니는 치료를 받지 않겠다고 했다. 아버지는 병원 복도에서 휠체어를 타고 있는 어머니 앞에 무릎을 꿇고 앉아 어린애처럼 울며 말했다. 조금의 가능성이라도 있으면 해보자고, 안 그러면 자기가 앞으로 못 살 것 같다고. 어머니는 혈관이 다 터진 손으로 아버지가 울음을 그칠 때까지 머리를 쓰다듬었다. 그때 나진은 처음으로 생각했다. 그래도 오랜 결혼 생활이 관성만으로 지속된 것은 아닌 모양이라고. 보이지 않는 힘이, 중력이, 혹은 흔히 사랑이라고 부르는 무언가가 그들을 묶어두고 있었다고.

나진은 결국 유전자 검사를 받았다. 의사는 친절하게 DNA 구조까지 보여주며 나진이 BRCA-2형 돌연변이 유전자를 가지고 있다고 했다. 이 유전자가 '걸리면' 난소암과 유방암 확률이 각각 20, 40퍼센트씩 올라간다고, 의사는 확률 게임의 규칙을 설명하듯 말했다. 2형이 1형보다 예후가 안 좋다는 연구가 있다는 설명도 덧붙였다. 하지만 현재로서는 다른 이상은 없으니 난소와 유방 초음파검사를 6개월마다 받으라는 권고로 의사는 할 말을 마친 듯했다. 아버지는 질문이 있는 학생처럼 손을 들고는 어머니 친척들 이야기를 또 꺼냈다. 정기검진을 받아도 발견했더니 이미 말기인 그런 경우도 있는 거 아닙니까, 선생님? 의사는 정 불안하다면, 예방적 절제술이란 방법도 있다고 말했다. 암이 생길 수 있는 유선과 주변 조직을 미리 제거해주는 거라고 설명하면서 이 방법도 발병을 백 퍼센트 막아주진 못한다고 강조했다. 세상에 백 퍼센트는 없죠. 아버지가 말했다.

그날 병원 지하 식당에서 곰탕을 먹으며 아버지는 앞으로 건강을 잘 챙겨야 한다고 엄숙한 목소리로 당부했다. 세상에 건강보다 중요한 건 없다. 네 몸은 네가 잘 돌봐야 한다. 논문 못 써도 된다. 교수 못 돼도 좋다. 너를 평생 먹여 살릴 돈은 있다. 그런 사소한 일에 스트레스 받지 말아라. 그런 말을 하며 아버지는 소금을 크게 떠넣었다. 자기가 생각했던 대로 나쁜 유전자라는 게 있다는 것을 확인받아 의기양양해 보였다. 나진은 마지막으로 치료를 더 받아보자고 떼쓰듯 울던 아버지에게 어머니가 했던 말이 떠올랐다. 할아버지를 닮아 머리가 새까만 아버지의 뒤통수를 쓰다듬어주고 난 뒤, 힘 빠진 팔을 던지듯 자기 무릎에 내려놓고 어머니는 그렇게 해,라고 말했다. 하자,가 아니라 해,라고. 어머니에게는 처음부터 결정권이 없었다. 아버지는 생존에 관해서라면 무자비했다.

*

화분이 있던 자리에는 아무리 닦아도 지워지지 않는 자국이 남았다. 물때 같기도 하고 눌린 자국 같기도 했다. 부쩍 사나워진 초봄의 볕이 깊숙이 들어왔다 아무것도 건드리지 못하고 물러났다. 빛이 움켜쥘 잎사귀 하나 남아 있지 않았다. 흙을 대강 치우고 물걸레를 빨고 나온 나진은 잠시 거실 한구석에 서 있었다. 잎이 자꾸 아래로 처지는 몬스테라가 있던 자리였다. 손에 든 걸레에서 물이 뚝뚝 떨어졌다. 집 안을 둘러보던 나진은 목이 늘어난 티셔츠 안으로 자신의 가슴을 내려다보았다. 걸레가 아니라 자신의 몸에서 물이 뚝뚝 떨어지고 있는 것 같았다.

다음 날, 나진은 병원에 전화를 걸었다. 진료를 예약하고 날짜에 맞춰 병원에 갔다. 검사를 하고 수술 날짜를 잡았다. 공장에서 돌아온 아버지와 싱겁게 끓인 두부찌개를 먹으면서 나진은 수술을 받기로 했다고 말했다. 병원에서 다 해주니 아버지가 할 일은 없다고 바로 덧붙였다.

어머니가 입원해 있던 때에도 아버지는 병원에 오래 있지 못했다. 매번 당연한 듯 나진이 병실을 지켰다. 아버지는 공장을 비울 수 없었다. 순 도둑놈들밖에 없어서 자기가 가지 않으면 일이 제대로 돌아가지 않는다고 했다. 아버지는 점심때 한 번, 퇴근하고 한 번 병원에 들렀다. 나진이 어머니의 식사를 챙기고 밖에서 점심이나 저녁을 먹는 동안 와 있다가 나진이 오면 돌아갔다. 그동안 어머니와 아버지가 무슨 이야기를 했을지, 하기나 했을지 나진은 알지 못했다. 나진이 병실로 돌아가면 어머니는 항상 텔레비전이나 창밖을 보고 있었고 아버지는 이어폰을 끼고 휴대폰으로 주식이나 골프 유튜브를 보고 있었다.

나진은 물론 자기가 어머니 옆에 있어야 한다고 생각했다. 아버지는 집에서 유일하게 돈을 버는 사람이었다. 나진은 대학원 국문과에서 인터넷방송 언어에 대한 음운론 분석으로 석사학위를 받은 뒤 박사과정을 밟고 있었다. 공공기관 산하 기계언어 연구소에서 말뭉치 분류 작업에도 참여하고 있었지만 최저 시급 정도를 받았다. 아버지는 술을 마실 때마다 어린 나진을 앞에 앉혀두고 자신이 스무 살 때부터 할아버지의 공장에서 일하느라 형들처럼 대학에 가지 못했지만 결국 할아버지가 공장을 물려준 사람은 자기라고, 진짜 중요한 것은 학교에서 배울 수 없는 법이라고 되풀이해 말했다. 그러면서도 나진이 좋은 학교에 가기를, 공부를 계속하기를 바랐다. 나진은 성실한 학생이었지만 30년이 넘도록 공장을 운영하며 학비를 대주는 아버지의 능력에 비하면 대단한 것도 아니었다. 그럼에도, 가끔 어머니가 잠든 밤이면 딱딱한 보조 침대에 누워서 자기가 여기에 있는 것은 아버지가 여기에 없기 때문이라는 생각을 하지 않을 수 없었다.

"결혼 생각은 없냐."

밥을 뜬 숟가락을 한참 물고만 있던 아버지가 물었다. 나진은 잠시 생각하는 척했다. 속으로 10초를 세고, 아마도요,라고 답했다. 아마도 앞으로 원하게 될 일이 없을 것 같다,라는 뜻이었지만 아버지에게는 아마도 못 하지 않을까요,라고 들리길 바라면서. 아버지는 이가 부딪치는 소리가 날 때까지 밥을 씹었다. 요즘 젊은 애들은 다 결혼을 안 한다고 난리라더니. 아버지가 밥을 삼키는 소리가 적나라하게 들렸다. 아버지는 빈 잔에 소주를 따르고 잠시 바라보고 있다가 잘 아는 간병인이 있다고 했다. 너도 내가 옆에 있으면 불편하지? 아버지가 물었다. 나진은 대답하지 않았다.

*

나진은 병동 끄트머리에 위치한 2인실을 배정받았다. 창가 자리였다. 옆 침대는 커튼이 사방으로 쳐져 있었다. 커튼 틈으로 링거 바늘이 꽂혀 있는 부은 발이 보였다. 아버지는 나진의 캐리어를 병실까지 옮겨준 뒤 간병인은 저녁쯤에 올 것이라고 말하고 돌아갔다. 어머니는 한 번도 간병인을 둔 적이 없었는데 아버지가 어떻게 아는 간병인이 있다는 것인지 궁금했지만 나진은 묻지 않았다.

해가 지기 전에 식대가 복도 앞에 도착했다. 나진은 금식을 해야 했다. 커튼 너머로 머리가 하얗게 센 남자가 나와서 식판을 받아 갔다. 남자가 나진 쪽을 슬쩍 곁눈질했다. 간호사가 들어와서 나진의 이름을 불렀다. 나진은 굵은 수술용 바늘을 손등에 꽂았다. 수액이 관을 타고 1초에 두 방울씩 흘렀다. 커튼 안에서 식기가 부딪는 소리 사이로 조용히 속닥이는 말소리가 들렸다. 웬 젊은 여자가 혼자 와 있어. 그런 이야기를 했을까. 아니 나진은 더는 젊다고 할 수도 없었다. 짧은 웃음소리도 새어 나왔다. 나진은 자신의 웃음소리가 흐느끼는 소리 같다고 말했던 전 애인이 떠올랐다. 왜 그렇게 힘들게 웃어? 남자는 물었었다. 그와는 1년쯤 만나다가 지금은 기억나지 않는 이유로 헤어졌다. 그는 알고 있었던 게 분명했다. 나진이 처음부터 잘못되어 있었다는 것을.

창밖으로 보이는 낮은 산에 체육공원이 있었다. 사람들이 운동기구에서 몸을 움직이는 모습이 보였다. 창이 더러운 것인지 미세먼지가 심한 것인지 공기에 얇은 막이 덧씌워진 것 같았다. 빛이 미지근하게 밝았다가 사그라들기 시작했다. 나진이 창밖을 보다 잠깐 잠이 든 사이에 간병인이 병실로 들어왔다. 간병인은 나진이 가져온 것보다 큰 캐리어를 끌고 왔다. 바퀴가 헐거운지 덜컹거리는 소리가 났다. 그 소리에 잠에서 깬 나진과 간병인의 눈이 마주쳤다. 간병인은 작은 체격이었고 뿌리까지 꼼꼼히 암갈색으로 염색한 머리를 집게핀으로 깔끔하게 고정하고 있었다. 막연히 아버지 또래일 것이라고 짐작하고 있었는데 아버지보다 훨씬 젊어 보였다. 얼굴이 넓고 이목구비도 컸다. 똑바로 내리쬐는 조명 아래 고르게 화장한 피부가 드러났다. 간병인은 보조 침대에 짐을 내려놓고 입꼬리를 올리면서 나진에게 손을 내밀었다.

"나진 씨 맞죠? 얘기 많이 들었어요."

나진은 간병인의 얼굴을 자세히 봤다. 저 아세요? 나진이 말했다. 아버지가 얘기 안 했나? 나 아버지랑 오랜 친군데. 여자의 말끝이 점점 짧아졌다. 내 이름은 김미형이에요. 반가워요. 미형은 그렇게 말하며 나진의 헐렁한 환자복 상의 속을 힐끔 들여다봤다.

"유방 절제 환자는 처음이지만, 유방암 환자는 여러 번 맡았었어. 나 나름 전문가니까 걱정 말아요."

미형이 말했고 나진은 뭐라고 대답해야 할지 몰라 입을 닫고 있었다.

미형은 캐리어를 열어 짐 정리를 시작했다. 둘둘 말린 담요 사이에 커피 체인점 로고가 크게 박힌 머그컵, 수저, 그리고 성경책이 들어 있었다. 미형은 수건과 파우치, 품이 넉넉한 티와 바지까지 꺼내고 캐리어를 닫았다. 완전히 닫히기 전에 캐리어에서 꺼내지 않은 옷가지가 눈에 띄었다. 진한 청록색 니트 카디건이었다. 어머니가 즐겨 입던 청록색 니트 카디건 같은. 장례식을 마친 후 아버지가 제일 먼저 정리한 것은 어머니의 옷이었다. 순간 나진은 미형의 얼굴을 다시 쳐다보았다. 미형은 사랑이라는 단어가 너무 많이 나오는 트로트를 흥얼거리며 화장실로 갔다.

나진은 미형이 화장실에 간 사이 미형이 침대 밑에 넣어둔 캐리어를 꺼내서 다시 확인해볼까 망설였다. 분명 선명한 청록색이었다. 그렇게 진한 청록색 카디건이 흔하지는 않을 텐데. 어머니는 붉은색 계열을 좋아하지 않았다. 어머니에게 분홍과 빨강, 자주색은 촌스러운 색이었다. 아버지는 해외로 출장을 가거나 골프를 치러 갈 때마다 어머니에게 분홍색의 꽃무늬 스카프나 붉은색 립스틱 따위를 사다 주었고 어머니는 한 번도 그것들을 몸에 대지 않았다.

나진이 침대 밑을 골똘히 보고 있을 때 미형이 손에서 물을 털며 나왔다. 어머, 핸드크림을 안 가지고 왔어. 미형이 말했다. 손이 금세 건조해지는데 혹시 있어요? 미형이 물었고 나진은 없다고 답했다. 병실에 살림을 차리는 것도 아니고, 나진은 생각했다.

미형은 부산스럽게 움직였다. 간호사실에서 가습기를 받아와 씻어 말려놓고 소독용 티슈를 꺼내 창틀과 보조 침대를 닦았다. 알코올 냄새가 매캐하게 떠돌았다. 나진은 집에서 가져온 추리소설을 꺼내 읽어보려 했지만 계속 미형에게 시선이 갔다. 밖이 완전히 어두워지자 미형은 씻어야겠네,라고 말하며 화장실에 갔다. 양치와 세수를 요란하게 하고 나와서 창틀에 꽤 큰 거울을 세워두고 기초화장품을 발랐다. 미형의 맨얼굴은 지나칠 정도로 윤기가 돌았다. 미형이 거울 너머로 나진을 봤다. 눈이 마주쳤다.

"어머, 박사답다. 무슨 책 봐요?"

미형이 물었다. 두꺼운 음성학 개론서를 가져와서 박사답게 읽고 있었으면 어땠을까 생각하니 우스웠다. 나진이 추리소설이라고 대답했다. 재밌어요? 미형이 물었다. 나진은 그냥 범인이 알고 싶어서 읽는다고 말했다.

"나도 한때는 소설 참 좋아했는데. 언제부턴가 안 읽히더라고. 눈도 침침하고, 나랑 환자들 인생이 참 소설보다 더할 때도 많고."

나진은 이번에도 대답할 말이 떠오르지 않아 다시 책으로 시선을 돌렸다.

의사가 왔다. 나진의 수술을 집도할 교수는 아니었고 병동에 숙직하고 있는 레지던트였다. 젊은 남자 의사는 피곤한 얼굴로 수술은 림프까지 제거하는 완전 제거이며 부작용이 있을 수 있다고 말했다. 과다 출혈이 가장 위험하고 림프절과 주변 조직이 완전히 제거되지 않을 가능성이 있으며 그럴 경우 추가적인 수술이 필요할 수도 있다고, 나진이 상담 때 교수에게서 들었던 말을 반복했다. 미형은 자기가 보호자인 양 나진의 옆에 서서 고개를 끄덕이며 의사의 말을 주의 깊게 들었다. 그때 미형의 휴대전화가 울렸고, 미형은 네 오빠,라고 전화를 받으며 복도로 나갔다. 아니, 괜찮아요…… 오빠, 왜 그런 말을 해요. 그게 다 맘이 약해져서 그렇지. 그다음부터는 미형의 말소리가 점점 멀어졌다. 오빠라고? 의사가 나가자마자 나진은 휴대폰으로 아버지에게 전화를 해봤다. 통화 중이었다.

나진은 침대 밑에서 미형의 캐리어를 꺼냈다. 잠금장치에 비밀번호가 설정되어 있었다. 0000과 1111, 1234를 시도해봤지만 열리지 않았다. 아버지가 준 미형의 휴대폰 번호 뒷자리로 도 해봤다. 열리지 않았다. 발소리를 못 들었는데 병실 문이 열리는 소리가 났다. 서둘러 캐리어를 침대 밑으로 넣다 손가락을 침대 레일에 찧었다. 나진은 벌겋게 부은 손가락을 이불 밑으로 감추고 주삿바늘이 꽂혀 있는 손으로 책을 짚었다. 바늘 주위가 욱신거렸다. 미형은 나진에게 뭐 필요한 게 있냐고 물으며 다가왔다. 나진은 고개를 저었다.

미형이 옆 침대에 텔레비전 좀 켤게요, 하고 말했다. 아무런 대답도 돌아오지 않았지만 미형은 리모컨을 눌렀다. 괜찮아, 괜찮아. 나진이 아무 말도 하지 않았는데 미형이 말했다. 미형이 드라마로 채널을 돌렸다. 아버지가 딸을 살리기 위해 과거와 현재를 넘나들며 모험을 벌이는 드라마였다.

"이렇게 똑똑하고 예쁜데 왜 애인이 없을까?"

보조 침대에 앉아서 목을 빼고 텔레비전을 보고 있던 미형이 나진을 돌아보며 갑자기 물었다. 공부하느라 많이 바빠서? 미형이 물었고 나진은 그런 건 아니라고 대답했다. 텔레비전에서 아버지 역의 남자 배우가 아주 예쁘게 생긴 여자아이의 사진을 보며 울고 있었다.

"난 두 번 결혼했고 지금은 혼자야. 두 번 다 남편들이 참 길게도 앓다 가서 내가 병 수발 했잖아. 암이랑 뇌졸중. 하나님의 뜻이었는지, 병원에서 살 운명이었나 봐."

미형이 말했다. 나진은 책을 내려놓았다.

"저희 아버지랑은 어떻게 알게 되셨어요?"

미형은 어렸을 때 아버지와 한동네에서 자랐다고 말했다. 작은 학교여서 동창 모임을 학년 구분 없이 한꺼번에 했는데 거기서 다시 만나게 되었다고. 미형은 나진의 아버지가 다정한 성격이어서 주변 사람을 잘 챙기고, 자기가 어려운 일을 겪을 때도 도와준 적이 있다면서 나진의 걱정도 많이 한다고 말했다. 다정하다고? 나진은 아버지가 성실하다는 생각은 했지만 다정한 사람이라는 생각은 한 번도 해본 적이 없었다.

"아버지가 많이 외로워하시니까 나진 씨가 수술 잘 이겨내고, 잘해드려요. 안 그래도 공장 파산하고, 아내도 잃었는데 딸까지 입원해 있으니 얼마나 힘들겠어."

미형이 말했다. 파산? 나진은 공장에 문제가 있다는 얘기를 들어본 적이 없었다. 아버지는 매일 출근하고 있었고 며칠 전에도 오래된 배합기를 새것으로 교체했다고 자랑스레 말했었다. 미형이 계속 이야기했다. 아버지가 힘드셔서 내가 다른 간병인들보다 좀 적게 받고 나진 씨 맡겠다고 한 거야. 난 이 생활 오래 했으니까 마음 푹 놓고 수술 잘 받아요. 나진은 아버지가 충분히 간병비를 낼 수 있다는 것을 알았지만 아무 말도 할 수 없었다.

나진은 침대를 평평하게 하고 누웠다. 드라마 속 아버지가 골목에서 누군가를 쫓느라 열심히 달리고 있었다. 나진은 아버지에 대해 약간의 부끄러움을 느꼈다. 그런 거짓말은 왜 했지? 간병비가 그렇게 아까웠을까? 아버지는 돈에 인색한 편이 아니었다. 어머니에게는 종종 잔소리를 했지만 나진의 교육비에는 언제나 관대했다. 의문은 곧 미형에 대한 적의로 변했다. 미형이 돈 때문에 아버지와 가까이 지내는 게 아니라면 정말로 아버지가 좋은 사람이라고 믿거나 어쩌면 아버지를 사랑하고 있는 것인지도 몰랐다. 어느 쪽이든 이상했다. 드라마 속 아버지가 과거로 돌아가서도 딸을 살리는 데 실패하고 울부짖었다. 왜 저를 이런 시험에 들게 하시냐고.

시험이구나.

나진은 직감적으로 알았다. 아버지가 미형을 시험해보려는 것이구나. 이 사람이 자신을 위해서 어느 정도까지 해줄 수 있는지. 어머니와 달리 자신을 끝까지 돌볼 수 있는 사람인지 아버지는 궁금하겠지. 미형은 한눈에도 나진의 어머니와 전혀 다른 사람처럼 보였다. 어머니는 한 번도 직업을 가진 적이 없었다. 아버지의 말에 따르면 땅부잣집 막내딸이라 세상 물정을 몰랐다. 어머니는 화분을 사들이기 시작하면서 점차 집 밖으로 나가지 않았다. 아주 온실 속의 화초구만. 백화점에서 산 고급 실내복을 입고 정성껏 난의 잎사귀를 닦고 화분을 돌보는 어머니를 보면서 아버지는 말하곤 했다. 어머니는 들은 척도 하지 않았다. 병실에 입원해 있는 동안 어머니는 몸도 많이 약해졌지만 마음을 완전히 닫아버렸다. 나진이 퇴원하면 뭘 하고 싶냐고 물어보면 집에 가잖아,라고 말했다. 집에 가는 건 당연한데, 뭐 하고 싶냐고, 뭐 먹고 싶은 거 없냐고 물어보면 고개를 저었다. 나는 그놈의 집에서 한 발짝도 못 벗어나고 죽을 거다. 어머니는 말하곤 했다.

미형은, 그럴 사람 같아 보이지 않았다. 어머니처럼 아버지의 밥을 차리면서 시간을 보내고 비싼 옷과 비싼 취미를 누릴 사람 같지 않았다. 아버지에게는 남은 삶을 함께할 사람이 필요하겠지. 아버지는 정말 건강한 편이니까. 나진은 아버지에게 무엇이 필요한지 알 것 같았다. 미형은 아주 적절한 선택 같기도 했다. 하지만, 그래도, 겨우 1년인데. 나진은 이불을 턱 끝까지 끌어당기고 이불 속에서 자기 가슴을 만지다가 잠들었다. 항상 가슴이 조금만 더 컸으면 좋겠다고 생각했었는데, 우습게도 여전히 그랬다.

새벽에 나진은 잠에서 깼다. 미형이 코 고는 소리가 들려왔고 가까이서 무언가 둔탁하게 부딪치는 소리가 났다. 처음에 나진은 누가 벽에 머리를 박는 소리라고 생각했다. 나진은 무심코 팔을 뻗어 커튼을 젖혔다. 옆자리의 남자 보호자가 손을 모아서 두피가 훤히 드러난 중년 여자의 등을 일정한 리듬에 따라서 쳐주고 있었다. 퍽, 퍽퍽 퍽 퍽. 몸이 텅 빈 고목처럼 느껴지는 소리였다. 아주 오랫동안 그 소리가 반복된 후에야 여자가 겨우 가래를 뱉었다. 나진은 다시 커튼을 치고 눈을 감았다.

*

다음 날 늦은 오전에 나진은 수술실로 들어갔다. 나진이 아침 일찍 눈을 떴을 때 미형은 옷을 갈아입고 화장한 얼굴로 나진의 손을 잡고 기도를 해주겠다고 했다. 나진은 거절하지 못했고, 미형은 나진이 놀랄 정도로 큰 소리로 기도를 했다. 얼마 안 돼 아버지가 왔다. 아버지와 미형은 나진의 침대를 따라 수술실 앞 복도까지 왔다. 나진은 간호사의 안내대로 마취 가스를 마신 뒤 눈을 감고 셋을 셌다. 그리고 눈을 떴다. 그사이에 수술이 끝나 있었다. 나진은 눈을 다시 감았다. 간호사가 나진에게 이름과 나이를 물었다. 나진은 자기 나이를 스물아홉이라고 잘못 대답했다. 서른, 서른아홉이요. 나진이 다시 말하자 간호사가 괜찮다고, 수술 잘 끝났다고 말했다. 간호사는 무통 주사 사용법을 알려주고 보호자를 불렀다.

아버지와 미형이 들어왔다. 나진은 눈을 계속 감고 있었다. 목이 마르고 입 안에 거즈가 박혀 있는 것처럼 답답했다. 가슴에 붕대가 감겨 있어서 숨 쉬기도 불편했다. 수술 부위의 통증은 가장 나중에 찾아왔다. 압박붕대 사이로 눌려 있던 살들의 감각이 조금씩 회복되면서 생리 전에 가끔 느꼈던 유방통과 비슷한 통증이 시작되었다. 그때는 가슴이 오그라드는 듯한 느낌이 지속되다가 유두가 어딘가에 스치기만 해도 통증이 부비트랩처럼 가슴 곳곳에서 터지곤 했었다. 이제 유방 조직이 사라졌다는 것을 알면서도 자꾸만 붕대 위로 손이 올라갔다. 미형이 나진의 손을 잡아 끌어내리고 거즈에 물을 축여 나진의 입술에 대주는 동안 아버지는 미형의 곁에 서서 발끝을 내려다보고 있었다.

"부모 잘못 만나서 네가 고생이구나."

아버지가 눈가를 비비며 중얼거렸다. 부모가 아니라 어머니를 잘못 만나서 고생한다고 말하고 싶은 거겠지.

"미형아, 나진이 잘 좀 봐줘. 이게 무슨 생고생이냐. 멀쩡한 가슴을 떼어내고."

아버지가 미형의 손을 잡았다. 미형이 손을 빼지 않고 고개를 끄덕였다. 나진은 간호사가 쥐여줬던 무통 주사의 조작 버튼을 여러 번 눌렀고 곧 잠들었다.

다시 눈을 떴을 때 나진은 회복실에서 병실로 옮겨져 있었고, 유리창 바로 너머에 해가 있는 듯 빛이 무겁게 쏟아져 내렸다. 눈이 빛에 익고 나서 보니 해는 아주 멀리서 지고 있었다. 텔레비전이 켜져 있었고 미형이 등을 보인 채 보조 침대에 앉아서 바스락거리는 소리를 내고 있었다. 캔을 따는 소리와 기포가 빠지는 소리가 연달아 들렸다. 나진은 어지러움을 느끼며 고개를 약간 틀었다. 미형은 텔레비전을 보며 과자를 집어서 치즈 소스에 찍어 먹고 단숨에 맥주 한 캔을 비웠다. 맥주가 목으로 넘어가는 소리가 들렸다. 나진은 입술이 완전히 말라 있었고 마취하는 동안 호스를 넣어놨던 목에서 가래가 끓었다. 물이 마시고 싶었다. 나진은 물을 달라고 말을 하려 했지만 목소리가 잘 나오지 않았다. 대신 잔기침이 쏟아져 나왔다. 수술한 부위에 싸한 통증이 퍼졌다. 미형이 나진을 돌아봤다. 빛을 받은 미형의 얼굴이 처음으로 아름다워 보였다. 미형이 천천히 다가와 젖은 거즈로 나진의 입술을 닦아주었다. 미형에게서 달큼한 숨 냄새가, 아니 술 냄새가 났다. 나진은 다시 잠이 들었다.

나진이 눈을 뜨자 미형이 바로 알아차리고 다가왔다. 밤이었고 이번에는 술 냄새 대신 지독한 입 냄새가 났다.

"가래 좀 뱉을까?"

미형은 냉장고 위에 있는 비닐봉지 팩에서 봉지 한 장을 뽑아와 나진의 얼굴 아래 받쳐주었다. 나진은 가래를 뱉으려고 숨을 모았지만 잘 되지 않았다. 미형이 등을 살짝 두드렸다. 나진은 미형의 손을 쳐냈다. 아파도 뱉어내야 돼, 미형이 엄한 선생님처럼 말했다. 나진은 거품이 끓는 가래를 겨우 한 번 뱉어내고 다시 누웠다.

나진은 진통제에 취해서 이틀을 보냈다. 셋째 날에 수술을 집도했던 담당 교수가 병실로 찾아왔다. 교수는 떼어낸 조직을 검사실로 보내서 암세포가 자라고 있었는지 살펴봤는데 다행히 그렇지는 않았다고 말했다. 나진은 다행이란 말을 이럴 때 쓰면 안 된다고 생각했고, 미형은 정말 다행이네요,라고 말했다. 교수가 수술 부위를 보자고 했다. 교수를 따라온 인턴과 간호사가 커튼을 치고 나진의 환자복을 벗겼다. 나진은 팔을 들기만 해도 느껴지는 통증 때문에 허리를 펴기조차 어려웠다. 미형이 침대를 세우고 나진을 조금씩 움직여서 침대에 걸터앉혔다. 나진은 미형이 커튼 밖으로 나가주었으면 했다. 미형은 보호자도 아니었고 보호자라고 해도 나진의 수술 부위를 볼 필요는 없었다. 하지만 아무도 미형이 커튼 안에서 자리를 차지하고 있는 것에 대해 신경 쓰지 않는 것 같았다.

간호사는 붕대를 풀고 인턴이 소독하기 편하도록 나진의 팔을 양쪽에서 잡았다. 나진은 마리오네트처럼 우스운 자세로 양팔을 붙잡힌 채 창밖을 봤다. 체육공원에서 좌우로 허리를 돌리거나 상하로 몸을 들었다 내리는 사람들이 보였다. 공기가 맑아 보였다. 순간 유리창에 얼굴이 비쳤다. 나진은 얼른 시선을 내렸다. 유두를 가운데 두고 위아래로 한 뼘 정도 되는 절개선이 실로 봉합되어 있었고 조금씩 흘러나온 피가 굳어서 엉겨 있었다. 살이 다 아물지 않아서 봉합실 사이로 갈라진 틈이 보였다. 영영 닫히지 않을 것 같아 보였다. 교수가 지켜보는 동안 인턴이 식염수가 묻은 솜으로 피를 닦아내고 알코올솜을 집게로 집어 봉합 부위를 툭툭 문지르듯 닦아냈다. 인턴의 손은 조금 떨렸고 가끔은 너무 세게 눌러 닦았다. 나진은 온 힘을 다해서 비명을 참았다.

문득 나진은 침대 끝 쪽에 멀찍이 서 있던 미형이 점점 가까이 다가오는 것을 알아차렸다. 미형의 그림자가 서서히 나진의 몸 쪽으로 길어졌다. 미형은 미간을 약간 찡그린 채 더러운 것에 매혹당하는 사람처럼 나진의 수술 부위를 집요하게 들여다보았다. 소독이 끝나자 간호사가 나진을 안다시피 하며 붕대를 감아줬다. 간호사의 목덜미에서 진한 머스크 향이 났다. 나진은 이유를 알 수 없는 수치심을 느꼈다. 교수는 수술 부위가 잘 아물고 있으며 염증 수치는 정상보다 약간 높지만 문제 될 수준은 아니라고 말했다. 그리고 간호사에게 무언가 빠르게 지시한 뒤 병실을 나갔다.

간호사는 남아서 무통 주사를 떼어내고, 소변 줄도 뺀 다음 이제 화장실을 가도 된다고 말했다. 환자분 하루에 한 번씩 복도 돌면서 운동시켜주세요, 간호사가 미형에게 말했다. 나진은 지금 이렇게 아픈데 어떻게 운동을 하냐고 물었다. 간호사는 통증이 그렇게 심하지는 않을걸요?라고 되받았다. 나진은 여전히 수술 부위가 무언가에 스치기만 해도 통증에 시달렸다. 통증은 더 나빠지지도 좋아지지도 않은 채 비주기적으로 반복되었다.

소변 줄을 뺐지만 나진은 침대 밖으로 몸을 움직일 수 없었다. 결국 침대에 누운 채 허리만 들어서 소변 통에 오줌을 싸야 했다. 나진이 혼자 하겠다고 했지만 미형은 커튼을 치고는 나진의 환자복 하의와 팬티를 벗겨서 자기가 한번 빨아주겠다며 창가에 던져놓았다. 나진은 커튼이 쳐진 침대에서 소변을 봤다. 소변이 플라스틱 통에 튀는 소리가 적나라하게 들렸다. 텔레비전이라도 켜둘걸. 나진은 뒤늦게 생각했다. 미형은 소변 통을 비우고 팬티를 빨아서 창틀에 널어둔 뒤 침대 밑에서 나진의 캐리어를 꺼냈다. 비밀번호가 뭐예요? 미형이 물었고 나진은 네 자리의 번호를 말해주었다. 그거 맞아요? 안 열리는데. 나진은 맞다고 말했다. 생일로 비밀번호를 설정했기 때문에 헷갈릴 리가 없었다. 미형은 계속 번호판을 돌려보더니, 캐리어를 도로 집어넣고 자기 캐리어를 꺼냈다. 내 거라도 우선 입고 있어요. 미형이 레이스가 달린 흰 실크 팬티를 꺼냈다. 나진은 늘 면 팬티만 입었다. 다리를 들어보라는 미형의 말에 나진은 순순히 다리를 들었다. 아직 아기 같네. 미형이 말했다. 팬티의 매끈한 촉감이 생각보다 나쁘지 않았다.

그날 밤 나진은 통증 때문에 잠에서 깼다. 자기도 모르게 손으로 가슴 주위를 더듬고 있었다. 수술 부위의 통증보다 거즈가 축축이 젖은 느낌이 더 신경 쓰였다. 나진은 미형을 불렀다. 미형은 성경책을 베고 담요를 몸에 둘둘 만 채 약하게 코를 골며 잠들어 있었다. 나진은 통증을 참아가며 팔을 뻗어 미형의 어깨를 건드렸다. 미형은 파리를 쫓아내듯 나진의 손을 쳐냈다. 저기요, 저기요…… 천천히 잠에서 깬 미형이 얼굴을 찌푸리며 자리에서 일어났다. 왜 그래? 미형이 물었고 나진은 간호사를 불러야 할 것 같다고, 피가 새는 것 같다고 말했다. 그러자 미형이 불을 켜고 나진의 환자복 단추를 풀었다. 그리고 헐렁하게 감은 붕대를 아래로 내려서 거즈를 확인했다. 아니야, 피 없어. 미형은 나진의 가슴을 한참 더 들여다보고, 손으로 거즈를 살짝 만져보았다. 안 젖었어. 나진도 자신의 가슴을 내려다보았다.

"끔찍하죠."

나진이 말했다.

"난 더한 것도 많이 봤어."

미형이 말했다.

"나 처음 일 시작했을 땐 호스피스 병동에만 불려 갔어. 일 시작하면 왠지 꼭 그렇게 어려운 환자들한테만 불려 가게 된다? 처음 본 환자가 할머니였는데 설암이었거든. 입을 못 다물 정도로 암이 커졌는데 목에 호스로 유동식 넣어주니까 쉽게 못 돌아가시더라고. 그 할머니 정신력은 좋아서 맨날 나를 이렇게 툭툭 건드려. 그리고 손으로 내 등이나 손에 뭔가 쓰는 거야. 처음엔 잘 못 알아들었는데, 나중에는 다 알아들었지. 맨날 하는 얘기가 나보고 브라자 좀 입으라는 거, 그리고 자기 아들이 사기꾼이라는 거였어. 그 아들 꽤 유명한 감자탕 체인점 사장이었는데, 나 그 이후로 그 집은 안 가잖아."

"저희 아빠 돈 많아요."

나진이 말했다.

미형이 나진의 손을 잡고 글씨를 쓰기 시작했다.

"이건 내 비밀이야."

다 쓰고 나서 미형이 말했다. 나진은 글자들이 어디서 끊기고 어디서 시작되는지 전부 알 수 있었다. 내가 만난 남자는 다 죽었어. 나진은 미형이 그렇게 적었다고 생각했다.

냉장고 위에 쌓여 있던 과자가 한두 개씩 줄어들고 있었고 미형이 그 과자를 먹을 때마다 맥주를 마셨다는 것을 나진은 알았다. 미형은 매일 성경책을 베고 잤고, 정성 들여 화장을 했다. 거울을 보고 있는 시간이 많았고, 거울 너머로 나진과 눈을 마주치기도 했다. 나진은 바로 눈을 돌렸지만 미형은 나진을 보며 웃었다. 병원에 입원해 있는 동안 나진의 피부는 얇아지고 건조해졌다. 미형은 수건에 물을 적셔 나진의 얼굴을 닦아줬고, 밤마다 드라마를 보면서 스트레칭을 했다. 미형의 몸은 유연했다. 아버지는 해가 질 때쯤 와서 어두워지기 전에 미형과 함께 저녁을 사 먹고 집으로 돌아갔다. 미형은 병원 밖으로 나갈 때는 따로 챙겨 온 한 벌의 외출복으로 갈아입었다. 청록색 니트 카디건이었다. 엄마의 옷과 비슷한 것 같기도, 전혀 다른 것 같기도 했다. 나진은 아버지가 미형과 함께 걸을 때 허리에 힘을 주고 있다는 것을 알 수 있었다. 미형은 저녁을 먹고 온 뒤 나진에게 매번 오늘은 날씨가 참 좋다고 말했다. 소독을 받을 때도 처음만큼 아프지 않았다. 나진은 통증에 대해서 몇 번 말했지만 교수는 시간이 지나면 차츰 괜찮아질 거라는 이야기만 반복했다.

퇴원 전날 밤, 나진은 통증이 영영 사라지지 않을 것이라는 것을 깨달았다. 그리고 어머니가 어떤 사람이었는지 전혀 몰랐으며 앞으로도 알 수 없으리라는 것도.

나진이 입원하기 전 어머니의 일주기가 되어 봉안당에 다녀오던 길에 아버지는 네 엄마는,이라고 시작하는 말을 늘어놓았다. 네 엄마는 진밥보다 꼬들밥을 좋아했는데. 다른 김치는 하나도 못 담그면서 나박김치만은 맛있게 했는데. 네 엄마가 너를 낳을 때 죽을 뻔했던 걸 알고 있냐. 네 엄마가 나한테 말 한마디 없이 쌍꺼풀 수술을 하고 온 날 기억하냐…… 그런 건 같이 사는 사람이면 알고 싶지 않아도 알 수밖에 없는 사실들이었다. 그 말들을 아무리 쌓아도 어머니가 정말 어떤 사람이었는지, 무엇을 좋아하고 무엇에 분노했으며 어떤 순간에 평온했고 또 어떤 순간에 불안했는지 전혀 알 수 없었다. 그런 말을 자랑스레 늘어놓는 아버지를 보면서 나진은 알고 싶지 않아도 알 수밖에 없었다. 아버지와 자신이 근본적으로 같은 사람이라는 것을. 자기 또한 단 한 번도 어머니가 어떤 사람인지 궁금해하지 않았다는 것을.

퇴원하고 집으로 가는 길에 아버지가 미형이 잘 보살펴주었냐고 물었다.

"좋은 분이에요."

나진이 말했다. 아버지는 흡족하다는 듯이 웃었다.

최미래

2019년『실천문학』을 통해 작품 활동을 시작했다. 소설집『녹색 갈증』『모양새』가 있다.

항아리를 머리에 쓴 여인

눈꺼풀 위로 햇살이 드리웠다. 나는 감은 눈 안에서 눈동자를 굴렸다. 요즘에는 낮이고 밤이고 쉽게 졸았다. 하지만 막상 작정하고 자려고 하면 깊은 수면에 들어가지도 꿈을 꾸지도 못했다. 얕고 미지근한 물에 몸을 반쯤 담그고 있는 것 같은 느낌으로, 아내가 잠 속으로 향하는 어딘가에 머물고 있구나. 완전히 잠에 빠져들기까지의 시간은 참 길고 아득해. 둘러볼 풍경도 없고. 하지만 지루하지는 않다. 가만히 기다리는 기분이야. 기다린다는 건 무언가 내 앞에 당도할 때까지 버티는 것. 무엇이든 어떤 일이든 시작할 수 있다는 기대와 믿음을 유지하는 것. 나는 나조차도 뭔지 모르는 무언가를 기다리고, 기다림이라는 걸 하고 있다는 데서 안도한다. 걱정을 내리누르는 적당한 어둠. 좋다. 영원히 헤매도 괜찮을 만큼. 그런 생각을 멈추지 못하면서 졸음 그 자체를 누렸다. 시간을 확인하니 알람이 울리기까지 20분이 남아 있었다. 나는 이불을 만지작거리며 오후 5시라는 시간에 대해 생각했다.

퇴근을 앞둔 직장인들에게는 그 어느 때보다 느리게 흐르는 시간. 은근슬쩍 가방을 챙기거나 퇴근 시간까지 업무를 끝내기 위해 바빠지기도 할 것이다. 몇 개월 전의 나였다면 하루의 두 번째 아침을 맞이한 사람처럼 뭐라도 하기 위해 조급해질 시간이었다. 아침부터 시작한 일을 마무리하고 또 다른 일을 해치우기 위해 간단히 끼니를 때우고 있었을지도. 하지만 이제 그런 건 아무래도 상관없었다. 이토록 아름답게 늘어지는 저녁 해를 그때는 누리지 못했고, 오후 5시는 이제 내게 서라를 데리러 가야 하는 시간일 뿐이었다.

이불을 침대에 잘 개어놓고 방과 거실을 오가면서 간단한 정리 정돈을 했다. 서라가 아침에 벗어놓은 잠옷은 세탁 바구니에, 머리띠나 인형 같은 건 작은방에 대충 집어넣었다. 방 두 개가 딸린 아담한 집이었다. 나는 언제나 이 정도 평수의 집에서 혼자 살기를 원했다. 오후에 느지막이 일어나 커피를 내리고 시간에 쫓기지 않는 일상. 어떻게 보면 반의반 정도는 이루어진 것 같지만, 어떻게 보면 희망 사항에서 더욱 멀어졌다고도 볼 수 있었다. 이 집은 거실, 침실 할 것 없이 아기 냄새가 진동했다. 아이가 있는 집 특유의 포근하고 찌뿌둥한 냄새는 이상한 자책감을 일으켰다. 나는 완전히 깨어나기 위해 슬슬 걸으며 차가운 보리차를 꺼내 마시고 머리를 묶었다. 머리카락을 하나로 모으는 동안 냉장고에 붙어 있는 사진 속 여자와 눈이 마주쳤다. 서라와 얼굴을 맞댄 이 여자는 아마 서라의 엄마일 것이다. 모녀는 선한 눈매와 작은 입술이 꼭 닮아 있었다. 내가 당신의 아이를 돌보고 있어요. 나는 당신 없는 이 집에서 돈을 개꿀로 벌고 있어요. 당신은 어디 있어요? 여자는 미소만 지어 보일 뿐 답이 없었다.

서라야. 안녕히 가세요, 소리 내어 말하면서 배꼽 인사 할까?

유치원 선생님은 서라를 가뿐하게 안아 버스에서 내려주었다. 서라는 두 손을 공손하게 배 위에 얹고 허리를 숙인 뒤 내 옆에 섰다.

이모님 보셨죠? 서라가 아직도 말을 잘 안 해요.

비밀을 공유하듯 소곤거리는 선생님의 표정이 사뭇 진지했다. 아무리 봐도 나보다 훨씬 어려 보이는 얼굴로 이모님, 하며 애쓰는 게 조금 웃겼다. 선생님은 원래 별말 없이 서라를 내려주고 돌아갔는데 몇 개월 넘도록 내가 서라를 픽업해 가자 보호자로 인식한 듯했다. 서라가 어떠한 물음에 대답하고 어떠한 물음에는 대답하지 않는지 유심히 관찰한 뒤 알려주었다. 아무런 말도 하지 않은 날에는 아동 발달 과정을 설명하며 평소보다 길게 떠들다가 기사님의 재촉에 겨우 말을 끊었다. 선생님과 달리 나는 서라의 침묵을 그다지 심각하게 여기지 않았다. 서라는 말이 적은 것이지 없는 건 아니었다. 원하는 걸 요구할 때는 정확하게 말했다. 배가 고프다거나, 특별히 보고 싶은 애니메이션이 있다거나. 또래에 비해 말이 너무 없긴 했지만. 내가 지금까지 봐온 6, 7세 아이들은 라디오처럼 떠들었다. 물어보지 않은 의견, 유치원에서 있었던 사소한 일화, 어제 있었던 일부터 재작년에 있었던 일, 벌레와 똥, 거울에 묻은 얼룩까지. 그에 비해 서라의 말에는 불필요한 부분이 없었다. 무엇이 필요하다는 등의 의사 전달로 이루어져 단순하고 깔끔했다. 상대하기 쉬운 어린이였고 모시기 좋은 고객이었다.

서라는 집에 들어오자마자 소파 위에 앉아 텔레비전을 켰다. 익숙하게 리모컨을 조절해 유튜브를 틀었다. 인기 초등학생 유튜버가 매운 볶음라면 먹기에 도전하고 있었다. 너도 저거 먹어보고 싶으면 말해. 만들어줄 수 있어. 서라는 솔깃했는지 나를 한 번 쳐다본 후 다시 텔레비전 쪽으로 고개를 돌렸다. 대답은 없었다. 이 집에서 일한 지 3개월이 다 되어가고 있었으나 서라의 반응은 우리가 처음 만난 날과 별다른 차이가 없었다. 처음에는 낯을 가린다고 생각했다. 안쓰러운 마음에 시키지도 않은 것들을 하며 서라의 관심을 끌었다. 7세용 퍼즐을 사오고 핫케이크를 만들었다. 유행한다는 아이돌 노래를 틀고 에어로빅도 했다. 팔다리를 어설프게 흔들면서 쉬우니 같이 추자고, 재밌어 죽겠다는 듯이 머리카락을 휘날리며 웃었지만 먹히지 않았다. 서라는 내가 춤추는 동안 같이 몸을 흔들지도 소파에 앉지도 않고 서 있었다. 생각해보면 뭘 같이 하자고 했을 때 싫다고 한 적은 없었다. 핫케이크를 그냥저냥 세 입 정도 먹고, 퍼즐을 하는 둥 마는 둥 몇 조각 맞추다가 그만두었을 뿐. 얘는 대체 무슨 생각을 하고 있을까. 걱정이 안 되는 건 아니었다. 하지만 나는 새로운 일자리에 금방 적응했다. 내가 해야 하는 일과 굳이 하지 않아도 될 일을 구별하고, 서라의 침묵에 익숙해졌다. 서라는 많은 시간 텔레비전을 보았다. 행동이 차분하니 얌전한 고양이 같기도 하고, 어떨 때는 너무 안 움직이니까 봉제 인형 같고. 배고프거나 화장실에 가고 싶을 때는 낑낑거리듯 슬픈 얼굴을 하고 나를 부르니 강아지 같았다. 이 집에서는 귀찮은 일도, 신경에 거슬리는 일도 없었다. 나는 쉽게 돈을 벌고 그 사실에 아주 만족했다.

연기학원 시간제 강사 일은 월급을 쥐똥만큼 주었다. 나는 돈을 더 벌기 위해 지역별 맘카페에 가입해 연기과 입시 과외 게시글을 올렸다. 지역이 달라도 카페의 맘들이 원하는 건 두 종류로 같았다. 영어 과외 선생님과 베이비시터. 입시든 취미든 성인이든 아동 대상이든 영어 과외는 인기가 좋았다. 정확히 '영어'만 붙으면 되는 것에 가까웠다. 영어 구연동화, 영어 체육, 영어 쿠킹. 영어로 대화하기만 하면 뭘 해도 괜찮은 걸까. 그래, 괜찮겠네. 내가 생각해도 나쁘지 않았다. 어차피 취미로 할 거 영어까지 배우면 일석이조니까. 나는 영어를 못했고 사실 취미도 없었다. 영어를 배우면서 취미도 가질 수 있는 아이들은 어떤 애들일까. 소비자에 대한 조사 없이 카페에 가입했구나. 나름 머리를 굴려 잘사는 지역 맘카페로만 골라 가입한 나 자신이 우스웠다. 그래도 수요가 있긴 했다. 과외는 아니고 놀이 시터 제안이었다. 닉네임 '로건맘'은 아이가 하도 소심해서 자신감이 붙으면 좋겠다고 했다. 나는 정성스럽게 답변했다. 그럼요 어머니, 아이의 자신감을 길러주는 1대1 발성 연습이 제 전문입니다^^. 그렇게 만난 로건이는 전혀 소심한 아이가 아니었고 50평이 넘는 집구석을 샅샅이 뛰어다녔으며 내게 악당 연기를 시켰다. 나는 2시간 동안 레고를 맞으면서 아이가 제 에너지를 소진할 때까지 놀아주었다. 그렇게 영혼을 다 털어서 2시간의 시급을 벌었다. 몇 번의 놀이 시터 경험이 쌓였을 때 시급이 아닌 월급으로 시터 문의가 들어왔다. 놀이 시터가 아니라 베이비시터를 구하기에 거절 답장을 보냈다. 하지만 다음 날, 또다시 답장이 와 있었다. 맞춤법과 띄어쓰기가 많이 틀린 장문의 편지에는 나를 구하는 게 맞는다는 내용을 포함하여 구구절절한 사연이 쓰여 있었다.

면접 겸 처음 방문한 서라네 집은 지저분하고 불쾌한 냄새가 났다. 서라는 내복 차림으로 아침 식사 대신 과자를 먹었다. 낯선 사람이 왔는데도 소파 구석 자리에 앉아 힐긋 쳐다보기만 했다. 할머니 뒤에 숨거나 방으로 들어가기는커녕 당황하는 기색조차 보이지 않았다. 서라의 할머니는 아침부터 불러서 미안하다며 내게 도움을 요청했다. 어서 와요. 지금 정신이 없어서, 아가씨가 애기 옷 입는 것만 도와줘요. 도와달라는 말만 붙었을 뿐 자연스레 잡일을 시키는 솜씨가 노련했다. 나는 침과 과자 부스러기로 범벅된 서라의 손을 닦아주고, 세수시키고, 옷 갈아입히고, 머리카락을 빗어주었다. 내가 등원 준비를 담당하는 동안 할머니는 엎드려서 물걸레로 바닥을 훔쳤다. 종종 나와 서라를 훔쳐보는 시선이 느껴졌다. 면접 겸 실습인가. 실전 면접인가. 얼떨결에 서라를 버스에 태워 보내고 다시 집으로 돌아오니 할머니는 얼음 띄운 보리차를 따라주며 자신은 거실 바닥에 앉고, 내게 소파 자리를 권했다. 합격이구나.

내게 주어진 일은 놀이 시터와 베이비시터 그 중간 즈음에 위치해 있었다. 일은 간단했다. 오후 5시에 아이를 데리고 집으로 온 후, 아이가 잠들 때까지 함께 있어주는 것. 오후 10시에 다시 집으로 돌아온 할머니와 바통 터치를 하면 퇴근이었다. 가사일 없이 오로지 아이와 함께 있는 것만으로 돈을 벌 수 있다니. 할머니는 처음 며칠은 나와 서라와 몇 시간 정도 집에 같이 있었다. 내가 아이와 놀아줄 동안 청소를 했다. 하지만 어느 날부터 내게 전화로 연락을 취하다가 이제는 연락도 잘 하지 않았다. 사람을 믿는 속도가 너무 빠른 거 아닌가. 혹은 아무나 쉽게 믿을 정도로 지쳐 있거나. 시터 문의를 위해 보내온 편지에는 서라의 부모에 대한 이야기가 쓰여 있었다. 엄마는 없고 아빠는 외국에서 출장 중이라고 했다. 할머니는 집안일은 자기가 와서 할 수 있는데, 애가 도통 말이 없어서 뭘 원하는지 모르겠다고 육아와 관절염의 고달픔을 토로했다. 서라 엄마에 대해서는 한 달 정도 일했을 때 조금 더 들을 수 있었다. 시집올 때부터 어쩌고저쩌고 길게 이어진 이야기는 바람나서 제 자식 버리고 집 나간 여자로 요약되었다. 나는 뻔하고 충격적이라고 생각하며 고개를 끄덕였지만, 한편으로는 사정이 있지 않았을까, 모르는 여자의 삶에 대해 떠올리다가 말았다. 할머니는 좋은 고용주였다. 서라가 무얼 하며 시간을 보낼지 모두 내게 일임했다. 서라는 씻긴 후에 소파에 앉혀 놓으면 몇 시간이고 텔레비전을 보다가 잠들었다. 매달 꼬박꼬박 들어오는 돈이 생기고 시간적 여유도 얻으니 숨통이 트였다. 집 안은 조용하고 누구 하나 불만이 없고 오후의 햇살은 평화로웠다.

서라네 집 시터 일은 내가 원했던 아르바이트에 딱 맞았다. 많은 액수를 받는 건 아니지만 몸도 마음도 편했다. 힘들거나 어려운 일이 없었고 무엇보다 시간이 남아돌았다. 서라를 데리러 가기 전, 그리고 일을 하는 와중에도 나는 캐스팅 자리를 알아보고 구인구직 사이트를 상시 확인했다. 하릴없이 인터넷을 떠돌다가 한 배우의 인터뷰를 보기도 했다. 그 배우는 자신에게 배역이 주어지지 않자 직접 영화 시나리오를 쓰고 영화를 찍었다. 그리고 자신을 배우로 캐스팅해 연기했다. 일리 있는 방법이었다. 배역이 없으면 만들어서 나한테 주면 되지. 나는 그날부터 구인구직 사이트 뒤지던 걸 멈추고 아동극에 쓰일 이야기를 쥐어짜내기 시작했다. 어쩌면 스토리 공모전에 떡하니 붙어서 상금을 받을 수도 있지 않을까. 그러면 배우고 뭐고 인생의 다른 길이 열릴 수도. 땅속에서 숟가락으로 흙을 파내 길을 만들어가다가 갑자기 눈앞에 스르륵 자동문처럼 통로가 뚫리며, 이 길이 네 길이로다, 그런 목소리가 들려오기를. 나는 잘 팔리는 아동극을 검색해 줄거리를 살펴보았다. 비슷한 느낌으로 이야기를 지어내 조금 끄적이다가 전부 삭제했다. 속이 허하면 달콤한 빵을 사먹고 서라를 데리러 갔다.

알림장에는 내일 미술 활동에 쓸 준비물을 챙겨달라고 적혀 있었다. 나뭇가지, 낙엽, 돌멩이 등등. 이런 걸로 뭘 하려나. 나는 유튜브 방송에 정신이 팔려 있는 서라 옆에 앉았다. 거의 다 풀리다시피 한 머리카락을 정리해 다시 묶어주었다. 준비물을 주울 겸 놀이터에 다녀와야지. 요즘 들어 서라와 함께 외출하는 일이 적어졌다. 나가지 않아야겠다고 작정한 건 아니고 저절로 그렇게 되었다. 서라는 오자마자 텔레비전을 켜고 나는 부엌 식탁에 앉아 노트북을 했다. 오후 8시가 되면 잠들어버린 서라를 깨워 씻기고 잠옷으로 갈아입힌 뒤 침대에 눕혔다. 잠든 서라의 얼굴을 바라볼 때마다 내일은 잠깐이라도 데리고 나가야지, 놀아줘야지 생각했다. 생각만 하고 다음 날 비슷한 하루가 반복되었다. 서라는 내가 머리를 묶어줄 때부터 들떴는지 허리를 곧게 펴 자세를 고쳐 앉았다. 말로 한 적은 없지만 놀이터에 다녀올 때마다 몇 번이나 뒤를 돌아보며 아쉬워한다는 걸 알았다.

서라는 비닐봉지에 온갖 것들을 주워 담았다. 놀이터와 멀리 떨어진 나무까지 뛰어가고, 벤치 아래에 기어들어가면서. 나는 여기저기 바쁘게 쏘다니는 서라를 그네에 앉아 지켜보았다. 저녁 바람이 시원했고 아이스크림이 달았다. 이런 일상이라면 아이 엄마가 되는 것도 나쁘지 않을 것 같았다. 얼마 전 학원 강사 일을 그만두었다. 시터 일과 스케줄이 맞지 않았다. 무엇보다 부질없이 적은 돈을 벌며 언제 찾아올지 모르는 캐스팅 기회를 기다리는 일에서 벗어나고 싶었다. 같은 과 동기들은 대부분 전공과 무관한 일을 했다. 나는 그 애들의 SNS를 자주 훔쳐보았다. 스쿠버다이빙, 골프, 여행 등등. 내가 한 번도 해보지 못한 것들도 많았다. 나는 왜 못 했을까. 저렇게 재밌어 보이는 걸 왜 안 해봤을까. 돈이 없어서? 아무래도 그렇지. 아쉬워라. 취미도 커리어도 아무것도 제대로 해내지 못하고 이 나이가 되어버렸다. 나도 진즉에 헛된 희망을 버리고 현실적인 감각을 가졌더라면 멋진 취미 한 개쯤은 가지고 있었을까. 가본 적 있는 나라의 수가 두어 개쯤 늘어났을까. 마음속으로 스스로에게 진지하게 물어보았다. 연기 왜 안 그만뒀니. 글쎄. 그렇게 물어보니 할 말이 없네. 느끼긴 뭔가 느꼈어. 재밌었어. 그런데 뭐라고 할 말이 없네. 사실은 내가 연기를 하면서 무언가를 느낀다고, 그렇게 믿어야 한다고, 그렇지 않으면 지금까지 살아온 시간이 헛것이 되어버린다고. 시간과 경험이 사람을 만든다고 하잖아. 그러면 나라는 사람도 내가 살아온 시간처럼 나이만 든 헛것일까. 아마도. 발을 아무리 굴러도 그네는 일정한 높이 이상 올라가지 않았다. 아이스크림은 너무 달았고 금방 녹아 흘러내렸다. 나는 그네를 탄 채로 남은 아이스크림을 던져버리고 시럽이 묻은 손가락을 쪽쪽 빨았다.

비닐봉지에는 낙엽, 풀, 나뭇가지, 도토리, 죽은 매미 따위가 잔뜩 들어 있었다. 나는 봉지를 뒤적이던 손을 급히 빼내었다. 집으로 들어가는 길에는 새로 생긴 과일가게에 들렀다. 가게 사장님은 한 송이에 2만 원짜리 샤인머스캣을 권유했다. 애기 엄마, 2천원 깎아줄게. 달어 아주. 내가 별 관심을 보이지 않자 사장님은 타깃을 바꾸었다. 아가야 맛있겠지? 서라는 고개를 끄덕였다. 먹어볼래? 서라는 고개를 저었다. 사장님이 싫다는 서라에게 시식용 샤인머스캣 한 알을 떼어주는 동안 핸드폰이 울렸다. 서라의 할머니였다.

아가씨, 내일 애기 아빠 올 거야.

네?

서라 아빠가 돌아온다고.

네?

할머니는 무어라 더 말했지만 갑자기 들려오는 서라의 울음소리 때문에 목소리가 잘 들리지 않았다. 고개를 돌리니 서라의 손에는 커다랗고 반짝이는 샤인머스캣 한 알이 거의 얹어진 모양새로 들려 있었다. 과일가게 사장님은 당황한 얼굴로 바닥에 떨어진 사과를 주웠다. 비닐봉지와 그 안에 있던 지저분한 것들이 뒤엎어진 사과 바구니 위에 쏟아져 있었다. 사장님이 미처 보지 못한 사과 한 알이 차도 쪽으로 천천히 굴러갔다.

다음 날, 나는 픽업 시간 20분 전 서라네 집 앞에 도착했다. 집 안에 들어가지 않고 하원 버스가 서는 도로까지 미리 나와 있었다. 시간이 생각보다 많이 남아 담배를 피우려다가 그만두었다. 어쩌면 서라 아빠가 집 안에서 나를 기다리고 있을지도 몰랐다. 평소 같으면 서라네 집에서 낮잠을 자다 깨어날 시간이었다. 나는 근무 시간이 시작되는 5시보다 서너 시간 전에 미리 도착해 아무도 없는 서라네 집을 누렸다. 자취방과 달리 이 집에 있으면 안정적이고 편안한 마음이 들었다. 마치 내 집인 것처럼 커피를 내리고 파스타를 해먹고, 어느 날에는 샤워 후 발가벗은 채 소파에 누워 텔레비전을 보았다. 속이 울렁거릴 정도로 낯설었던 서라네 집 특유의 아기 냄새는 이제 나를 나른하게 만들었다. 거실 소파, 작은방 바닥, 안방 침대 할 것 없이 아무 데나 누워 있으면 어린 시절로 돌아간 기분이 들었다. 이제 서라 아빠가 왔으니 이 집을 마음대로 쓰던 것도 끝이었다. 서라에게 한글도 가르치고 그림도 그리면서 재미있게 놀아주겠다고 할머니에게 약속했는데 지켜진 게 거의 없었다. 사실상 같은 공간에만 있었지 서라를 방치한 것과 다름없지 않나. 거기까지 생각이 미치자 심장이 빠르게 뛰었다. 서라 아빠는 한 번에 눈치챌지도 몰랐다. 여태껏 말도 잘 안 하던 서라가 아빠를 보고 뛰어가 울기라도 한다면. 서라 아빠는 어떤 사람일까. 바람나서 제 자식 버리고 집 나간 여자의 남편은.

놀이터에 다녀오고, 사과와 미트볼을 먹을 동안에도 서라 아빠는 오지 않았다. 얼마나 뛰어놀았던지 서라는 씻자마자 텔레비전도 보지 않고 잠들어버렸다. 나는 서라를 침실에 눕힌 다음 방과 거실을 깨끗하게 정리했다. 원래는 하지 않았던 설거지마저 끝냈다. 서라 아빠는 밤 10시 반에 들어왔다. 멀끔한 정장 차림으로 죄송하다며 쇼핑백을 건넸다. 백화점에 입점해 있는 홍차 브랜드 로고가 박혀 있었다. 서라 아빠는 생각보다 나쁘지 않았다. 아니, 나쁘지 않은 정도가 아니라 꽤 괜찮았다. 나를 꼬박꼬박 선생님이라고 불러주었으며 결혼 유무 등 개인적인 질문은 일절 하지 않았다. 가사일보다는 아이와 잘 놀아줄 수 있는 분으로 찾았는데 잘 안 구해지더라고요. 한참 고민했는데 다행히 선생님이 오셔서 한시름 놓았어요. 정말 감사해요. 서라 아빠는 불편하거나 힘든 부분이 있으면 언제든지 말해달라고 했다. 그리고 스스럼없이 자신의 신용카드를 건네주었다. 영수증 안 주셔도 돼요. 금액 신경 쓰지 마시고 서라 간식이나 준비물 등 필요한 거 있을 때 이걸로 결제하세요. 선생님 커피랑 간식도 사드시고요. 나는 군말 없이 카드를 받았다. 안 그래도 어제 과일가게에서 엎어진 사과 한 바구니를 내 돈으로 산 뒤, 할머니께 어떻게 말해야 할지 몰라 그냥 입 다물고 있던 차였다. 서라 아빠는 앞으로도 지금까지 해주셨던 것과 똑같이 해주면 된다고 했다. 들어보니 할머니가 해왔던 걸 서라 아빠가 하게 된 것 외에 정말로 바뀐 게 없었다. 나는 내 고용주가 바뀐 것이 만족스러웠다. 옷차림과 말투만 보아도 알 수 있었다. 서라 아빠는 상식적이고 철저했다. 유치원 전달 사항을 논의하고, 근무 시간과 급여일을 정확하게 지킬 것 같았다. 서라 아빠는 퇴근 시간보다 늦게까지 붙잡고 있었다며 오만 원권을 꺼냈다. 나는 택시에 탄 후 시간을 확인했다. 겨우 1시간이 지나 있었다. 야간 근무, 추가 근무, 교통비를 다 따져보아도 훨씬 이득이었다.

*

가을이 되니 놀이터에 나오는 아이들이 많아졌다. 서라는 아빠가 온 후로 활기를 띠기 시작했다. 원체 말이 없던 애가 묻지도 않은 이야기를 줄줄이 늘어놓았다. 온통 아빠와 관련된 얘기였다. 시답지 않은 장난에 소리 내어 웃고 놀이터에서 돌아오는 길에는 내 손을 꼭 잡았다. 나는 색칠 공부 책과 한글 공부 교재를 사왔다. 되도록 텔레비전을 보지 않게 하려고 애썼다. 무얼 했느냐고 서라 아빠가 직접 물어오는 적은 없었지만, 내가 이렇게 일을 잘하고 있다는 걸 은근하게 티 내고 싶었다. 시큰둥할 거라는 예상과 달리 서라는 내가 하자는 대로 잘 따라주었다. 머리를 쓰다듬어주면 내 손을 가져다가 자기 뺨 위에 올렸다. 볼이 너무 따뜻하고 부드러워서 서라가 고작 유치원생에 지나지 않는 아이라는 게 피부로 와닿았다. 이전과 크게 달라진 건 없었다. 서라는 아빠와 내게 어른의 도움을 받고, 나는 받는 돈에 걸맞은 일을 하고. 모든 게 좋은 쪽으로 흘러갔다. 가끔 서라의 아빠와 가볍게 맥주를 먹을 때도 있었다. 서라 아빠는 생각했던 것보다 유쾌하고 솔직한 사람이었다. 서라가 유치원에서 저녁도 먹고 오니까 할 게 별로 없을 것 같았는데 빨래를 널다가 소파에서 곯아떨어진 얘기, 아침에 등원시키고 출근하면 정신이 없어서 커피를 꼭 먹어야 한다는 얘기, 그래도 일상에 적응해가는 이야기.

등원할 때 보니까 애들이 머리를 다 예쁘게 묶고 있었어요. 그래서 저도 검색해서 어찌 따라 해봤는데 서라가 갑자기 우는 거예요. 제가 너무 세게 잡아서 아팠나 봐요. 다 묶고 앞모습을 보니까 눈매가 바짝 당겨 올라가 있더라고요. 쉬워 보였는데 직접 하니 영 어렵네요.

결국 머리끈 대신 머리띠를 잔뜩 샀다면서 서라 아빠는 머쓱하게 웃었다. 긴장이 풀리고 마음의 벽이 조금 허물어진 사람의 진짜 미소였다. 열심히 애를 쓰며 살고 있구나. 나는 서라의 변화된 모습, 유치원 선생님에게서 들은 말 따위를 열심히 전했다. 육아에 진정으로 참여하는 기분이 들었다. 한 아이를 키우려면 온 마을이 필요하다던데, 게다가 나는 돈 받고 일하는 거니까 서라에게 더 신경을 써주어야지. 어쩌면 내 언행이 서라의 인생에 많은 부분 영향을 끼칠지도 몰랐다. 그런 생각을 하니까 취기와 함께 왠지 모를 책임감이 올라왔다. 서라의 아빠는 내 모든 말을 주의 깊게 들었다. 두 눈에 총기가 돌았고 적당한 타이밍에 고개를 끄덕이면서. 마지막 한 모금 남은 맥주를 마시기 위해 목을 뒤로 젖힐 때 냉장고에 붙어 있는 사진 속 여자와 눈이 마주쳤다. 그때마다 나도 모르게 여자에게 말을 걸었다. 서라 아버님도 나도 당신이 두고 간 서라를 열성적으로 돌보고 있답니다. 단단하고 다정한 가족이에요. 본인 인생이지만요, 아이도 있는데 외도는 좀 그렇죠. 내가 속으로 뭐라고 떠들든 여자는 은근한 미소뿐이었다.

어느 날에는 오랜만에 대학교 친구들을 만났다. 서라 아빠가 초저녁에 퇴근한 날이었다. 장을 보았는지 양손에 마트 종이봉투가 들려 있었다. 서라 아빠가 카레를 만들 동안 나는 서라를 씻겼다. 말하지 않아도 서로 해야 할 일을 알고 있었고 손발이 척척 맞았다. 집을 나서는 내게 서라 아빠는 별건 아니라며 작은 쇼핑백을 건넸다. 버스에 올라 뜯어본 쇼핑백 안에는 검은색 머리띠와 함께 작은 쪽지가 들어 있었다. 항상 감사합니다. 오래도록 함께해주세요. 나는 기쁜 마음으로 그 자리에서 머리띠를 착용했다. 나의 노고를, 내가 이 집에 꼭 필요한 존재라는 걸 인정받은 것 같았다. 나 또한 쪽지의 내용과 같은 생각이었다. 오래도록 서라의 집에서 오후의 시간을 누리며 일하고 싶었다.

술집에 도착하니 이미 비워진 도쿠리가 테이블 위에 줄줄이 늘어져 있었다. 축제 때 즉흥연기 하다가 대사를 저는 바람에 개망신당했다는 이야기가 오가는 걸 보니 3번 트랙이 한창이었다. 누가 청첩장을 꺼내거나 뜻밖의 이슈를 내보이지 않는 이상 술자리 레퍼토리는 항상 똑같았다. 트랙 1. 연기과 내 군기 문화가 얼마나 역겨웠는지, 2. 연기과 내 연애사가 얼마나 복잡했는지, 3. 축제와 비리, 4. 직업 한탄과 자산 비교를 통한 현실 자각 타임.

친구들은 서로를 보며 자기 자신을 위로했다. 이렇게 엉망으로 사는 애도 있으니까 나는 그래도 괜찮은 편이야. 그런 눈빛으로 서로의 지치고 서글픈 얼굴을 지그시 바라보았고, 술의 힘을 빌려 장난처럼 그 말을 내뱉기도 했다. 누가 누가 더 못났는지 겨루다가 그래도 쟤보다는 내가 낫다는 식이었다. 얘들은 나이를 먹어도 왜 이렇게 재밌고 못났고 웃기고 징그러운데 사랑스러울까. 술자리가 끝나면 다음번엔 나오지 말아야겠다고 다짐하면서도 나는 매번 이 술자리에 끼었다. 내가 얼마나 어처구니없이 사는지 자랑할 수 있는 자리는 여기밖에 없었다. 다들 말은 이렇게 하지만 열심히 살고 있구나. 걱정도 많고 불만족스러운 채로. 다들 그런 거구나.

친구들의 속도를 따라잡기 위해 많은 양의 술을 급하게 집어넣으니 몸에 힘이 풀리고 주변 소리가 흐리멍덩하게 들려왔다. 대학생 때 얘기에서 양동이를 빼면 안 되지. 맞지. 양동이는 별 같잖은 선배들이 기강을 잡겠다며 1학년들에게 강제로 씌웠던 거였다. 친구들은 양동이 얘기를 하며 각종 욕설을 남발했다. 나도 그 양동이를 기억했다. 나는 누가 시키지도 않았는데 내 손으로 직접 양동이를 가져와 머리에 썼다. 발음 연습을 위해서였다. 양동이를 뒤집어쓴 채로 말하면 자기 목소리가 잘 들려서 발음을 고칠 수 있어. 하지만 선배들의 말과 달리 양동이 안은 목소리가 울려서 발음이 잘 들리지 않았다. 게다가 양동이 안에 고인 목소리가 그대로 귓속에 들어와 머리가 어지러웠다. 그래도 나는 양동이를 벗지 않았다. 선배들한테 잘 보여서 좋은 배역을 따내고 싶었다. 이것도 노력에 포함되는 시간이라고 생각하니 마음이 착 가라앉으며 오히려 조금 편해진 기분도 들었다. 그래서 나는 양동이를 벗지 않을 수 있었다. 아주 긴 시간 동안 열심히 양동이를 뒤집어쓴 채 발음 연습을 하고, 대사도 치고, 땀을 삐질삐질 흘렸다. 그렇게 오래도록 쓰고 있던 양동이를 벗었을 때, 일어나는 일은 없었다. 나는 여전히 나였다.

야 야, 얘 요새 돈 좀 버네. 페라가모 머리띠 뭐야.

4번 트랙이 무르익어갈 시점이었다. 순식간에 내 머리띠로 이목이 집중되었다. 내가 입을 열기도 전에 친구들 사이에 설전이 벌어졌다. 그렇게 비싼 것도 아닌데 왜 오바야. 아니 원래 이런 거 안 하던 애가 하니까 요새 팔자가 좀 나아졌나 싶은 거지. 너 사귀는 사람 생겼어? 드디어 다른 데 취직한 거야? 너 뭐 어디 캐스팅 됐구나? 나는 쏟아지는 질문 속에서 머리띠를 슬쩍 만져보았다. 왜일까. 시터 일을 한다고 솔직하게 말하지 못했다. 이제 연기 쪽은 쳐다보지 않기로 마음먹었고, 강사 일은 그만두고 새로운 적성을 찾으며 아르바이트를 한다고만 했다. 친구들은 내가 연기를 그만둔 것에 대해 아쉬워했다. 우리는 몰라도 너는 계속 할 줄 알았어. 네가 우리 학번에서 제일 연기를 좋아했으니까. 좋아해. 좋아해서 빛이 바랜 걸 버리지도 못하고 이렇게 살고 있다는 말은 차마 할 수 없었다. 내가 무슨 역할들을 지나왔는지, 얼마나 지쳤는지 알지도 못하면서. 친구들이 연기과를 졸업한 후 각자의 업을 찾을 때까지 어떻게 살아왔는지 내가 모르는 것처럼. 술자리는 언제나와 같이 돈벌이를 한탄하는 것으로 마무리되었다. 다들 나같이 사는 애도 있다는 사실에 안심하는 것 같았다.

나는 내 몫으로 주어진 흙덩어리를 의미 없이 주무르며 옆자리 가족을 몰래 쳐다보았다. 엄마로 보이는 여자는 샐러드 그릇을 만들기 위해 밑판을 큼직하게 깔고 찰흙 테두리를 깔끔하게 오려냈다. 그러면서도 아이를 살뜰히 챙겼다. 하트 모양으로 만들겠다는 아이의 말에 웃음을 지어 보이고, 직접 밑판을 하트 모양으로 만들어주었다. 아이를 향한 레이더가 따로 달린 것처럼 작은 요소조차 놓치지 않았다. 저렇게 하는 거구나. 나는 서라의 옷소매를 걷어주고 흙덩이를 밀대로 슥슥 밀어 그릇 밑판을 만들어주었다. 교육을 위해 서라에게 직접 밀어보라는 권유도 잊지 않았다. 서라는 즐거워 보였다. 가래떡처럼 길게 흙가래를 만들어 밑판 둘레에 쌓아 올렸다. 나는 내 그릇을 만들면서 서라에게 주의를 기울였다. 서라가 올린 흙가래가 무너지지 않도록 중간 중간 매만져주었다. 흙가래를 보고 지렁이 같다니, 똥 같다니 할 때마다 서라가 자지러지듯 웃으며 내게 몸을 기댔다. 제법 모녀 같았다. 엄마가 너무 잘하셔서 제가 할 게 없네요. 도예 선생님이 지나갈 때마다 서라 아빠는 인자하게 웃어 보였다. 이 정도면 밉보였던 게 어느 정도 회복되었으리라는 생각이 들었다.

서울에서 멀리 떨어진 옹기마을에 굳이 함께 온 건 몇 가지 이유가 있었다. 먼저, 원래 약속한 것과 다른 근무이니 오늘 일한 급여를 톡톡히 쳐주겠다는 조건이 나쁘지 않았다. 게다가 내 행동에 대한 만회가 필요했다. 나는 어느 순간부터 다시 오후 시간대 서라의 집을 누렸다. 점심을 먹고 일찍 가서 마치 내 집인 듯 쉬었다. 커피를 내려 먹고 누워 있으면 잠에 들 듯 말 듯 노곤한 기분이 몰려왔다. 친구들과 만난 이후 괜히 사람들의 시선이 의식되고 머리가 복잡해져 어딜 가도 마음이 불편했다. 직장이 없어 보이려나 싶어 오피스룩을 여러 벌 사 입었다. 직장을 일찍 마치고 아이를 데리러 오는 젊은 엄마 같아 보이지 않을까. 안방 침대에 널브러져 있을 때 도어록 비밀번호 누르는 소리가 들렸다. 나는 급히 일어났지만 안방 문턱에서 서라 아빠와 눈이 마주쳤다. 다른 일 하시다가 픽업 시간에 딱 맞춰서 오시는 줄 알았어요. 선생님, 미리 들어와 있는 건 괜찮은데 거실에 계셔주세요. 서라 아빠는 놀라지 않은 척 담담하게 말했다. 얼굴에는 이게 무슨 황당한 일인가 싶은 냉소가 서려 있었다.

마지막 이유는 서라 아빠의 눈물 때문이었다. 며칠 전, 이미

술에 취한 상태로 들어온 서라 아빠는 유치원 가정통신문을 보고 눈물을 보였다. 가정의 체험학습 기회 제공을 위하여 가을방학을 운영한다는 내용이었다. '자녀를 돌봐줄 사람이 없는 원아 등 가정 사정으로 유치원에 등원을 희망하는 분은 아래 희망서를 작성하시어 유치원으로 보내주시기 바랍니다.' 위탁 희망서를 펼칠 때는 이미 눈물을 두 방울 떨어뜨린 뒤였다. 나는 얼른 휴지를 가져다가 서라 아빠에게 건넸다. 죄송해요. 제가 서라한테 미안해서 그래요. 잘해보려고 하는데 힘드네요. 나는 대답 없이 고개를 끄덕였다. 그저 술 처먹고 감정이 차올랐다고 여기기에는 몇 가지 이슈가 있긴 했다. 서라 아빠는 서라의 긴 머리카락이 감당할 수 없이 엉키자, 서라의 머리를 단발로 잘랐다. 서라는 이틀 동안 울었다. 치과에서 서라의 유치가 온통 썩었다고 검진을 받은 바로 다음 날이었다. 집 또한 하루가 다르게 지저분해졌다. 서라 아빠는 소리 내지 않고 많은 눈물을 흘렸다. 제때 다듬지 못한 머리카락이 안쓰럽게 뻗쳐 있었다.

애기 엄마가 죽은 게 아직도 실감 안 날 때가 있어요.

네?

서라 아빠의 말에 따르면 서라 엄마는 바람나서 집을 나간 게 아니라 안방에서 잠을 자다가 죽었다. 서라네 집 곳곳에 남아 있는 몇 벌의 여성복과 여성용 스킨케어가 떠올랐다. 세수를 한 뒤 몇 번 몰래 사용한 적도 있었다. 나는 서라 아빠의 말과 할머니 말 중에 무얼 믿어야 할지 모르겠고, 사실 진실이 무엇이든 상관없었다. 눈가를 매만지며 육아와 살림에 대해 더듬더듬 말하는 서라 아빠는 굉장히 지쳐 보였다. 잠을 자다가 하룻밤 만에 갑자기 죽어버린 여자의 딱한 남편이 내 앞에서 울고 있었다.

다 만들어진 작품은 굽고 말리는 과정을 지나 한 달 후에 배송받을 수 있었다. 나는 밥그릇을 만들었다. 내 밥그릇은 내가 잘 챙기고 살자, 굶고 다니지 말자는 다짐과 포부였다. 서라 아빠는 작은 접시를 만들었다. 높이가 낮고 묵직한 것이 재떨이 외에는 쓸모가 없어 보였다. 서라는 몇 번이나 뭉개고 다시 만들기를 반복하더니 작고 오목한 간장 종지 같은 걸 만들었다. 뭐냐는 물음에 서라는 마을이라고 답했다. 안을 들여다보니 뭐가 있긴 했다. 인간인지 동물인지 알아볼 수는 없었다. 새끼손톱만 한 찰흙 덩어리 몇 개가 서라의 마을에 애매하게 놓여 있었다. 도예 선생님은 이런 장식 같은 건 굽고 배송되는 과정에서 떨어질 수 있다고 경고했다. 떼는 게 좋을 것 같다고 몇 번이나 말했으나, 나는 그냥 이대로 해달라고 했다. 마을이라는데 누가 살긴 살아야죠.

옹기마을에서 나는 어딜 가도 애기 엄마였다. 서라 아빠는 내가 잘못된 호칭으로 불려도 정정하지 않고 그저 웃어 보일 뿐이었다. 오늘따라 서라는 내게 어리광을 부리며 몸을 밀착했다. 옹기 체험을 할 때도, 간식을 먹을 때도 옆에 딱 붙어 허리를 껴안거나 허벅지 위에 손을 올렸다. 오랜만에 놀러 나와 즐거운 것 같았다. 나는 어딘가 찝찝한 기분이 들었다. 평소 같으면 서라가 내게 마음의 문을 더 열었나 보다 하고 들뜨거나 두근거렸을 텐데. 이 상황이 작위적으로 느껴지는 건 우리가 가짜 가족이기 때문일 것이다. 나는 꿔다 놓은 보릿자루였다. 돈을 받고 가짜 엄마 역할을 수행하러 왔다는 걸 잊지 않아야 했다. 나는 지금 놀면서 돈을 벌고 있다. 단막극에서조차 주연을 맡아본 적 없는데, 여기서는 누구보다 중요한 역할을 맡아서 돈을 개꿀로 벌고 있다. 다짐을 몇 번 되새기니 기분이 좀 나아졌다.

항아리에 재워 숙성시켰다는 양념갈비 맛이 좋았다. 서라 아빠는 양념이 타지 않도록 고기를 잘 구웠다. 서라는 작은 손으로 쌈을 싸서 아빠 입에 한 번, 내 입에 한 번씩 번갈아가며 넣어주었다. 진짜 엄마가 살아 있었을 때도 서라는 쌈을 싸서 엄마의 입 안에 넣어준 적이 있을까. 서라는 왜 엄마 이야기를 내게 단 한 번도 먼저 꺼내지 않는 걸까. 나한테 몸을 기대고 부비는 서라는 그제야 제 나이에 맞는 아이 같았다. 주변에 관심이 하나도 없어 보였는데 오늘은 날아가는 새, 굴러가는 쓰레기마저 골똘히 바라보고 손가락으로 가리켰다. 어쩌면 서라는 그동안 자신이 만든 쌈을 먹어줄 사람이 필요했을지도 몰랐다. 이제 내가 겨우 그러한 사람에 가까워졌고, 정말 서라에게 필요한 사람이 되었다는 것이 느껴질 때마다 나는 거북했다.

마을을 돌며 평생 볼 항아리는 다 본 것 같았다. 서라 아빠는 항아리를 위로 높이 쌓아 만든 조형물 앞에 서라를 세우고 사진을 찍었다. 나는 그동안 항아리에 대한 설명이 적힌 안내문을 읽었다. '전통 항아리는 도자기와 달리 아름다움으로 인한 소장 가치가 없습니다. 음식 보존 및 발효가 목적이기 때문이죠. 숨구멍을 만들어야 하기 때문에 도자기처럼 높은 온도에서 굽지 않아요. 그래서 쉽게 부서지고 낡아 균열이 생기며, 다시 흙으로 돌아갑니다. 옛날에 만들어진 항아리가 좋은 것이라고 생각하여 수명이 다 된 낡은 항아리를 구입하는 건 어리석은 생각입니다.'
항아리는 사람이랑 비슷한 것 같았다. 흙으로 돌아간다는 점도 그렇고 사용기한이 있다는 점도 그랬다. 효력이 끝나버린지도 모르고 옥이야 금이야 아끼면 쓸모없는 게 되어버리는구나. 주위를 둘러보았다. 사방에는 효력이 끝나고 장식으로 쓰이는 항아리가 여기저기 깔려 있었다. 서라 아빠는 신기하게 생긴 항아리마다 서라한테 옆에 서보라고 했다. 왜인지 이 시간이 영원히 끝나지 않을 것처럼 느껴졌고, 나는 여기저기 구멍이 숭숭 뚫린 거대한 항아리 앞에서 서라와 함께 사진을 찍혔다.

밤 11시가 넘어서야 서울에 도착했다. 서라는 칭얼거리다가 내 품안에서 잠들었다. 나는 무거운 쌀 포대를 몇 시간 내내 안고 있는 것 같았다. 팔다리가 저릴 때마다 조금씩 몸을 뒤틀어 자세를 바꿨다. 어린아이는 잠들면 몸이 더 뜨거워지는 걸까. 서라와 밀착하고 있던 부위에 열과 땀이 올랐다. 창밖으로 익숙한 동네가 보였다. 소변을 누고 싶었고 미지근한 물로 샤워한 뒤 팔다리를 주무르고 싶었다. 벨소리가 울리자 서라 아빠는 서라가 깨지 않도록 빠르게 전화를 받았다. 반말을 하는 걸 보아 친구인 듯했다. 룸미러를 통해 몇 번이나 서라 아빠와 눈이 마주쳤다.

서라 아빠는 잠든 서라를 안고, 나는 가방과 서라의 겉옷을 들었다. 계단을 올라가면서 어떻게 거절의 말을 꺼내야 할지 고민했다. 적당한 핑계가 떠오르지 않았다. 예전에 맥주 먹으며 대화하던 중 내가 혼자 자취를 한다는 것을 밝힌 적이 있었다. 그러니 외박을 금지하는 부모도, 집에서 나를 기다리는 사람도 없다는 걸 서라 아빠는 이미 알고 있었다. 전화를 끊은 서라 아빠는 급한 일이 생겼는데 혹시 오늘 집에서 자고 가줄 수 없겠냐고 물었다. 나는 네? 하고 되물었을 뿐 의사를 밝히지 못했다. 서라 아빠가 서라를 침대에 눕히고 집을 나서기 전까지 자고 갈 수는 없다고 확실히 말해야 했다. 하지만 나는 왜 이 제안을 꺼리는 걸까. 위험해서? 상식적이지 않아서? 아무것도 하지 않고 잠만 자는 걸로 돈을 벌 수 있는데. 그렇게 생각하니 하룻밤 정도야 서라네 집에서 자는 게 별일 아닌 것처럼 느껴졌다. 나는 이미 오랜 시간 아무도 없는 서라네를 마치 내 집처럼 누려왔지 않나. 이것도 일에 포함되는 시간이라고 생각하니 마음이 착 가라앉으며 오히려 조금 편해진 기분도 들었다.

선생님, 아무거나 다 마음대로 쓰셔도 돼요. 댁이라고 생각하시고 편하게 쉬세요. 아무리 잠들었다고 해도 애를 혼자 두고 나갈 수는 없었는데 정말 감사해요. 하지만 서라 아빠의 말과 달리 나는 이 집을 정말 내 집인 것처럼 생각할 수도, 편히 쉴 수도 없었다. 도저히 잠이 오지 않았다. 씻지 않고 옷도 갈아입지 않은 상태로 서라 옆에 누웠다. 고소하고 포근한 아기의 땀 냄새. 그리고 이불 침구에 배어 있는 서라네 집 특유의 냄새가 났다. 상황이 달라져서일까, 어정쩡한 차림으로 누웠기 때문일까. 불편하고 낯설었다. 침실이 아니라 부엌, 작은방 등 어디에 가도 그랬다.

나는 뜨거운 커피를 내린 뒤 조명등을 전부 끄고 소파에 앉았다. 집 안은 어둠에 잠겼지만 창으로 들어오는 가로등의 불빛 때문에 앞이 안 보일 정도로 새까맣지는 않았다. 나는 커피를 한 모금씩 입에 머금고 있다가 천천히 삼켰다. 내 안에서 무언가 새어 나오고 있고, 나는 그 사실을 바꾸거나 돌이킬 수도 없이 가만히 앉아 있는 것만 같았다. 뭘까. 불쾌함? 슬픔? 잘못되어가는 조짐? 정확하게 짚이는 것이 없었다. 비슷한 기분을 느껴본 적이 있긴 했다.

아동극을 하던 시절 나는 두꺼비였다. 콩쥐가 팥쥐 엄마에게 구박받는 동안 나는 밑 빠진 독을 등으로 막았다. 펠트지로 만든 항아리 아래쪽에 웅크린 채 온몸에 힘을 주었다. 그런 채로 기다리다 보면, 눈에 띄지 않아도 혼자 열심히 기다림을 실천하다 보면, 나는 내 인생에 뚫린 구멍을 막고 두꺼비가 아니라 다른 배역도 맡을 수 있겠지. 밑 빠진 독에서 물이 새어 나가지 않도록 막는 일은 어깨와 등이 뻐근했지만 할 만했다. 애써서 무언가를 해내고 있는 내 모습이 기특하기까지 했다. 그렇게 오래도록 막고 있던 항아리에서 엉덩이를 떼었을 때, 무언가 쏟아지는 일은 없었다. 두꺼비 역할을 후회하지는 않았지만 살다가 갑자기 그 시절의 내가 떠올랐다. 좋다고, 나중에 도움이 될 거라고 노력하는 스스로의 모습에 취해 나는 내가 어떤 자리에서 무엇을 막고 있었는지도 몰랐다.

그날 이후 나는 서라네서 살다시피 했다. 아침 일찍 출근해 등원 준비를 해주는 경우가 허다해졌다. 그런 날에는 서라를 버스에 태워 보낸 후 빵집에 들러서 갓 나온 식빵을 사왔다. 소파에 누워 빵을 찢어 먹으며 텔레비전을 보고, 낮잠에 들었다가 픽업 시간에 맞추어 서라를 데리러 나갔다. 설거지, 정리 정돈, 청소기 돌리기 정도의 간단한 가사일도 도맡았다. 돈을 더 준다면야 나는 좋았다. 서라 아빠는 점점 더 자주 늦게 들어왔다. 퇴근 시간인 밤 10시를 넘기는 건 십상이었다. 자정을 한참 지나 새벽 2, 3시에 들어올 때도 있었다. 야간 수당에 택시비를 받으니 나로서는 나쁘지 않았다. 늦은 시간까지 있으면서 새로 발견한 것은 서라의 수면 습관이었다. 서라는 깊은 잠에 들었다가도 불시에 울면서 깨어났다. 얼마나 처절하게 우는지 가쁜 호흡이 좀처럼 가라앉지 않았다. 괜찮아 언니 여기 있어. 그럴 때마다 침실의 어둠 속에서 서라를 안아 들고 거실로 나왔다. 서라는 부신 눈을 애써 뜨고 내 얼굴을 확인했다. 잠을 자다 일어난 몸은 뜨거웠고 머리카락이 온통 땀에 젖어 있었다. 서라네서 밤을 보냈던 날이 최고 기록이었다. 서라는 그날 총 4번 잠에서 깨어나 울었다. 울면서 내 목을 껴안은 채 가지 말라고 했다. 엄마나 아빠 등 부르는 대상은 없었다. 몇 번이고 가지 말라고만 했다.

옹기 체험 때 만들었던 그릇은 겨울이 시작될 무렵에 도착했다. 도예 선생님의 말처럼 구울 때 다 떨어진 모양인지 서라의 마을에는 아무도 남아 있지 않았다. 나는 아무도 없는 서라의 마을에 홍시, 떡, 초코파이 같은 간식을 담아주었다. 서라는 한시도 내 곁을 떠나려 하지 않았다. 놀이터에 가자거나 같이 그림을 그리자는 등 요구사항이 늘었다. 설거지를 하고 있으면 오른쪽 허벅지를 껴안고 가만히 서 있었다. 다른 일을 할 때도 졸졸 따라다니다가 결국 청소기에 부딪혀 넘어졌다. 서라는 아프지 않다며 웃었지만 무릎에는 멍이 들었다. 이제 정말 내게 마음의 문을 활짝 열었구나. 기쁘기보다는 안쓰러웠고 동시에 찝찝했다. 나는 언제까지고 시터로 살 수는 없었다. 며칠 전 친구에게서 일자리 제안을 받았다. 공연 기획 보조 및 마케팅 업무였다. 저번 술자리에서 너도 딱하고 나도 딱하고 우리 모두 딱한 것으로 마무리된 줄 알았는데, 내가 제일 딱하긴 했던 모양이었다. 보조라는 걸 보니 유망한 직종은 아니었다. 그래도 이 일은 경력이 쌓이고 커리어를 만들어갈 수 있을 것이다. 친구가 말한 회사에 대해 제대로 알아보아야 했다. 나는 하루에 한 시간 정도 텔레비전 보는 시간을 다시 만들었다. 유튜브를 틀어주었을 때서야 서라는 소파에 혼자 가만히 앉아 있었다.

냉장고에는 이전에 있던 사진이 사라지고 새로운 사진이 붙었다. 옹기마을에서 서라와 내가 함께 찍힌 사진이었다. 핸드폰으로 찍은 사진을 굳이 인화해서 냉장고에 붙여놓은 이유는 뭘까. 별 상관은 없었지만 냉장고 문을 열고 닫을 때마다 사진 속 내 표정이 너무나 부자연스러워 헛웃음이 나왔다. 그전에 붙어 있던 사진 속 여자는 서라의 엄마가 아니었다. 아닐 것이 분명했다. 나는 그 사실을 내 사진이 붙기 전 이미 알고 있었다. 서라를 재우고 새벽까지 서라 아빠를 기다리던 어느 날에 갑자기 냉장고

쪽으로 고개가 돌아갔다. 목이 마르거나 배가 고프지 않았는데도. 그리고 사진 속 여자와 눈이 마주쳤다. 그 여자가 눈으로 말했다. 자기는 서라의 엄마가 아니라고. 아마도 내가 오기 전의 시터겠지. 그래요. 당신은 서라의 엄마가 아니네요. 그런데 왜 웃고 있어요. 당신 왜 웃어요. 어설프고 앳된 여자는 아무런 대답 없이 웃어 보이기만 했다.

겨울이 깊어질수록 해가 빠르게 저물었다. 바람이 너무 차서 놀이터에 가는 것도 그만두었다. 서라는 텔레비전을 보는 시간이 조금 더 늘었고 사위가 금방 캄캄해지니 잠드는 시간이 더 앞당겨졌다. 서라가 잠들면 나와 서라 아빠는 늦은 저녁 겸 반주를 했다. 내가 담배 피우는 걸 어떻게 알았는지 괜찮다며 함께 피우자고 담배를 권하기도 했다. 나는 웬만하면 거절했지만 술을 많이 먹은 날에는 서라 아빠와 비좁은 베란다에 나란히 서서 담배를 피웠다. 옹기 체험 때 만든 서라 아빠의 그릇이 정말 재떨이로 사용되고 있었다. 서라도, 서라 아빠도 참 잘 쓰네. 나는 내가 만든 밥그릇을 단 한 번도 사용한 적이 없었다. 겨울 음식과 술, 담배는 친밀한 관계를 형성하는 데 큰 도움이 되었다. 서라 아빠는 종종 어쩌면 꽤 자주 내 앞에서 눈물을 보였다. 서라 엄마에 관련한 이야기를 할 때, 나의 꿈과 미래에 대해 이야기가 나올 때, 서라의 성격 변화와 수면 습관. 정확히는 이 세 개의 포인트가 연결되는 지점에서 마른세수를 하며 괴로워하다가 눈물을 보였다. 내가 이 집을 떠날 거라고 은근한 의사를 비치면 자연스럽게 서라 엄마의 죽음과 그로 인해 서라에게 나타난 부정적인 흔적들로 이야기가 흘러갔다. 결말은 매번 같았다. 그래도 선생님 덕분에 밝은 모습을 되찾아가고 있어서 정말 다행이에요. 서라 아빠는 자신을 잘 챙기지 못하는 티가 났다. 셔츠는 항상 구겨져 있었고, 처음 보았을 때보다 살이 많이 빠진 듯 눈가가 어두웠다. 안방에서 서라가 깨어나 우는 소리가 들리면 서라 아빠는 허겁지겁 달려가 서라를 안아서 달랬다. 나는 침실에서 들려오는 서라 아빠의 자장가를 들으며 맥주를 몇 모금 홀짝였다. 냉장고에 붙어 있는 사진 속 나와 눈이 마주쳤다. 검은색 머리띠를 한 채로 웃고 있는 젊은 여자는 팔자 눈썹에 동그란 눈이 서라와 꼭 닮아 보였다.

자고 가달라는 부탁은 빠르다면 빠르게, 생각보다 늦다면 늦은 시점에 또다시 찾아왔다. 이럴 경우를 대비하여 미리 단호한 거절 대사를 준비해놓았으나 소용없었다. 새벽 3시가 다 되어갈 무렵 전화로 한 부탁이기 때문이었다. 어떻게든 가려고 했는데 시간이 너무 지체되었고 어쩌고저쩌고 핑계를 늘어놓는 서라 아빠의 목소리에서 술기운이 전해졌다. 어차피 3시간 뒤면 해가 뜰 터였다. 하지만 밤새 집에 있어달라는 건 이제 시간이나 돈과는 다른 문제였다. 고용할 때의 약속과 달리 나는 시터 일 외에 다양한 방식으로 소모되었다. 함께 옹기마을에 가고, 예고 없이 방문한 서라 아빠의 친구들에게 인사를 했다. 애기 엄마로 불리거나 한식구처럼 보이는 건 시터 조건에 없었다. 선을 그어야 할 때를 한참 지나버렸다. 이 집에서 자고 가지 않는 건 내가 정한 마지노선이었다.

서라 아버님 이건 정말 아닌 것 같아요. 저한테도 서라한테도 너무하신다는 생각이 듭니다. 저는 서라 엄마도 아니고, 서라는 아직도 새벽에 깨서 아빠를 찾아요.

오늘도 서라가 깼나요?

아니요. 오늘은 아직 깨지 않았어요.

한동안 말이 없던 서라 아빠는 내게 정 어려우면 그냥 가시라고 했다. 자기가 1시간 이내로 들어갈 테니. 작은 일에도 감사하다며 몇 번이고 고개를 숙여 보이던 평소와 너무 달랐다. 빈정이 상한 건지 말투에서 짜증이 느껴졌다. 그래도 애를 혼자 집 안에 두고 갈 수는 없으니 오시면 가겠다는 내 대답이 끝나기도 전에 서라 아빠는 전화를 끊었다. 곧 메시지 하나가 도착했다. 서라 요즘에 자다가 깨는 일 없어요. 그러니까 걱정 마시고 들어가세요. 선생님 신경 써주셔서 감사한데요, 제 딸인 거 아시죠?

서라 아빠는 1시간 뒤에도 도착하지 않았고 나는 잠든 서라를 내버려두고 그 집을 나오지 못했다. 서라가 혼자이게 할 수는 없었다. 울면서 방문을 열었을 때 아무도 없는 집 안을 보여줘서는 안 되었다. 나는 거절할 수 없는 입장이었다. 사실은 아주 예전부터 그랬다. 안쓰러워, 이건 내가 할 수 있으니 해주자. 그렇게 생각해왔으나 나는 해주어야만 하는 입장에 지나지 않았다.

작은방에 들어가 컴퓨터 전원을 켰다. 오래된 컴퓨터 본체가 요란하게 돌아갔다. 어차피 조금 있으면 해가 뜰 거고, 이번 달에는 꽤 많았던 야간 근무 수당을 더해 많은 급여를 받을 거야. 자기 최면을 걸어 마음을 다독이려 했지만 잘 되지 않았다. 서라 아빠는 내가 서라를 두고 가지 못하리라는 걸 알았다. 그동안 숱하게 해왔던 거절 연습은 자신이 점하고 있는 위치를 정확하게 아는 이에게 씨알도 먹히지 않았다. 속 얘기를 꺼내고 눈물을 보이는 등 친구처럼 가까워지는 건 이 세계에서 아무것도 아니었다. 그걸 또 잊어버리다니.

기업 정보 플랫폼에 들어가 친구가 제안한 회사를 검색했다. 급여, 복지, 회사의 비전 등 모든 점수가 골고루 낮았다. 가장 눈에 띄는 것은 회사에 다녀보았던 사람들이 적은 리뷰였다. 하나씩 꼼꼼하게 살펴보았다. 다양한 리뷰들은 한 방향을 가리켰다. 사람을 부품처럼 쓰고 닳으면 갈아치우는 회사. 나는 그 구조를 잘 알았다. 단순 업무가 폭포처럼 쏟아지고, 업무량과 불만에 못 이긴 사원은 일 못하는 사람이 되어버렸다. 그렇게 하나둘 그만두어도 회사는 건재했다. 또 다른 부품으로 빈자리를 빠르게 채워나갔다. 들어올 사람은 많아. 그러니 회사는 바뀌지 않아. 누구는 잘 버티고 승진도 해. 10명 중에 한 명쯤. 나는 버티고 버티다가 내 발로 그런 회사를 떠난 적이 있었다. 할 수 있을 때까지 버틴 이유는 하나였다. 나 자신이 누구나 다 하는 일조차 해내지 못하는 사람으로 느껴져서.

하지만 나는 쉽사리 리뷰 창을 끄지 못했다. 회사의 장점을 찾아내면서 출퇴근하는 나를 상상했다. 회사에 다닌다는 건 정규적인 일자리가 보장되는 것. 커리어가 쌓이고 가족한테 자랑할 수 있는 일이었다. 예전보다 나이도 들고 경험도 쌓였으니 이제는 잘 다닐 수 있지 않을까. 어쩌면 생각과 달리 적성에 딱 맞을 수도. 그렇게 관련 회사를 파도처럼 타고 또 타고 가는 도중에 모든 창이 꺼져버렸다. 마우스 움직임이 버벅거렸다. 작동을 확인하기 위해 허공에 대고 클릭한 마우스 커서는 바탕화면의 폴더를 마구 열어댔다. 폴더 속의 폴더, 바탕화면에서 보이지 않던 폴더까지. 몇 초의 긴 시간 동안 야동 파일이 두어 개 열렸다. 길게 늘어진 파일 목록은 하나같이 제목에 가정부, 하녀 같은 단어가 들어가 있었다. 마우스는 말을 듣지 않았고 나는 몇 분 동안 재생되는 동영상을 바라보다가 꽉 닫혀 있는 방문으로 고개를 돌렸다. 영상 속 신음 소리에 섞여 서라의 울음소리가 들려왔다. 작은방의 방문 너머 거실을 지나 침실에서부터. 아득한 암흑 속 서라가 깨어나 나를 찾고 있었다. 자신을 꺼내줄 사람을 부르고 있었다. 곧 침실 방문을 여는 소리가 들렸다. 서라는 아무도 없는 거실을 마주했을 것이다. 엄마를 찾고 아빠를 찾고 나를 찾다가 환한 거실의 조명에 눈이 익을 것이고, 혼자서 울음을 그쳐야 할 것이다. 나는 작은방에서 나가지 않고 마우스를 좌우로 흔들었다. 예상과 달리 서라는 내가 나갈 때까지 울음을 그치지 못했다.

봄이 온다고 했다. 사람들은 아직 패딩 점퍼를 벗지 못했으면서 일찍부터 봄을 기다렸다. 봄은 희망찬 앞날이나 행운을 비유적으로 이르는 말이야. 그러니까 봄이 오면 같이 거하게 환영해주자. 언젠가 친구에게서 들었던 말이 떠올랐다. 첫 직장에서 첫 월급을 받아 기분 좋게 술과 음식을 쐈던 날이었다. 유례없는 폭우가 쏟아져 벚꽃이 일주일 만에 져버린 해였다. 그 친구와는 자연스럽게 멀어졌고 봄을 환영해주는 일은 생기지 않았다. 나는 서라의 한글 실력 향상을 위해 인터넷으로 한글 공부 교재를 새로 주문했다. 유치원 선생님에게 서라의 문장 구사력이 다른 아이들보다 뒤처진다는 말을 들었다. 예전에 조금 하다가 어느 순간 거들떠보지 않게 된 한글 공부가 떠올랐다. 그걸 계속 했어야 했는데. 왜 그만두었지. 왜 나는 뭘 하든 쉽게 그만두는 걸까.

서라 아빠의 컴퓨터에서 야동을 본 날, 나는 컴퓨터를 끄고 거실로 나와 서라를 안았다. 서라의 등을 토닥이면서 베이비시터, 가사도우미, 가정부 따위의 단어에 대해 생각했다. 서라의 등을 두드리는 현재의 나, 40대의 나, 60대의 나. 나는 서라를 안은 채 급속도로 늙어갔다. 그런 생각을 할수록 내 안에서 무언가 새어 나왔다. 이런 건 뭐라고 불러야 되는 걸까. 불쾌함? 슬픔? 잘못되어가는 조짐? 아 이거 그거네. 비참함. 그냥 슬픈 게 아니라 슬프고 또 참혹해. 나는 참혹해. 비참함이 꾸역꾸역 항아리를 터뜨릴 듯이 비어져 나오고 있어. 나는 밑 빠진 독을 등으로 막고 있는 두꺼비인 줄 알았는데, 여기저기 금이 간 사람에 불과했구나. 어디서부터 무엇을 주워 담아야 할까. 괜찮을 거라고 믿어왔던 것들이 하나둘 내게 등을 돌리는 기분이 들었다. 진정이 되었는지 숨소리가 옅어진 서라가 말했다. 언니, 엄마라고 불러도 돼?

서라 아빠는 며칠 동안 나를 멋쩍게 대하다가 장문의 사과 문자를 보내왔다. 내용으로 파악해볼 때 내가 야동을 발견한 건 모르는 듯했다. 나는 평상시와 같이 서라네 집에 출퇴근했다. 픽업 시간보다 몇 시간 일찍 도착해서 안방 침실에 누웠다. 누운 채로 서라 아빠가 보낸 사과 문자를 읽었다. 소리 내어 읽다가 웃음이 터졌다. 수백 번 읽으니 보이는 게 있었다. 문자 내용은 사과라기보다 그만두지 말아달라는 의사 전달에 가까웠다. 올해 봄부터는 시급을 더 올려 책정하고, 더 많은 일을 맡아달라고 했다. 일은 가사 노동을 말하는 걸까. 서라의 엄마, 이모, 언니 이상의 더 많은 역할을 해달라는 걸까. 시급을 월급으로 계산해보았다. 이 정도면 생활비는 물론 저축도 가능했다. 누군가 뒤에서 등을 밀어대듯이 근육이 빼근해지면 478호흡법으로 마음을 다스렸다. 4초간 입을 다문 채 코로 숨을 천천히 깊게 마시고, 7초간 숨을 참았다가 8초간 다시 코로 숨을 천천히 내쉬었다. 478호흡법은 마음의 안정을 찾는 데 큰 도움이 되었다. 픽업 시간까지 20분이 남아 있었다. 나는 거실로 나왔다. 아름답게 늘어지는 저녁 햇살이 온 집 안을 나른하게 뒤덮었다. 내가 만든 밥그릇을 찬장에서 꺼내 물로 한 번 헹군 후 밥을 덜었다. 다른 반찬 없이 김치를 얹어 크게 한 입 집어넣었다.

2024년 제47회 이상문학상 작품집

3부

선정 경위와 심사평

2024년 제47회 이상문학상

심사 및 선정 경위

새로운 얼굴이 많아진 예심 통과작

2024년도 이상문학상 예심에는 문학평론가 노태훈, 양윤의, 이경재가 참여했다. 지난 1년 동안 국내 주요 문예지에 발표된 중·단편소설을 한 달이 넘게 모두 돌려 읽으면서 예심 위원이 골라낸 것이 아래의 15편이다. (가나다순)

김기태, 「팍스 아토미카」
박민정, 「전교생의 사랑」
박서련, 「컷」
박솔뫼, 「투 오브 어스」
성혜령, 「간병인」
심윤경, 「피아니스트」
예소연, 「아주 사소한 시절」

위수정, 「없음으로」
이미상, 「자갈 선생의 상담일지」
정보라, 「도서관 물귀신」
조경란, 「일러두기」
조해진, 「여름밤 해변에서, 우리」
최미래, 「항아리를 머리에 쓴 여인」
현호정, 「청룡이 나르샤」
황현진, 「가족이 굴러가는 방식」

예심 심사평에서도 밝히고 있듯이 작품 주제와 기법이 훨씬 다양해진 것이 눈에 띈다. 특히 새로운 젊은 얼굴이 많아졌다는 것도 주목된다. 남성 작가의 작품 비중이 줄어든 것은 아쉬운 대목이다.

본심에서 주목한 작품들

이상문학상 최종 심사에는 권영민 월간 『문학사상』 편집주간, 소설가 구효서, 윤대녕, 전경린, 비평가 김종욱이 참가했다. 전반적으로 작가층이 젊어졌다는 것과 함께 이야기의 방식이 훨씬 치열하고 다양해졌다는 의견이 많았다.

본심의 첫 단계에서는 심사위원들이 예심에서 올라온 15편의 작품 가운데 3편씩을 우선 추천하도록 했다. 이 과정에서 심사위원의 선택을 받은 작품은 모두 10편이었다.

김기태, 「팍스 아토미카」
박민정, 「전교생의 사랑」
박솔뫼, 「투 오브 어스」
성혜령, 「간병인」
심윤경, 「피아니스트」
위수정, 「없음으로」
정보라, 「도서관 물귀신」
조경란, 「일러두기」
조해진, 「여름밤 해변에서, 우리」
최미래, 「항아리를 머리에 쓴 여인」

여기서 가장 많이 지목된 것이 「간병인」, 「일러두기」, 「항아리를 머리에 쓴 여인」, 「여름밤 해변에서, 우리」다. 자연스럽게 이 네 편을 중심으로 논의가 이루어지면서 대상 수상작의 범위를 좁혔다.

조경란 작가의 「일러두기」에 대해서는 자기 주제의 소설적 해석이 주는 설득력을 많이 언급했다. 특히 치밀한 구성과 간결한 문장의 호흡이 이 작품의 소설적 성취를 더욱 높여준다는 점을 높이 평가했다.

심사위원 전원의 지지를 받은 조경란 「일러두기」를 2024년도 이상문학상 대상 수상작으로 선정하였으며 김기태 작가의 「팍스 아토미카」, 박민정 작가의 「전교생의 사랑」, 박솔뫼 작가의 「투 오브 어스」, 성혜령 작가의 「간병인」, 최미래 작가의 「항

아리를 머리에 쓴 여인」을 제47회 이상문학상 작품집에 수록하는 우수작으로 선정했다. (정리: 권영민)

2024년 제47회 이상문학상

심사평

심사위원장 I 권영민 예심 심사위원 I 노태훈, 양윤의, 이경재

본심 심사위원 I 구효서, 김종욱, 윤대녕, 전경린

예심 총평

워즈-와이드-웹words-wide-web*

노태훈, 양윤의, 이경재
(정리: 양윤의)

예심을 위해 작품들을 읽으며 연결, 얽힘, 전환 같은 단어들이 머릿속에서 떠나지 않았다. 규범적으로 간주해왔던 문학의 안과 바깥이, 문학이라는 범주 자체가 와해되고 새롭게 재편되고 있다는 생각 때문이었다. 문학은 '닫힌 계界'가 아니다. 문학은 개별자들의 삶과 시간성 위에 축조되어 있으며, 거기에 쓰인 글은 습자지 위에 쓴 글과 같아서 삶이라는 배면에도 그대로 적힌다.

최근의 소설에서 인간/비인간, 현실/비현실의 경계가 지워지는 것은 익숙하게 관찰되는 현상이다. 이것을 사실주의의 폐기나, 환상의 득세라고 말해서는 안 될 것이다. 이른바 사실성 혹은 생동감은 더 강력해졌다. 예컨대 기후 위기나 인류 멸종에 대한 불안은 더 이상 상상의 영역에 속해 있지 않은 것이다. 돌봄,

* 『네이처』가 삼림생태학자 수잔 시마드의 연구를 소개하면서 '우드 와이드 웹(wood wide web)'이라 칭했다. 이 글의 제목은 여기서 왔다.

소외, 폭력의 문제부터 바다와 대기의 오염과 생물종의 소멸의 문제까지, 우리는 본질적으로는 같은 근원에서 출발한 문제들에 직면해 있는 것이다.

*

예심 위원들은 총 15편의 작품을 본심에 올렸다. 황현진(「가족이 굴러가는 방식」)과 예소연(「아주 사소한 시절」)은 가족이라는 사회의 기본 단위를, 하지만 해체되는 중인 터전을 다룬다. 황현진의 가족은 '몸은 썩어도 돈은 썩지 않는다'는 믿음을 가진 세속 가족이다. 이들의 유쾌한 야반도주와 절도 행각은 생생한 삶의 궤적을 보여준다. 예소연의 아이들은 학교폭력, 가정불화, 아버지의 자살 등을 겪었으나, 그것이(특히 마지막 사건이) 이들에게는 '은총'이라 불린다. 우리 시대의 (반)성장은 이러한 모습을 하고 있다.

성혜령(「간병인」)과 최미래(「항아리를 머리에 쓴 여인」)는 돌봄 문제를 다룬다. 성혜령의 간병인은 기구한 운명을 '그럼에도 불구하고'의 논리로 이겨내는 게 아니라, '그래서 뭐?'의 논리로 이겨낸다. 간병인이 자신의 속옷을 주인공(환자)에게 입혀주는 장면은 오래 기억될 것이다. 최미래의 주인공은 젊은 베이비시터다. 돌봄과 육아, 가사 노동의 사이에서 어렵게 균형을 맞추어야 하는 인물이다. 마지막에 한 입 떠넣은 밥은 생계를 넘는 생의 의지를 보여주고 있다.

조경란(「일러두기」)과 위수정(「없음으로」)은 상처와 고통을 다루는 두 가지 방식을 보여준다. 조경란의 소설이 삶의 여러 국면을 겪어낸 인물의 원숙한 시선으로 물들어 있다면, 위수정의 소설은 한 중산층 가정의 부유하는 삶을 보여준다.

박서련(「컷」)과 김기태(「팍스 아토미카」)의 소설은 불확실한 미래에 관해 묻는다. 박서련은 재난과 입시라는, 우리가 부정기적으로 혹은 정기적으로 겪는 두 가지 환난을 결합하여 보여준다. 김기태는 핵전쟁, 정상 사고, 위험의 폭력이 이 세계를 폐허로 만들었다는 진단에서 출발하는데, 사회학적 상상력이 불안과 강박이라는 심리적 상태와 결합해 있다.

심윤경(「피아니스트」)과 조해진(「여름밤 해변에서, 우리」)은 계급적 한계와 실존적 한계에 직면한 상황을 다룬다. 심윤경은 계급사회의 아비투스habitus를 섬세하고 치밀하게 그려낸다. 조해진은 거듭되는 암 투병의 와중에서도 고통에 맞서는 인간의 힘겹지만 강인한 내면을 보여준다.

현호정(「청룡이 나르샤」)이 사물(지하철)과 인간을 동등한 발화자로 다룬다면, 이미상(「자갈 선생의 상담일지」)은 사물(돌)과 인간을 동등한 행위자로 세운다. 문학 생태계 역시 생태학의 대상임을 확인하는 순간이다.

정보라(「도서관 물귀신」)와 박민정(「전교생의 사랑」)과 박솔뫼(「투 오브 어스」)는 예술의 거처를 묻는다. 정보라는 인문학과 책의 운명을 위트를 섞어 설파하며, 박민정은 예술의 현장에서 벌어지는 폭력에 관해 묻고 있으며, 박솔뫼는 통상적인 시간과 공간을 비틀어 문학의 시공간을 창출해내고 있다.

이렇게 간추려 적고 보니, 문학이 다루는 영역이 삶이 가 닿은 영역과 일치한다는 생각이 든다. 쓴다는 것, 그것은 자음과 모음이라는 기호들로 이 세계를 촘촘히 덮으려는 기획이기도 하다. 이것이 문학의 꺼지지 않는 욕망이며, 끝내 이룰 수 없으나 끝내 포기하지도 않을 문학의 꿈일 것이다. 이 분투에 찬탄을 보낸다.

본심 심사평

미주알고주알 구구절절이 없는 일러두기

구효서 ǀ 소설가

「일러두기」는 가만한 게 좋다. 독자로 하여금 걸음을 서두르지 않게 한다. 두리번거리고 멈칫거리다가 가만히 무언가에 다가서게 한다. 그 걸음에는 언제라도 주춤 한 발 물러설 채비가 돼 있어서, 돌부리에 걸려 넘어질 일 따위는 결코 일어나지 않는다. 교련 선생님을 찾던 미용도 찾았다고 호들갑 떨지 않고 "찾은 거 같아요, 그 선생님."이라고 한 뒤 더는 그에 대해 말하지 않는다. 조경란의 「일러두기」는 이처럼 미주알고주알 구구절절이 없는 일러두기여서, 피곤을 아랑곳 않고 매진하는 서사 투의 지싯거리는 일러두기와는 사뭇 그 숨결이 다르다. 그렇게 가만한 문장의 걸음걸이로 서로에게 다가서는 우리는 어느새 물로 씻은 듯 개운해지는 재서와 미용, 너와 나가 된다.

「팍스 아토미카Pax Atomica」는 시원한 할喝 같아서 좋다. '결정적 주문'. 즉, '지속적인 긴장과 불안과 회의에 대한 종전 선언. 해방이나 구원처럼 모호한 단어는 하나도 포함하지 않지만 그것들을 뇌에 감각시킬 하나의 문장'이 "나는 활주로 위에 있다."라니! 이토록 시원한 할이 있을까. 해방과 구원이 '무엇'인지 찾고 알아보려 해봤자 그걸 해설하는 글자들만 꼬리에 꼬리를 물고 연쇄 분열해 거대한 핵 버섯구름 하이퍼텍스트를 이룰 뿐(이 소설의 형식도 그러하다) '무엇의 무엇이 정말 무엇인지는 이해'할 수 없다. 그러나 이 버섯구름 모양의 상징계 인드라망은 비록 믿을 수 없고 위험한 언어 판타지 월드이기는 해도 한편으로는 철저한 약속에 기반한 랑그langue여서 서로가 공유한다는 조건부 질서에 의해 평화Pax가 된다. 2차 세계대전 이후로 그토록 위험한 핵무기가 그러하듯이. 버섯구름 모양의 상징계 인드라망을 소설 「팍스 아토미카」에서는 아무래도 위키피디아, 나아가서는 대규모 언어 모델에 기반한 대화형 인공지능 챗봇으로 지칭하는 것 같아 제목을 '팍스 위키피디아'로 바꿔 읽어봄 직도 하다. 하여 '자유가 무엇인지 의심할 필요도 없이 자유로워지는' '결정적 주문'이란, 자유가 무엇인지를 위키피디아에서 찾는 우를 범하지 말고 조주 선사가 "뜰 앞의 잣나무"라고 했듯이 "나는 활주로 위에 있다."라고 해버리면 되는 것이다. 활주로 위에 있는 나의 실존은 모든 언어적 본질 따위에 앞서는 거니까.

「투 오브 어스」는 움직임이 좋다. 강주가 움직임연구회에 다닐 때의 이야기라서 그럴까. 아무려나 「투 오브 어스」의 모든 움직임에는 묘한 데가 있다. 마치 카메라맨이 방치하고 떠난 잊힌 카메라에 오랫동안 무심코 잡히는 영상 같기도 하다. 그 영상은 연기자의 양식적인 동작이 소거된 움직임들로 가득하다. 픽션임에도 텔레비전이나 스크린을 통해 보는 영상이 아닌, CCTV나 블랙박스의 화면 같아 외려 그 독특한 차별성이 지속적인 주의를 끌게 하니 묘할 수밖에 없다. 이러한 ①'개개인'의 움직임들은 ②그것을 포착해내는 박솔뫼 '개인'의 고유한 작가적 시선에 의해 비추어지는 것이며 ③그러한 시선은 정평이 난 박솔뫼의 '개별적' 문장으로써 가능해진다. ①은 ③에 의해 발견되고 ③은 ①에 의해 탄생한다고 할 수 있는데 그 역이어도 상관없으며, 어쨌든 두 경우 모두 ②를 경과하지 않을 수 없으니 ①②③을 굳이 분절할 필요도 없다. 없음에도 분절해본 것은 「투 오브 어스」에서도 여지없이 발휘되는, 포멀한 속도와 각도에서 언제나 슬쩍 빗나가 빛나는 박솔뫼만의 문장에 특별히 더 반하고 싶어서다. 귀 기울여 듣기, 연루되기 혹은 돕기, 이해하기의 서사는 덤이다.

「간병인」은 수꿀함이 좋다. 무서워서 몸이 으쓱해지는 게 뭐 좋을까마는 에피파니의 수꿀함이라면 일부러 찾아 간직하고도 싶지 않을까. 그렇담 '어떤 문제나 현상을 더욱 새롭고 깊은 관점에서 이해했을 때의 계몽적인 깨달음'이 어째서 무서움을 동반하는가. 어쩌면 그것은 안일하고 게으른 인식 습관이 허를 찔렸거나, 애써 외면하고 방어하려 했던 것이 부지불식간에 출현해

버려 감당할 수 없어지기 때문일지도 모른다. 아버지와 나진과 어머니의 가족 삼각형에 가족이 아닌 간병인 미형이 등장함으로써 결혼, 혈족, DNA 등으로 상징 결속되었던 가족의 강제적 관계에 틈이 벌어진다. 실은 이미 있었고 자연 개체 간에 있을 수밖에 없던 틈이었으나 일부러 도외시했던 그것의 낯선 귀환. 그 틈으로 새삼 쏟아져 나오는 것은 가족이라는 허울로 상호 지나치게 집착했거나 인내했거나 함부로 했던, 그리하여 간병마저 필요하다고도 할 수 있는, 증상으로서의 비겁한 기억들이다.

「항아리를 머리에 쓴 여인」은 미제라블misérable이 좋다. 소설 속 화자가 비참해, 참혹해,라고 토로하는 그 미제라블이다. 미제라블 자체가 좋을 리는 없다. 미제라블에 도달하는 작가의 찬찬한 보법이 돋보인다는 뜻이다. 페니스를 절단cut당하고도 좀처럼 팔루스phallus의 욕망만큼은 버리지 못하는, 외려 그 장애마저도 욕망에 이용하려는 한심하고 가련한 고3 수험생 이야기(박서련, 「컷」)가 까놓고 하는 속 시원한 배설이라면, 최미래의 「항아리를 머리에 쓴 여인」은 가부장과 자본이 결탁한 팔루스의 위세가 얼마나 은밀하고 집요하며 도저하고 구조적인지 그 가증스러운 전략에 치를 떨게 한다. 그리고 그것이 어린 '생명'인 서라를 매개로 이루어진다는(전략 안에 갇힌 불가항력의 서라에겐 어떤 것들이 각인되겠는가?) 점이 더욱 치를 떨게 한다. 이것이 「항아리를 머리에 쓴 여인」의 미제라블이다.

본심 심사평

가까스로 존재하는 목소리들

김종욱 | 문학평론가

세상의 속도가 모질도록 무서워졌다고 느끼기 시작한 것은 꽤 오래전 일이다. 속도가 빚어내는 현기가 짜릿한 쾌감처럼 느껴지던 짧은 순간이 지나가고, 점차 감각의 임계를 넘어 끝없이 가속되는 세상의 변화는 공포가 되었다. 이 엄청난 변화가 어디를 향하고 있는지 짐작조차 할 수 없다는 사실 때문에도 더욱 그러했다. 만약 무한대로 질주하는 문명 앞에 유한한 세계, 혹은 '막다른 골목'이 기다리고 있다면 문명은 그 속도만큼의 에너지로 장대한 파국을 맞이할 것이다. 어쩌면 파국을 예견하고 회피하고자 애쓴다고 해서 상황이 달라지지는 않을 것이라는 예감은 더욱 절망적이다. 문명의 속도를 무서워하는 아해 역시 문명의 속도에 익숙한 무서운 아해이기 때문이다.

우리가 소설이라고 부르는 새로운 이야기는 세상의 속도가 빨라지기 시작할 무렵에 모습을 드러냈던 탓에 그래도 문명의 속도에 잘 적응한 듯했다. 한때 문명의 선구나 총아가 되어 사상의 권좌를 차지하기도 했다. 하지만 새로운 세기에 접어들면서 매체로서의 문자는 과거의 영광을 누릴 수 없었다. 점차 액셀러레이터를 밟는 세상에 한 발 두 발 뒤처지기 시작하더니 어느덧 문명에서 낙오했다. 다시 문명 위로 허둥지둥 기어오를지, 그렇지 않다면 문명 바깥에서 우두커니 서 있을지 선택의 시간이 찾아온 셈이다.

예심을 거쳐 온 여러 편의 소설을 읽는 동안 들었던 이런저런 생각들이었다. 여러 작품들이 세상을 그려내는 방식을 보면서 섣부른 조바심이라고 느꼈던 것은 이야기가 너무 단선적이기 때문이었다. 세상의 모습과 다르지 않게 이야기 또한 뚜렷한 방향을 향해서 달려가는 듯했다. 그래서 호흡은 가빠지고 긴장은 높아졌지만, 주마등에 비친 세상처럼 어슴푸레하거나 흐릿했다. 그래서 뿌연 이미지만 남은 듯했다.

조경란의 「일러두기」에 선뜻 눈길을 주고, 오랫동안 손길을 놓지 못했던 것은 그런 흐름과 정확히 반대되는 것을 우리 앞에 펼쳐놓았기 때문이다. 세상의 속도에서 비켜나 있는 사람들, 혹은 가까스로 존재하는 사람들의 이야기가 그의 소설 속에서 오롯하다. 문명의 굉음 속에서 들리지 않던 목소리는 그의 작품을 통해서 나지막하지만 또렷한 실체가 되었다. 들어줄 사람만 있다면 작은 소리 역시 큰 소리에 버금갈 수 있다는 사실을 교향악 혹은 다성악을 통해 경험했듯이, 귓결에 스치는 누군가의 목소리를 조용히 듣는 것이 세상을 함께 건너는 사람들에 대한 가장 근본적인 덕목이라고 알려주고 있는 것이다. 늙은 혹은 낡은 양식이 되어버린 덕분에 소설이 얻게 된 새로운 기쁨이었다.

본심 심사평

존재의 존엄성,
그리고 존엄할 수 있다는 것

윤대녕 | 소설가

올해 이상문학상 후보작으로 올라온 작품은 모두 15편이었다. 이들 작품을 정독하고 나서 나는 박민정의 「전교생의 사랑」, 최미래의 「항아리를 머리에 쓴 여인」, 조경란의 「일러두기」를 염두에 두고 심사 자리에 참석했다.

박민정의 「전교생의 사랑」은 작가가 등단 초기부터 일관되게 추구해온 작품 세계를 보여준다. 오랫동안 은폐되어 있던 폭력을 소환하여 그것이 피해 당사자들의 삶에 어떤 그림자를 드리웠는지를 해부한다. 아역 배우로 주목을 받으며 성장한 '민지'는 일본 영화 「전교생」을 한국판으로 리메이크한 「전교생의 사랑」에 출연하면서 감독의 강요에 의해 부적절한 노출 장면을 찍게 되고, 이후 깊은 트라우마를 안은 채 살아간다. 이런 사정은 영화에 함께 출연한 '세리'라는 인물 또한 마찬가지다. 당시 미성년자였던 이들은 현재 35살의 나이가 되었고 작가와 연극 연출가로 활동하고 있지만 여전히 과거에 옭매여 있는 상태이다. 또한 작가는 '잊힐 권리'에 대해 말하면서 인터넷 매체('이상한 하이퍼텍스트')에서 재생산되고 있는 왜곡된 정보로 인해 타자로 살아갈 수밖에 없는 두 인물의 손상된 삶을 조명한다. 그렇게 문화 생산자본의 비윤리적 측면을 비판하면서 그것이 만들어낸 고통의 심연을 응시하고 있는 작품이다.

최미래의 「항아리를 머리에 쓴 여인」 또한 주목해서 읽었다. 주인공이자 화자인 '나'는 대학에서 연기과를 졸업하고 연기학원에서 시간제 강사로 일하다 유치원생 '서라'를 돌보는 일을 하게 된 이십대의 배우 지망생이다. 처음에는 단순히 '시터' 일을 하며 "자취방과 달리 이 집에 있으면 안정적이고 편안한 마음"을 누리기도 했으나, 출장을 갔던 서라의 아빠가 등장하면서 이야기에 긴장감이 조성된다. 말끔하고 섬세한 면모를 보여주었던 그는 점점 '나'의 시간을 통제하고 구속하기에 이른다. 주말 나들이로 옹기마을 체험을 가게 된 '나'는 어느덧 서라의 엄마(그의 아내) 역할을 하게 되고, '나'는 역할 연기에 빠져 자신이 어떤 상태인지를 미처 자각하지 못한다. 서라의 아빠가 돌아오지 않는 밤, 그의 집에서 하룻밤을 보내게 된 '나'는 작은방에 있는 컴퓨터에서 '가정부', '하녀'라는 단어가 들어간 제목의 야동 파일을 발견하면서 마침내 자신이 처한 상황을 확연히 깨닫게 된다. 자신도 모르는 사이에 욕망의 대상으로 전락한 채 고립된 세계에서 떨고 있는 인물의 부조리한 모습이 인상적으로 부각된 소설이다.

대상 수상작으로 결정된 조경란의 「일러두기」는 곡진한 울림으로 가득 차 있다. 그 간곡함이 북소리처럼 독자를 이야기 속으로 불러들인다. '미용'이라는 이름을 가진 49살의 어떤 여자. 그녀는 18살에 첫애를 출산한 부모의 막내 넷째 딸로 태어나 온갖 박해를 받으며 일찌감치 '남들 눈에 보이지 않게 살아가는 법'을 터득한 인물이다. 학창 시절에는 '복종하는 용'이란 치욕스러운 별명까지 얻으며 가시덤불 같은 삶을 통과해왔다. 지금 그녀는 서민들이 살아가고 있는 동네에서 반찬가게를 하고 있다. 그 건너편에는 아버지에게서 물려받은 복삿집을 운영하고 있는 '재서'라는 인물이 있다. 3년 전에 아내와 이혼하고 혼자 살고 있는 그는 미용과 자주 마주치지만 "모른다고도 잘 안다고도 말할 수 없는 사람" 정도로 여긴다. 그런데 어느 날 재서는 어머니의 유품인 장롱이 넘어지면서 팔을 다치게 되고 청하지 않았음에도 미용이 찾아와 복삿집 일을 거들어준다.

이 소설은 재서가 미용을, 미용이 재서를 조금씩 알아가면서 서로의 삶이 변해가는 과정을 섬세하게 묘사하고 있다. 미용은 '구청 도서관에서 시민들에게 나눠준 기념품'인 USB에 자신의 삶을 기록하면서 하루하루를 간신히 살아내고 있다. 그리고 가끔 재서의 복삿집에 들러 프린트를 해간다. 어느 날 그녀가 잊고 간 USB 속의 글을 읽게 되면서 재서는 미용이란 존재를 인식하기 시작한다. 또한 그녀가 고등학생 시절 교련 시간에 자신을 학대했던 교련 선생을 끊임없이 추적하고 있다는 사실까지 알게 된다. 동네 야산에서 운동화가 발견되자, 혹시나 싶어 미용을 찾아다니는 재서의 변화는 며칠 동안 반찬가게 문이 닫힌 걸 보고 직접 미용의 집을 찾아가는 장면에서 뚜렷하게 포착된다. 가까이에서 대면하게 된 두 사람은 깊은 이야기를 나누게 되고 재서는 그동안 미용이 집에 칩거하며 글을 쓰고 있었다는 것을 알게 된다.

요약하면 조경란의 「일러두기」는 감옥 같은 삶에 갇혀 살아왔던 인물이 중년의 나이에 이르러서야 가까스로 껍질을 깨고 나오는 이야기라고 할 수 있다. 그것이 '쓰기'를 통해서라는 것도 매우 암시적이다. 결코 자신이 선택한 삶(운명)은 아니지만, 그 삶을 어떻게든 자기 것으로 만들고자 분투하는 모습을 따라가다 보면 서서히 열기에 휩싸이게 된다. 그리고 마침내 "복면을 접어 헬멧처럼 쓴 미용은 오후의 인광 때문인지 귀밑으로 짧은 머리카락을 휘날리는 작지만 다부진, 높은 수위의 단계 하나를 막 통과한 사람 같아 보였다"는 문장에 다다르게 되면 그만 화로처럼 뜨거운 마음이 된다.

나는 이 소설을 읽으면서 '존재의 존엄성'이란 말을 새삼 곱씹는 경험을 했다. 조경란 특유의 섬세하고 구체적인 서술, 인간을 바라보는 부드럽고 깊은 시선, 세련된 방식의 드러내기와 감추기가 그 존엄함을 드러내는 미학적 요소들일 터이다. 미용에게 '일러두기'의 필요함을 알려주는 재서의 모습에서도 드러나는 그 투박하지만 아름다운 존엄의 태도 말이다.

수상자에게 축하의 말을 전한다.

본심 심사평

자기 삶의 주도권을 찾으려는 핵개인들의 고투

전경린 | 소설가

본심에 넘어온 15편의 소설은 15개의 다른 세계를 드러내며, 개인들이 자기 삶의 주도권을 찾으려는 고투를 보여주었다. 이들 작품은 어떤 쏠림도 없이 산재한 채 저마다의 방향을 찾아가는데, 이런 외롭지만 건강한 역동성이 하나의 경향이라면 경향이었다. 지난해에 나는 핵개인이라는 신조어를 들었다. 소설을 읽는다는 것은 이야기에 실려 겉에서는 짐작조차 할 수 없는 핵개인의 미로를 따라가는 일이다. 나는 자기 세계에 고립되는 작품과 본질을 뚫고 자기 세계를 넘어 보편 세계로 확장되는 작품의 차이를 생각하며 읽었다.

김기태의 「팍스 아토미카」는 존재의 폐쇄증, 폐쇄감이라는 문제를 가장 거리가 멀면서 놀랄 만큼 겹쳐지는 비유 체계로 이야기한다. 종말에 대한 공포를 담보로 유지되는 출구 없는 평화인 팍스 아토미카. 문 열림에 대한 공포로 인해 삶이 무너져가는 화자는 자신을 붙들어줄 결정적인 주문을 찾아 나선다. 이를 위해 작가는 시공 너머로 광활하게 열린 정신의 현실로 소설의 기반을 옮겨 가 비유 체계를 통해 소설의 벽을 세우고 검색으로 이어지는 정신 활동의 개연성으로 세부를 채운다. 이런 대담한 표현 방식과 낯선 언어는 소설에 새로운 물을 급수하는 듯 신선했다. 마침내 화자가 깊은 밤의 문 앞에 서서 문과 문틀과 그것을 지지하는 벽과 기둥을 없애고, 활짝 열린 활주로로 나가 서는 마지막 장면은 오랫동안 잊을 수 없을 것 같다.

최미래의 「항아리를 머리에 쓴 여인」은 잔잔한 작품인데도 유독 재미있게 읽었다. 적재적소에서 새로운 변화와 발견의 가지를 뻗으며 이야기를 전개하는 이야기꾼인 동시에 감정을 싣고 가는 문체는 섬세하고 생생하면서 긴장감이 있었다. 지극히 현실적인 이야기를 하면서 독자를 깊은 마음의 장소로 데려갈 줄 아는 작가였다. 이 작가가 세상의 구석들을 터치하면서 만들어갈 속 깊은 이야기를 계속 읽고 싶다는 생각을 했다.

대상작인 조경란의 「일러두기」를 접했을 때 우선은 당황스러웠다. 3인칭 인물인 재서의 서술이라지만 이렇게 흐트러지고, 때론 엉성하고, 군더더기가 많은 문장으로 일부가 아니라 소설 전체를 끌어가도 괜찮은가, 하는 의문이었다. 재서의 삶의 질감과 결은 그대로 살아났지만, 흔들리는 영상을 보는 듯 소설을 읽는 데 방해를 받았다. 그동안 유난히 정제된 문체를 써온 작가는 소설 언어에 대한 실험이라도 하는지, 이 인물과 독자를 도와줄

의사는 없는 듯했다. 작가는 정확한 복선들을 정확한 장소에 슬쩍슬쩍 놓고는 오히려 재서의 서술로 덮고 이야기를 흔들었다. 그러는 사이 모른다고도 잘 안다고도 할 수 없는 두 사람이 겉도는 시공간들은 앞뒤 순서가 뒤섞인 채 떠돌고, 의미 없이 흐르는 듯한 무심한 장면들 속에서 이야기는 부풀어 오른다. 그리고 작가는 뒷부분에 가서야, 이 소설이 시작되기도 전에 이미 재서가 미용과 순도 높은 외로움을 교감했었던 호텔의 장면을 슬며시 꺼내놓는다. 이 효과로 그동안 지지부진하던 소설이 마치 100개의 계단을 단번에 뛰어오르듯 비약하고 내부의 온도도 급상승한다. 소설이 선명한 핵심에 도달하면 그때 독자는 사뭇 놀라게 된다, 마치 자수를 놓아가던 수틀의 엉성한 뒷면만 봐오다가 갑자기 선명하게 정제된 앞면을 본 듯이.

소설이 정리되는 마지막 장에서는 재서의 서술에 다분히 작가의 또렷한 언어가 들어선다. 그리고 맞춤법과 호응이 되지 않는 문장과 띄어쓰기에 대해 조언을 들은 적 없어 보인다던 재서의 서술과 달리 미용이 쓴 글 「교련 시간」은 길기도 하거니와 지나치게 반듯하고 빈틈없는 문장이라 난감했다. 정말 좋은 창작품은 풀기 어려운 모순을 안고 있다는 말이 떠올랐다. 내가 느끼는 문제들이 그런 종류의 모순으로 포용될 수 있기를 바란다.

가진 것 없고, 전망도 없고, 볼품조차 없는 중년 남녀가 피폐한 삶 속에서도 반짝이는 작은 실마리들을 잡고 기신기신 서로에게 다가가는 과정을 그리면서, 사랑이 아니라 사람을 오롯하게 담아내 예상치 못한 감동을 자아냈다. 내게는 또한 이 소설이,

글쓰기에 대한 지극한 긍정이자 외롭게 글을 쓰는 사람들을 지키려는 기도로 읽혔다.

본심 심사평

'일러두기'의 서사적 미학

권영민 | 월간 『문학사상』 편집주간, 심사위원장

2024년도 이상문학상 예심을 통과한 작품을 읽으면서 작가들의 소설적 관심과 서사 방식을 어느 정도 가늠할 수 있었다. 이른바 장르물에 가까운 이야기에서부터 전통적인 의미의 단편 서사에 이르기까지 젊은 작가와 중견 작가의 작품이 고루 최종심에 올랐다.

김기태 「팍스 아토미카」, 박서련 「컷」, 위수정 「없음으로」, 현호정 「청룡이 나르샤」, 박민정 「전교생의 사랑」 등은 주제의 치열성과 기법의 파격성이 두드러지게 나타난다. 하지만 이야기가 거칠고 실험적 시도를 넘어서는 서사의 완결성에 이르지 못하고 있는 부분도 눈에 띈다. 이에 비해 심윤경 「피아니스트」, 최미래 「항아리를 머리에 쓴 여인」, 조경란 「일러두기」, 조해진 「여름밤 해변에서, 우리」 등은 일상의 현실 주변에서 놓치기 쉬운 인간관계의 중요성과 개인의 존재 의미를 섬세하게 추구한다.

개인적 취향일 수도 있지만 나는 앞의 부류에 속하는 작품보다 후자에 속하는 작품에 후한 점수를 주고 싶다.

심사의 첫 단계에서 심사위원이 각자 주목했던 작품 세 편을 선정하는 절차에서 나는 「전교생의 사랑」, 「항아리를 머리에 쓴 여인」, 「일러두기」를 추천했다. 세 편 모두 서사의 완결성, 세련된 문장, 성격의 형상화 등에서 나무랄 데가 없는 작품이다.

「전교생의 사랑」은 천재 아역 배우로 사랑을 받다가 대중의 관심에서 멀어진 두 여주인공을 내세우고 있다. 두 사람이 돌아보고 있는 자신들의 모습은 「전교생의 사랑」이라는 영화 이야기 속에 적나라하게 드러난다. 이 영화에서 감독에 의해 일방적으로 강요된 아역 배우의 노출과 외설적 행위는 연기라기보다는 대중의 타자화된 시선에 의해 무자비하게 소비되도록 하는 선정적 장면에 불과하다. 이것은 아역 배우에게 연기라는 이름으로 외설적 행위를 일방적으로 강요한 감독의 폭력성을 그대로 말해준다. 두 여주인공은 이 영화를 통해 겪게 된 정신적 충격이 뒤에 엄청난 트라우마로 남게 되었음을 보여준다. 더구나 이들이 출연한 영화는 성적 호기심만 부추기는 외설물로 대중에게 소비됨으로써 디지털 세계에 남겨지는 기록의 반복적인 재생산 문제까지 제기한다.

「항아리를 머리에 쓴 여인」은 서사 내적 갈등이 별로 없이 잔잔하게 이야기를 이끌어가면서도 독자의 관심을 끌어내는 소설적 감응력이 뛰어나다. 연기학원의 시간제 강사로 근근이 생활을 꾸려가던 주인공은 아이 돌봄이라는 아르바이트 자리를 얻게 된다. 생활비를 보충하겠다고 시작한 아르바이트에서 주인공은 점차 자신이 하는 일에 열중하며 자기 역할을 넓혀간다. 그리고 결국에는 자신의 존재가 그 집의 안주인이 되고 아이의 엄마처럼 외부인들에게 인식되는 단계까지 이르게 된다. 주인공의 성격에 대한 내밀한 추구 과정이 사소한 일상에서 겪게 되는 '일'과 자기 역할의 의미를 새롭게 이해할 수 있도록 이끌어간다는 점에서 흥미의 초점이 분명하다.

2024년도 이상문학상 대상의 영예를 안게 된 조경란 작가의 「일러두기」는 소설 속의 이야기 자체가 평범한 서민의 삶에 대한 작가의 깊은 이해를 기반으로 따뜻하게 전개된다. 도시 변두리 동네의 가난한 이웃들이 서로를 끌어안고 부딪치면서 살아가는 모습을 배경처럼 펼쳐내면서 각박한 현실의 이면에서 등장인물의 내면 의식의 변화를 꼼꼼하게 챙겨 보는 작가의 시선이 돋보인다. 특히 서사적 완결성을 담보하는 치밀한 구성과 정교하게 다듬어진 간결한 문장이 소설적 문체의 감응력까지 살려내면서 이 작품의 완결성을 한결 높여준다.

이 작품에는 중년의 남녀가 중심인물로 등장한다. 남자 주인공 '재서'는 아내와 이혼한 후 직장을 버리고 칩거하다가 3년 전부터 아버지의 복삿집을 이어받아 일하고 있다. 길 건너에서 반찬가게를 열고 있는 '미용'은 재서와 비슷한 나이인데, 자기감정을 거의 드러내지 않고 언제나 힘 빠진 모습으로 일한다. 남편도 자식도 없이 혼자 살아가는 모습을 두고 주변 상인들은 석연치 않게 여기고 있다. 하지만 미용은 남들이 무어라고 하든지 자기가 하는 일에 열성이다. 그녀는 세대와 성별에 관계없이 동네 가게 사람들과 서로 어울리면서 막걸리 잔을 나누기도 하고 노래방에 몰려가 함께 노래 부르고 춤을 추기도 한다. 동네 사람들이 놀이공원으로 나들이를 가게 되었을 때는 자기 반찬가게에서 직접 점심 도시락을 준비하여 모두에게 나누어준다.

재서가 미용에게 묘한 관심을 가지게 된 것은 그가 방 안의 장롱이 넘어지는 바람에 팔을 다쳤을 때부터다. 미용이 부탁도 하지 않았는데 재서의 복삿집에 들러 복사하러 온 손님들을 위해 복사기를 대신 돌려준다. 그녀는 누군가를 찾아야 한다면서 검은색 복면을 구했다고 한다. 재서는 미용이 찾겠다는 것이 무엇인지 궁금해하다가 우연히 그녀의 USB에 담긴 글을 읽고서야 폭력적인 환경 속에서 태어나 언제나 자기 모습을 감추는 데만 익숙해진 여자아이로 자라나, 중년이 되도록 자기 자신만 죽이고 살아가기로 결심한 여인이 미용임을 알아차린다. 재서는 미용이 쓴 글에서 자기 모습과 비슷한 면모를 발견한다. 타인에게 접근하고 이해하는 일에 늘 문제가 생기고 오해를 빚어냈던 재서는 아내와 헤어진 후 직장도 버린 채 칩거했던 자기 모습을 떠올린다. 재서는 미용의 내면에 숨겨진 것이 무엇인지를 생각하면서 미용이 쓰고 있는 글에 점점 더 호기심을 가지게 된다.

미용이 선생님을 찾아야 한다면서 한동안 가게 문을 닫아버린 채 모습을 드러내지 않자 재서는 그녀를 찾아 언덕배기에 있는 그녀 집을 찾아간다. 미용은 자기 자신에 대한 글을 썼다고 하면서 자기가 쓴 글 한 편을 재서에게 읽어준다. 이 글을 통해 그녀가 찾고자 했던 인물이 고등학교 시절 교련 선생님이었음이 밝혀진다. 미용에게 깊은 트라우마로 남아 있는 것은 고등학교 시절 교련 시간의 일이다. 교련 선생님의 폭력적인 태도와 미용에 대한 왕따의 고통에 미용은 너무나 큰 상처를 받게 된다. 그녀는 교련 선생님을 향해 왜 자기에게 그렇게 했는지를 물어봐야겠다고 다짐한다.

그런데 뜻밖에도 이 소설의 마지막 장면에서 미용은 자신이 꿈꾸었던 일이 교련 선생님에 대한 복수가 아니었음을 말해준다. 미용은 자기가 쓰고 싶었던 이야기가 교련 시간이 아니라고 한다. 교련 시간이 시작되기 전 어린 여학생 미용이 창밖으로 내다보았던 것은 만개한 뒤 꽃잎이 지기 시작한 복숭아나무였다는 것이다. 미용의 이야기를 듣고 나서 재서는 책을 읽을 때 주의사항을 미리 알려주는 '일러두기'에 대해 이야기한다. 재서의 말을 듣고 사람들 사이에도 '일러두기'라는 것이 있었으면 좋겠다고 말하는 미용이 검은색 복면으로 얼굴을 가리는 대신에 그 아랫단을 접어 벙거지 모자를 만들어 머리에 쓰고 있는 모습은 이미 그녀가 자기 안에 숨겨져 있던 상처투성이의 어린 시절 미용을 구출하였음을 말해준다. 그녀는 검은 복면을 쓰고서야 자기 내면 깊이 들어박혀 있던 상처투성이의 어린 여학생 미용을 구할 수 있었던 것이다. 미용은 결국 자기와의 진정한 만남을 통해 자기를 구제하고 자신의 검은 상처를 치유할 수 있었다.

여기서 주목해야 할 것이 작가가 고안해낸 소설적 해법으로서의 '일러두기'다. '일러두기'는 책의 첫머리에 그 책의 내용이나 쓰는 방법 따위에 관한 참고 사항을 설명하여놓은 글이다. 그 내용이 어렵거나 복잡한 경우 '일러두기'는 독자의 이해에 도움을 주는 안내 역할을 하기도 한다. 인간의 내면을 이해하기는 어렵지만 그만큼 '일러두기'를 펼쳐 보듯 조심스럽게 접근한다면 서로를 포용할 가능성이 커진다. 조경란 작가의 소설 쓰기가 새로운 '일러두기'의 방법을 서사적 미학으로 구현하기 위한 것이라면, '일러두기'의 방법은 타인을 이해하기 위한 새로운 화법이라고 할 수 있다. 삭막한 현실에서 단절된 인간관계를 극복하기 위해서는 서로를 이해하기 위한 '일러두기'가 필요하다는 것이 이 소설의 참주제임을 읽어내는 일은 이제 독자의 몫이 된다. 조경란 작가에게 박수를 보낸다.

이상문학상의 취지와 선정 규정

한국의 가장 오랜 그리고 으뜸의 문학상으로 평가받는 것은
이 규정에 따른 심사의 공정성과 그 작품성에 있다.

1. **취지와 목적** : (주)문학사상(이하 '주관사'라고 한다)이 1977년에 제정한 '이상문학상李箱文學賞'(이하 '본상'이라고 한다)은 요절한 천재 작가 이상李箱이 남긴 문학적 유산과 업적을 기리며, 매년 가장 탁월한 소설 작품을 발표한 작가들을 표창하고, 『이상문학상 작품집』(이하 '작품집'이라고 한다)을 발행해 널리 보급함으로써, 한국문학의 발전에 기여할 것을 목적으로 한다.

2. **수상 대상 작품** : 전년도 본상 심사 대상 작품의 마감 이후인 발행일을 기준으로 하여, 당해 1월부터 12월까지 발표된 작품을 모두 심사와 수상/선정의 대상에 포함한다. 문예지(월간지의 경우 당해 1월 초부터 12월 말일 이전에 발행된 것으로 하고 계간지도 포함한다)를 중심으로 해서, 각종 정기간행물 등에 발표된 작품성이 뛰어난 중·단편소설을 망라해 본심에 회부한다. 예비 심사 과정에서는 심사 대상에 오른 작품이 대상大賞 수상작

또는 우수작으로 선정될 경우, 본상의 규정에 따른 수락 의사 유무를 직접 또는 간접적으로 확인한다. 중·단편소설을 시상 대상으로 하는 까닭은, 문학의 중심이 장편소설에서 점차 중·단편소설로 이행하는 추세를 감안하고, 작품 구성과 표현에 있어서의 치밀성과 농축성이 짙고 강렬한 소설 미학의 향기와 감동을 자아내게 한다고 믿기 때문이다.

3. **상의 종류** : 본상은 가장 뛰어난 작품에 대한 대상 1명을 시상하고, 대상 수상작에 버금하는 5~7편 이내의 우수작을 선정한다. 대상 수상자에게 상금 5천만 원을 수여한다.

4. **예심 방법** : 문학평론가 등으로 이루어진 예심 심사위원 3~4명을 위촉한다. 주관사의 편집진이 당해 문예지에 발표된 작품을 취합, 정리해 예심 심사위원에게 전달한다. 이를 검토한

예심 심사위원은 작품을 10~20편으로 추려 본심에 회부한다.

5. **본심 방법** : 예심을 거쳐 본심에 회부된 작품은, 권위 있는 평론가와 작가로 구성된 5~7인의 심사위원회에 넘겨지고, 수일간 개별적인 검토를 마친 후 본심 위원 회의에서 대상 수상작과 우수작을 선정한다. 본심은 각 심사위원의 의견을 청취한 후 토론을 통해 본심에 회부된 작품 가운데 10편 내외의 작품을 먼저 선정한다. 이 작품에 대한 심사위원들의 평가를 듣고, 1편의 대상 수상작을 선정하고, 나머지 작품 중에서 5~7편의 우수작을 선정한다. 작품 결정에 있어 심사위원의 의견이 일치하지 않을 경우에는, 각 위원마다 작품을 3편씩 추천하는 연기명 비밀 투표로써 최종 결정을 한다.

6. **이상문학상 작품집 발행의 목적** : 이 작품집은 본상의 공정성과 권위를 광범위한 독자에게 널리 알리고, 수록된 작품과 그

작가들에 대한 표창과 영예의 뜻을 담고 있어 그 밖의 다른 목적으로 이용할 수 없다.

7. **이상문학상 운영위원회** : 주관사의 발행인을 위원장으로 하고 월간 『문학사상』의 편집주간 및 이사회가 선임한 위원으로 구성되며, 본상의 운영에 관한 모든 업무를 관장한다.

8. **이상문학상 심사위원회** : 이상문학상 운영위원회는 각 연도마다 5~7인의 본상 심사위원을 위촉해 심사위원회를 구성한다. 동 심사위원회는 본상의 대상 수상작과 우수작으로 선정할 작품을 심의, 결정한다.

(주) 문학사상

이상문학상 운영위원회

제47회 이상문학상 작품집

1판 1쇄　2024년 4월　9일
1판 2쇄　2024년 4월 11일

지은이　조경란 · 김기태 · 박민정 · 박솔뫼 · 성혜령 · 최미래

펴낸이　임지현
펴낸곳　(주)문학사상
주소　경기도 파주시 회동길 363-8, 201호(10881)
등록　1973년 3월 21일 제1-137호

전화　031) 946-8503
팩스　031) 955-9912
홈페이지　www.munsa.co.kr
이메일　munsa@munsa.co.kr

ISBN 978-89-7012-594-7 (03810)

* 잘못 만들어진 책은 구입처에서 교환해 드립니다.
* 가격은 뒤표지에 표시돼 있습니다.